La venganza de Leonardo da Vinci

©2005 por José Orbi

No se permite la reproducción total o parcial de este libro ni su incorporación a un sistema informático, ni su transmisión en cualquier forma o por cualquier medio, sea éste electrónico, mecánico, por fotocopia, por grabación y otros métodos, sin autorización previa y por escrito de los dueños de los derechos de autor o sus herederos.

ISBN: 978-0-9661619-1-5

REDCREST TOWER. LTD.
51 Calle Ruiz Belvis
San Juan, PR 00917

info@redcresttower.com

Segunda Edición

José Orbi

La venganza de Leonardo da Vinci

REDCREST TOWER, LTD.
2005

Nota del Autor

Todos los dibujos incluidos en este libro son de Leonardo da Vinci, con la excepción del «ariete de Salaí», dibujo de Giacomo Caprotti (Salaí). Para efectos de dramatización, algunos han sido retocados.

En cada Hombre existe el Cristo
como existe el Judas.
— Maquiavelo

La pintura en la pared

I

Todo era diferente. Al amor y a la guerra se les perseguía con el mismo entusiasmo y la moral nunca pisaba más allá del portal de la iglesia. La verdad es que la historia, como el reflejo de un viejo espejo después de estar escondido por años en un polvoriento cuartucho, pierde su luminosidad y distorsiona la veracidad de eventos pasados. Hasta aquéllos que han sido documentados se prestan para interpretarse incorrectamente cuando no se entienden la peculiaridad cultural y los hábitos de la época. Algo que parece muy obvio en el presente, puede haber sido otra cosa por completo, ya que las mismas excentricidades y la inseguridad innata del Hombre, tienden a atribuirle pinceladas de genio y misticismo a sandeces, a disparates y a simples tonterías.

Era un jueves por la mañana, en mayo. El valle se vestía con una leve cubierta de neblina gris-azul mientras los habitantes de Milán esperaban la salida del sol para empezar su día porque todavía se acogían a la dudosa defensa de sus cuatro paredes, detrás de contraventanas y encerrados bajo llave, vigilando sus pasos de habitación en habitación, con la ayuda de una vela, siempre con miedo a duendecillos y fantasmas que según la opinión general, habitaban cada rincón y nicho de sus hogares. No había duda, en 1498, Italia seguía evocando a la Edad Media.

Antonio se estaba vistiendo cuando oyó la puerta de entrada. Corrió a la sala, abrió la ventana, vio a Salaí saliendo de la casa y le gritó:

–¿Adónde vas?

Salaí se dio vuelta, y le enseñó la nota que llevaba en la mano.

–¡Para Lucca! –le respondió en una voz que todavía llevaba la inocente melodía de la niñez.

A Salaí le encantaba entregarle mensajes al Señor Lucca, no porque el Señor Lucca le era simpático; sino porque la tienda del Señor Lucca quedaba al lado de la dulcería de Tomasino, dos pequeñas habitaciones que el confitero compartía con su anciana madre y donde, con la ayuda de un hornillo de ladrillos en la parte posterior, preparaba la golosina preferida de Salaí, confite de anís. Tomasino exhibía sus dulces en bolsitas de colores, que clavaba en las paredes y el delicioso aroma de sus golosinas tentaba a grandes y chicos.

Salaí

Salaí vestía mejor que la mayoría de los muchachos de su edad que se encontraban en la calle, con una chaqueta negra sin mangas sobre una camisa blanca, calzas color rosado, todo en su lugar gracias a un cinturón de cuero marrón oscuro. Además, tenía puesta una gorra roja que le gustaba inclinar hacia el frente, manteniendo su pelo rubio y ondulado fuera de su cara y de sus expresivos ojos grandes y azules, que solían sonreír, aunque sus labios no hicieran nada. Él era un chico muy apuesto y bien parecido, con delicados rasgos y facciones libre de las imperfecciones que acostumbran manifestarse durante la adolescencia. Tenía un cuerpo esbelto y bien proporcionado, aunque, para tener catorce años, era un poco pequeño de estatura.

Ése era Salaí, tan curioso como debe ser cualquier niño de su edad; por eso, en cuanto cruzó la calle, le dio un vistazo a la nota de su amo: «Le envío a mi criado Salaí... »

El chico frunció el ceño y no se molestó en leer el resto para que no se le arruinara el día. Él suspiró, encajó la nota dentro del cinturón y siguió de largo.

Como no tenía prisa, Salaí saludó a los amigos que se encontró por el camino, se le fue detrás a una familia de gallinas, le brincó por encima a una manada de puercos y a una cabra, se puso a jugar con un perro realengo, eludió un gato negro, por poco pisa un apestoso mojón, esquivó un cubo de aguas negras que zumbaron de un segundo piso y zigzagueaba entre vendedores ambulantes que montaban sus puestos para vender frutas, carnes secas, flores, cuero, perfume, lana y seda, en calles sucias de heno, basura y mierda de caballo.

Por aquí, por allá, bajando por un callejón, subiendo por otro le tomó quince minutos, hasta que llegó a una esquina y entró por la puerta donde un letrero grande y ordinario, anunciaba: «Tomasino - Dulces».

En ese momento, el dueño del establecimiento se encontraba detrás del mostrador, parado sobre una caja de madera. Era un tipo muy pálido, de pelo rojo que se paraba como en un puercoespín, cuando no usaba su sombrero de papel. Verlo al lado de Salaí daba la impresión de que Tomasino tendría unos diez años ya que el chico era más alto que el confitero. Sólo después de mirarlo con cuidado se podían ver las pecas y la cara surcada de arrugas.

–¡Miren quién llegó, nuestro querido Salaí! ¿Y dónde carajo estabas metido?

Tomasino se sacudió las manos en el mandil blanco, se llegó hasta Salaí, y de broma, le dio un empujón al muchacho.

–Ocupado –respondió Salaí, mostrando la carta que se suponía le entregara al vecino de Tomasino.

–¿Demasiado ocupado para visitar a tus amigos? –preguntó Tomasino.

–Muy ocupado y muy pobre.

Salaí bajó la mirada para ver si el confitero le cogía pena, pena que quizás podría intercambiar por una muestra de confite de anís.

–¿Pobre, eh?

Tomasino soltó una carcajada, y dijo mientras se rascaba el cuello:

–Sé como te sientes, mi niño. Yo también soy pobre, ¿o crees que me gusta estar encerrado en este santo aposento mezclando, cocinando y horneando todo el día... sudando como un cerdo y apestando a campesino... o mejor dicho, apestando a cerdo y sudando como un campesino? ¿Cuánto llevas encima? Tu amo es un hombre rico. De vez en cuando te debería pasar una mesada –añadió Tomasino, confiriéndole un capirotazo a la gorra del chico.

–Él dice que somos nosotros los que le debemos pagar a él –dijo Salaí, recogiendo del suelo su sombrerillo.

–¿Y por qué no? Es un gran maestro.

–¡Y nosotros sus esclavos!

–¿No me digas?

De nuevo, Tomasino acudió a la carcajada.

–Bueno, si quieres, puedes venir a trabajar para mí. Eso sí, yo tampoco te voy a pagar, pero por lo menos puedes comerte todo el dulce que te dé la gana. Podrías ayudarme a hacer entregas y yo te enseñaría a hacer dulce, para que cuando yo sea viejo y ya no pueda trabajar, tú puedas hacerte cargo de la tienda–. Y Tomasino vio que Salaí no le quitaba la vista a las bolsitas de confite en la pared. –¿Qué dices? ¿Quieres ser mi aprendiz?

Salaí no lo pensó mucho.

–Nah. No te preocupes, yo me las arreglo.

–De eso no tengo duda, mi niño –dijo Tomasino, arrancando una bolsita de confite de la pared. –¿Qué tal si me haces un favor?

Salaí miraba los dulces, mientras Tomasino caminó hasta detrás del mostrador, de donde sacó una cajita de madera, cubierta en terciopelo y de color púrpura, amarrada con una cinta dorada y estampada con el escudo de armas del Duque de Milán.

–Todo ese dulce para ti, si me llevas esto al castillo.

–¿Al castillo?

–Sí –dijo Tomasino mientras sonreía–. Esta cajita me la trae un soldado dos veces a la semana, para que yo la llene de dulces. ¿A que no te imaginas para quién? Para Beatrice. A su majestad le encantan los mismos confites que a ti, pero con nueces. El soldado siempre recoge la cajita al día siguiente, pero esta vez parece que el ejército está en maniobras y se han olvidado de los dulces de Beatrice. Eso quiere decir dos cosas. Primero, que la Princesa se queda sin golosinas y segundo, que a Tomasino no le pagan. Yo no puedo hacer la entrega... mi madre está muy mal, sabes, no se puede quedar sola.

–¡Seguro que voy! –le respondió Salaí.

–Ya quisiera que a todos mis clientes les gustara tanto el dulce como a ti –le dijo Tomasino, entregándole la bolsita de confite al chico–. Sería tan rico como Lucca. Él gana mucho más que yo. El otro día me puse a pensar, ¿qué tal si en vez de dulces, les vendiera mercancía a los artistas? ¿Qué te parece, eh?

–¡No, por favor, el pigmento sabe a mierda!

Tomasino se echó a reír, mientras se frotaba la nariz.

–¿Tu amo... se enfadará?

–Para que mi amo se enfade, mi amo tiene que saber que yo fui al castillo, ¿cierto? –le contestó Salaí, echándose un dulce a la boca–. No, no creo que mi amo se enfade en lo más mínimo.

De pronto, de atrás de la habitación se oyó una voz ronca y desagradable que llamaba:

–*¡Tomasino!*

La sonrisa de Tomasino desapareció al mismo tiempo que respondió:

–¡Sí, señora ya voy!

Salaí amarró su bolsita de confite a la hebilla del cinturón, agarró la caja de dulces para la Princesa, se despidió del confitero y salió dando saltitos, cuando escuchó una pelea descomunal entre el pequeño y redondo Señor Lucca, y su agraciada y espigada señora, quienes se gritaban en el medio de la calle, justo frente a su establecimiento.

Lentamente y con mucho cuidado, el chico se acercó a los batallantes y se sorprendió cuando Lucca extendió la mano hacia atrás y sin un «¡Buenos días, Salaí!» o sin siquiera un «¡Oye, sí que madrugaste, Salaí!», recibió la carta de Maestro Leonardo y siguió insultando a su mujer.

–*¿Será posible que Lucca tenga ojos detrás de la cabeza?* –pensó Salaí.

Debido a que en muchas peleas de matrimonios, suelen de pronto aparecer sartenes, escobas, palos y puñales, Salaí se despidió con mucha reverencia, retrocedió con cautela, se dio vuelta y salió corriendo en ruta al palacio.

El Palacio. La Ciudadela. El Castillo Sforezco. El Castillo del Duque; el Fuerte. Todos describían la estructura más grande de Milán, el edificio que reinaba en la ciudad, con su impresionante Torre de Filarete, una torre de rastrillo enorme, visible desde una distancia de tres cuadras.

A Salaí le encantaba pasear por las calles que llevaban al castillo, avenidas forradas de mansiones donde vivía la nobleza de Milán.

–¿Qué quiere? –le preguntó uno de los guardias a la entrada.

El chico fijó su vista hacia arriba arqueando la espalda y torciendo la nuca, maravillado con la altura de la torre, que de acuerdo con él, alcanzaba las nubes.

El centinela llevaba puesta una vestimenta de metal ornamentado tan elaborada y pulida, que brillaba con el sol de la mañana. La misma consistía de casco cubrenuca, coraza, pancera, quijote y grandes espuelas, que tintineaban como campanitas, lo que resultaba muy gracioso, según Salaí, por la aparente contradicción entre la apariencia tan feroz del soldado y la musiquita que producía al caminar.

–Tengo una entrega.

–¿Una entrega de qué? ¿Quién lo envió? –preguntó el oficial.

–Tomasino. Son los dulces de la Princesa –y Salaí enseñó la caja de confite.

Casi de inmediato y con un gran estrépito, se levantó el rastrillo y un recluta flaco con lanza, puñal, espada, botas y peto, apareció de detrás del portón, haciéndole señas a Salaí para que le acompañara.

El joven soldado marchaba al frente, de manera rígida, manteniéndose al lado de la pared interior del fuerte.

Salaí nunca había estado dentro de la ciudadela y quedó asombrado, especialmente por la carretilla del jardinero con la que tropezó, cayendo al suelo. ¡Menos mal que no soltó la caja de dulces!

–¡Jey! –gritó su escolta–. ¡Fíjese por donde anda!

–¡Lo siento, mi señor!

El recluta suspiró, murmuró algo entre dientes y procedió adelante.

Por fin llegaron a una puerta de madera en el segundo piso; estrecha, pero gruesa, la misma estaba protegida por otro soldado.

–Una entrega para la Princesa –anunció la escolta de Salaí.

El centinela

–No se muevan.

El guardia, que era un hombre enorme, tocó dos veces a la puerta, entró al despacho y regresó segundos más tarde.

–Adelante –ordenó el centinela.

La habitación a la que entró el chico era del ancho de la torre, casi no tenía muebles y habían tres grandes vigas que cruzaban de un lado a otro del techo. Los pisos eran de madera pulida y al otro lado de la entrada, una ventana enorme con vista a la gran avenida frente al fuerte, cubría el ancho de la habitación.

Sentado detrás de un masivo escritorio, había un hombre alto y muy vertical, de unos cincuenta y cinco años, que vestía un chaleco negro de terciopelo, bordado con hilo de plata, una camisa de seda blanca, calzas negras y un sombrero del mismo color, con una pluma blanca al costado.

–¿Y qué tenemos aquí? –dijo el caballero, observando con gran interés a Salaí.

–¡*Bernardino!*

El consejero del Duque oyó como su nombre rebotaba de pared en pared, haciendo las rondas por los pasillos del castillo, mientras que el chico lo saludaba con gran reverencia.

Lentamente, el hombre dejó su silla y se le acercó al chico, al parecer, moviendo solamente las extremidades bajas de su cuerpo.

–¿Qué llevas ahí?

Salaí se acercó al caballero, le entregó la caja de dulces e inmediatamente retrocedió tres pasos.

El hombre tenía una cara común y ordinaria, con expresión severa. El pelo que podía verse debajo de su sombrero era gris y la nariz era muy perfilada, dando la impresión de que Bernardino da Corte era un cuervo que se estaba poniendo viejo.

–Acércate –le ordenó Bernardino a Salaí, ofreciéndole un dulce de la caja.

El muchacho titubeó. Eran los dulces de la Princesa y él estaba seguro de que a Beatrice no le gustaría que nadie le comiera sus confites.

Bernardino sonrió, algo que casi nunca hacía.

–Me tengo que asegurar que no estén envenenados.

–¡Oh, no, Vuestra Merced! –Y para demostrar que los confites de Tomasino no ocultaban ninguna intención maléfica, Salaí se echó un dulce a la boca.

–¿Cómo te llamas, precioso?

–Giacomo Andrea, mi señor.

–¿Cuántos años tienes?

–Catorce, Vuestra Merced –Salaí sintió que Bernardino lo miraba de la misma manera en la que él miraba los dulces.

–Dime, Giacomo, ¿quién te envió?

–Tomasino, mi señor.

–Ah, sí. Sé quien es. ¿A eso te dedicas, a hacer entregas para Tomasino?

–No, mi señor –respondió Salaí.

–*¡Bernardino!*

El consejero cerró los ojos un momento y le pidió al Todopoderoso que le arrancara la lengua al Duque.

–Muy bien, Giacomo –dijo, con un profundo suspiro–. Tendremos que continuar nuestra conversación otro día –y Bernardino sacó unas monedas y se las puso en la mano a Salaí.

–Gracias, mi señor –dijo Salaí con varias reverencias, hasta que llegó al pasillo.

–*¡Bernardino!*

Bernardino siguió al deleitoso mensajero de dulces con la mirada, mientras jugaba con su monedero.

❁

No muy lejos del castillo, en la iglesia del convento de Santa María de las Gracias, un grupo de frailes con talento musical elevaba sus voces a la gloria del Señor, mientras que otro grupo de hermanos, indudablemente sin aptitud para la música, sembraba hortalizas. En tanto, los demás religiosos paseaban por los pasillos, meditaban en la capilla, o merendaban en el corredor.

El hombre responsable de esta última inconveniencia no era ni más ni menos que el ilustre, el inigualable, el incomparable, el inimitable maestro y gran genio de la pintura Leonardo da Vinci.

Para consternación de los residentes del convento, Maestro Leonardo había ocupado el comedor más de tres años; desde que el Duque de Milán le sugirió que se ganara el pan de cada día decorando una de las paredes del convento.

El comedor era un cuarto grande, rectangular, de techo alto y abovedado, y con paredes blancas de austera sencillez. Habían dos ventanas altísimas en una de las paredes, por donde entraba la suficiente luz para evitar que los días se rindieran a la penumbra. Dos puertas hechas de tablas, una en la parte de atrás y otra que daba al pasillo del jardín, se mantenían cerradas con ganchos y sogas.

Durante casi treinta años, el refectorio fue un lugar ordenado, silencioso, donde sólo se escuchaba el susurro de las oraciones y las escudillas dando contra la mesa; antes de que cambiaran los bancos del comedor por caballetes, por mesas rústicas y por banquillos fabricados de leña y pedazos de madera, con las patas atadas por burdas sogas; antes de que montaran un andamio a lo largo de la pared que daba a la cocina; antes de que engancharan del techo una lona gris, sucia y de tela muy ordinaria a lo ancho y alto de la pared; antes de que aparecieran docenas de cuencos de barro, donde pigmento y yemas de huevo se combinaban en millones de colores; antes de que los llamados pupilos llegaran todos los días a mezclar esos colores con agua y yeso para crear las recetas mágicas destinadas a la pared tras la cubierta, perturbando así el silencio, la paz y la tranquilidad de la madrugada.

Lorenzo, con diecisiete años, era el mayor y el más alto de los muchachos y llevaba el nombre de su padre, quien pagaba buen dinero para que su hijo fuera aprendiz del gran maestro. Eso quería decir que Lorenzo Padre esperaba grandes cosas de Lorenzo Hijo, y especialmente que Lorenzo Hijo no debía malgastar la inversión de Lorenzo Padre, concentrando en sus estudios para aprender su oficio. Naturalmente, Lorenzo Hijo era muy bien parecido. Tenía que ser, si no, Maestro Leonardo jamás le hubiera permitido entrada a su casa, pese a todo el dinero que Lorenzo Padre invirtiera o pese al talento de Lorenzo Hijo, quien tenía pelo largo color negro y ojos grandes color castaño, que expresaban mucho aunque el chico no dijera nada. Sus extremidades eran sueltas y delicadas, las cuales podían admirarse fácilmente porque a Lorenzo le gustaba abrirse la camisa, que siempre estaba salpicada de colores. Si bien él era un poco delgado, a Maestro Leonardo le encantaba el poquito de lana en los labios del chico y especialmente sus cachetes colorados que a cada rato se rendían al cariño de su amo.

A Antonio no le interesaba la pintura. Él quería ser poeta. Desgraciadamente, su padre, un zapatero griego y un hombre de muy mal carácter, le entregó el futuro de su hijo de dieciséis años a Maestro Leonardo. Antonio era más bajito que Lorenzo, pero más alto que Marco y Salaí.

Antonio era responsable de mezclar agua con yeso. Maestro Leonardo decía a cada rato que Antonio era muy bonito aunque un poco tosco, con color típico del mediterráneo, ojos verdes y una voz ronca que, de acuerdo con su amo, era muy sensual. Antonio tenía pelo castaño oscuro que ataba detrás de la cabeza. Cuando hacía mucho calor, él se quitaba la camisa y los zapatos y hubiera mezclado agua y yeso desnudo, de no ser por los hermanos que se quejaban de que Antonio era un inmoral, un descarado, un desvergonzado y sinvergüenza, seguro de terminar ahorcado, si no quemándose en una pira erigida especialmente para delincuentes como él.

El trabajo de Marco Verrocchio era la mezcla de pigmento y yema de huevo. Él era un año mayor que Salaí, no muy alto, pero fuerte y tosco. Marco era el hijo de un primo segundo del distinguido maestro del propio Leonardo, lo que indicaba claramente que el talento no se hereda. Con su pelo largo color castaño, Marco a veces parecía un inocente y perdido cachorro de león, con cejas grandes y rubias enmarcando un par de ojos claros que siempre parecían preocupados, lo que indicaba que Marco nunca sabía lo que estaba pasando a su alrededor.

¿Y Salaí? Bueno, Salaí era Salaí y se suponía que no se metiera en problemas, lo que para él resultaba tan difícil como ir de paseo a la luna.

Esa mañana, los chicos, sin Salaí, lo habían arreglado todo. Las herramientas estaban listas y los colores fueron combinados mientras esperaban por Maestro Leonardo, quien era muy posible que no llegase en todo el día.

–Necesito azul –dijo Lorenzo.

–No tengo –le contestó Antonio.

–¿Quién mezcla? –preguntó Lorenzo.

–Salaí –explicó Marco.

–¡Fabuloso! –se quejó Lorenzo.

–Maestro Leonardo lo mandó a...

–No me digas, que no me importa. Cállate y ponte a trabajar –ordenó su colega.

–¡No me callo nada y no me pidas que mezcle porque no lo voy a hacer, porque no me sale de los cojones! –le respondió Marco, furioso.

Lorenzo se bajó del andamio y por poco le entierra el dedo en el pecho a su amigo.

–¡Tú haces lo que yo digo! ¡Si digo que mezcles, tú mezclas!

No era para más. Marco le iba a meter un tremendo empujón a su amigo, cuando se presentó Fray Bandello, frenético como siempre.

–¿Para dónde cogió ahora? –le preguntó a todos en el salón–. Oiga, usted, ¿dónde está su amo?

El prior apuntaba a Lorenzo con su rosario, el cual deslizaba nerviosamente entre los dedos.

Los chicos sabían dónde estaba Leonardo. Estaba con el caballo. Mala suerte, pensó Lorenzo, sin dirigirle la mirada al fraile. Bandello se pasaba hablando mal de ellos.

El prior había gastado dos hábitos, perdió mucho peso y hasta el pelo alrededor de su coronilla desapareció, desde que les ordenó a sus hermanos que desalojaran el comedor, para que Maestro Leonardo pintara la pared, a lo que él siempre se opuso y así se lo protestó al Moro, porque Maestro Leonardo, aunque un hombre de mucho talento y de insuperable genio artístico, era una persona que hacía lo que le daba la gana, cuando le daba la gana.

–¡No va a terminar nunca! ¡Nunca!

El fraile bajó la mirada y sacudió la cabeza antes de atreverse a mirar la cubierta que protegía la pared. Se dijo a sí mismo:

–Voy a estar muerto cien años antes de que ese hombre termine. ¿Y cómo va a terminar si se pasa de un lado para otro? ¡Cómo! Viene y se va, se va y viene. A veces está días parado frente a la pintura, con los brazos cruzados, pensando, masticando mentalmente las posibilidades; miles de posibilidades, siempre contemplando y en profunda reflexión. ¡El verano pasado, cuando el sol estaba en la cúspide y el calor desolaba las calles de Milán, lo vi correr desde el castillo, donde trabajaba en el desgraciado caballo y sin buscar sombra, se apresuró por la vía más corta y se llegó hasta aquí, le añadió uno o dos toques con el pincel, se largó y no se le vio en tres días! –Bandello iba a escupir, cuando se acordó de quién era y dónde estaba. Les tiró una mirada a los muchachos–. ¡Y estos mozalbetes! ¡Oh, Dios mío! ¿Quién se iba a imaginar que convertirían el comedor en un gimnasio griego? ¿Cuándo acabará esta tragedia? ¡Cuándo!

Aunque los chicos lo ignoraban, una violenta ráfaga de viento abrió la puerta trasera de sopetón y como por arte de magia, Leonardo da Vinci apareció en el refectorio y dijo:

–¡Buenas mañanas, hermano!

–¡Jesús! –gritó Bandello, agarrándose el pecho–. ¡Me da un infarto!

–No sea optimista, hombre, que a usted no lo mata nadie.

–¡Qué mucho me alegro de verlo! –exclamó Fray Bandello, sarcásticamente–. ¿Se puede saber dónde estaba ayer y anteayer y el día antes de anteayer? Ellos estaban aquí, pero usted, me imagino que tenía mejores cosas que hacer. No hace ni diez minutos que el Padre Superior me preguntó: «¿Y cómo está la pared?» «¡No está!» le contesté. Aunque le digo, me importa muy poco lo que él piense; es tan culpable de este enredo como usted y no le voy a permitir que evada su responsabilidad. Fue él, después de todo, quien creyó que sería una gran idea que usted trabajara en la pared. Yo, jamás...

–Tiene toda la razón, hermano –interrumpió Leonardo, haciéndole callar con un gesto de la mano–. Usted ha tenido la razón desde el principio.

Leonardo se quitó su gorra púrpura y la colocó en una mesita, cerca del andamio. Llevaba puesto una camisa blanca debajo de una chaqueta marrón sin mangas, y calzas negras.

–Ahora, ¿por qué no se va? así podemos seguir desperdiciando las horas decorando su convento –le dijo Leonardo, sus manos, instrumentos de creación, moviéndose al compás de sus palabras, con gestos y floritura que expresaban su maestría y la confianza en sí mismo. A los cuarenta y cinco años era un

Fray Bandello

hombre muy bien parecido, de gran porte y elegancia; alto, esbelto, con pelo rubio ya adornado con un poco de gris, que mantenía corto y bien peinado, lo mismo que su barba. Sus facciones eran aristocráticas y su nariz en particular, tan perfilada que parecía cincelada. Sus ojos eran color azul claro y nunca se estaban quietos, examinando todo minuciosamente, a veces por sí mismos, percatándose de lo más mínimo, ya fuera un pájaro en una tapia, un chiquillo estornudando, un caballero otorgando una reverencia, una chica coqueteando, o un chico sonriéndose–. ¡Marco! –llamó, señalando a la pared.

Inmediatamente el muchacho tomó la soga que aguantaba la cubierta y le respondió:

–¡Listo, Maestro!

–Ya estoy cansado de repetirle, hermano –le dijo Leonardo a Bandello, su voz profunda, firme y arrogante, pero amigable–, yo logro gran parte de mi trabajo antes de aplicar pintura un lienzo, o en este caso, a una pared. Lo que quiere decir que gran parte de mi trabajo se completa mucho antes del primer toque del pincel. ¡Así es como creo una obra maestra!

Las palabras «obra maestra» todavía flotaban por el aire, cuando Marco haló la soga y la cubierta cayó sobre el andamio, dejando ver un enorme fresco del tamaño de la pared, que representaba la última cena de Jesús con sus discípulos. Los luminosos colores vibraban en la pintura y su perspectiva era extraordinaria, con sólo dos rostros por terminar; el de Jesús y el de Judas.

Al hermano Bandello no le conmovió la dramática develación. La pintura seguía igual que tres meses atrás.

–Maestro, ¿sabe usted cuántas protestas yo tengo que sufrir todos los días? ¡Por Dios, que esto es peor que la inquisición!

–¿Protestas?

Bandello se llegó hasta la parte de atrás para cerrar la puerta que Leonardo había dejado abierta mientras decía:

–Por la mañana, cuando me estoy preparando para ir a misa, los hermanos me acosan de una manera terrible. ¡No me desean buenos días, ni me preguntan si va a llover, no! Se reúnen fuera de mi puerta y me hostigan con preguntas impertinentes, como si yo fuera el que los mantiene fuera del comedor. ¿Por qué? ¡Porque quieren saber, porque tienen todo el derecho de saber cuándo el gran Maestro Leonardo va a terminar la pared! ¿Cuándo? ¿Cuándo el agobiante alboroto, la nauseabunda peste a trementina, las indignantes manchas de pintura y yeso por dondequiera, además de la insultante conducta de sus «estudiantes» van a desaparecer? ¿Cuándo va a terminar esta condena, esta invasión? ¡Déjeme decirle, Maestro, cualquier pintor habría acabado hace tiempo!

–Ah, sí, pero el asunto es, mi querido hermano –dijo Leonardo con cierto grado de humildad–, que cualquier pintor no es Leonardo da Vinci. Ahora, en vez de estar parado ahí como una estaca de cera, ¿por qué no usa su influencia con el Señor y me consigue a Jesús Cristo?

Lorenzo creyó que el fraile se ahogaba. Antonio juraba que Fray Bandello no paraba de pestañear y Marco, bueno, Marco estaba viendo cómo matar una mosca que lo estaba volviendo loco, cuando el hermano Bandello regañó a Maestro Leonardo por irreverencia.

Leonardo inclinó la cabeza, sonrió, y tomando al fraile por el brazo, lo llevó hasta la puerta de entrada.

–Mire, hermano, nos estamos tardando tanto porque hace más de un año que ni encuentro al modelo para el Cristo ni al modelo para el Judas. ¿Dónde puedo encontrar a un hombre con la bendita bondad que se necesita para posar como Jesús? ¿Y dónde puedo encontrar a un hombre tan odioso, tan malvado que sólo él pueda tomar el lugar del Judas? Vamos, usted se

La pintura en la pared

supone que sepa más de esto que yo. ¡Créame, que en cuanto encuentre lo que busco, saldremos de aquí antes de que usted nos ofrezca un Ave María!

Bandello se zafó, se alejó del maestro, y con un pie en el pasillo, suspiró y le dijo:

–Eso fue exactamente lo que usted me dijo hace más de un año. ¡Excusas y más excusas! ¡Son pretextos baratos para mortificarnos! Oiga, un nuevo hombre llegó anoche del Ticino. Quizás le interese verlo.

–¿Para qué?

–Puede que le guste –contestó Bandello.

–¿Y para qué necesito que me guste un religioso?

Fray Bandello miró a la pared, y dijo:

–Digo yo, es posible que sea lo que usted busca.

–¿Para Cristo o para el Judas? –preguntó Leonardo.

–¡No sea irrespetuoso, Maestro!

–Perdone, pero yo he conocido a varios de ustedes que estarían perfectos para el Judas.

–¿Lo quiere ver o no? –le preguntó Bandello, de mal humor.

–¿Qué puedo perder... aparte de más tiempo? –le preguntó Leonardo, subiendo al andamio, quitándose la chaqueta y poniéndose un mandil de cuero–. ¿Cómo se llama?

–Marcelino –le respondió Bandello, saliendo del comedor y cerrando la puerta detrás de él.

–Un nombre muy peculiar –dijo Leonardo a quien le interesara.

–¿Por qué, Maestro? –preguntó Antonio.

–A casi todos les ponen nombre de santos –respondió el maestro.

–¡Pablo! –dijo Lorenzo.

–¡Pedro! –dijo Marco.

–¡José! –añadió Antonio.

–¡Marcelino! –concluyó Leonardo–. No, no suena bien.

–Maestro Leonardo –se oyó que dijo una voz desde la puerta trasera del refectorio.

–¿Sí? ¿Quién es? –contestó Maestro Leonardo desde el andamio–. Acérquese, que no lo veo.

–El hombre prudente no se deja ver hasta conocer si sería bien recibido –dijo el dueño de aquella voz de gran autoridad, antes de entrar de lleno en el refectorio, acompañado de un fraile alto y bien parecido, que se cubría la cabeza con un capucho.

–¡Maquiavelo!

Leonardo soltó el trapo mojado que tenía en la mano y se desmontó del andamio lo más rápido que pudo.

–¿Reconociste la voz después de tanto tiempo? –le preguntó Maquiavelo, acercándose a Leonardo.

–¡Tu cautela! –le dijo Leonardo, por poco dándole un abrazo a su amigo, aunque Maquiavelo parecía un hombre al que no le gustaba abrazar a nadie.

Aparentaba ser mayor que Leonardo. Por contrario, Maestro Leonardo le llevaba diecisiete años. Nícolo Maquiavelo tenía una cara ovalada que mantenía rasgos de juventud, aunque sus facciones se podían describir como poco comunes, cuello estrecho y una nariz elegante y larga. Su cabello era ondulado color castaño y lo mantenía corto para no pasar trabajo, mientras la preocupación y la concentración total de su escrutinio marcaban su frente. Aunque no era muy alto de estatura, el Señor Maquiavelo era tan inquieto como un relámpago que azotaba con elegancia y aspecto aristocrático.

–¡Qué sorpresa tan agradable! –exclamó Leonardo, mirando de reojo al acompañante de su amigo–. ¿Cómo diste conmigo?

–Le pregunté a un pordiosero que se encontraba en la puerta de la ciudad –contestó Maquiavelo.

–¿A un pordiosero?

–Eres tan conocido como el Duque –dijo Maquiavelo.

–¡Ha! ¿Cuántos años hace que no nos vemos? ¿Cinco, seis... ?

–Por lo menos.

–Maestro Leonardo da Vinci, éste es Fray Valentín –dijo Maquiavelo, apartándose a un lado, mientras el fraile ofrecía una reverencia–. Siento no haberte escrito que venía a verte. Sé lo ocupado que estás.

–Ocupado para todos, menos para mis amigos.

–Eres muy gentil. ¿Crees que puedes zafarte de aquí por un par de horas?

–Nada me gustaría más, créeme. Pero el prior no me lo perdonaría –respondió Leonardo. –Dice que estoy tardando demasiado–. Y señaló la pared. –Ya sé... ¿por qué no vienen a cenar a casa?

Maquiavelo fijó su mirada en Fray Valentín y dijo:

–¿No me digas que les has enseñado a cocinar a los chicos?

–¡De todo menos eso! Pero sí tengo una cocinera que es una artista con la salsa.

–En ese caso, ¿cómo puedo rechazar una oferta tan generosa? Además, quiero ver como vive el gran Leonardo, si lo que dicen por ahí, es cierto.

–Te vas a decepcionar –le dijo Leonardo, observando que Fray Valentín miraba la pintura en la pared–. ¿Alguna sugerencia, hermano?

–Es... es impresionante.

Leonardo y los chicos se echaron a reír.

–¡Lo que dice todo el mundo! ¿Qué les parece... como a las siete?

Maquiavelo inclinó la cabeza afirmativamente.

–¿Dónde te estás quedando? Puedo enviar por ti.

–No hay necesidad –le dijo Maquiavelo–. Además, partimos esta misma noche. Pero no te preocupes. Yo sé donde vives.

El Señor Maquiavelo le ofreció una reverencia a su amigo y estaba por abrir la puerta, cuando Salaí, quien regresaba con mucha prisa, se reventó contra el pobre hombre, casi tirándolo al suelo, tumbándole el sombrero y destrozándole su dignidad. Si no hubiera sido por Fray Valentín...

–¡Oh, perdone usted, Vuestra Merced! –exclamó Salaí, sorprendido por el encontronazo.

–¡Salaí! –gritó Leonardo.

–Estos chicos... son muy animados –ofreció Maquiavelo, con cara seria, mientras se arreglaba el sombrero.

–¡Si animados significa ser mal educados! –contestó Leonardo.

Sin otra palabra, Maquiavelo y Fray Valentín salieron del refectorio, a la vez que Leonardo llevó a Salaí por el brazo hasta el andamio.

–¡No te he dicho mil veces que no corras, esto no es un coliseo! ¡Están aquí para trabajar, no para darles golpes a la gente!

–¡El hijo de puta es más torpe que una monja alegre! –opinó Antonio.

–¡Oye, cabrón, la única alegre es tu madre, maricón! –le respondió su colega.

–¡Basta! –les gritó Leonardo, estableciendo el orden en el comedor–. ¿Se puede saber dónde estabas metido? –le preguntó a Salaí.

–Le llevé la nota a Lucca –dijo el niño.

–¡Eso fue hace más de dos horas! ¿Y qué es ese olor que llevas encima? –le preguntó Leonardo, percatando el inconfundible aroma a confite.

–¡No se baña hace una semana, Maestro! –intervino Lorenzo, logrando que sus colegas se echaran a reír.

–¡Esto no es asunto tuyo! –le dijo Leonardo a Lorenzo, furioso–. ¿Es que no tienes nada que hacer? ¡Pónganse a trabajar! ¡Vamos! ¡Disciplina! ¡Disciplina, ya que no tienen dignidad! ¡Antonio!

–¿Sí, amo?

–¡Busca un balde de agua!

Antonio agarró el recipiente de debajo del andamio y salió apresuradamente del refectorio.

–Maestro, se acabaron los huevos –dijo Marco, tratando de aparentar estar ocupado.

–Sal y pídele seis o siete a Fray Bartolino –dijo Leonardo.

Marco estaba por salir por la puerta cuando dijo Lorenzo:

–¡Qué no estén podridos, Maestro, que lo apestan todo!

–¿Oíste? –esto de parte de Leonardo a Marco, antes de que el chico se marchara–. ¿Y tú, qué? –le preguntó a Salaí, llevando al muchacho a un lado.

Salaí parecía estar en otro mundo. Pensó contarle a su amo sobre la pelea del señor Lucca con su mujer; de cómo la vieja le daba por la cabeza al marido y del horrible temperamento de la doña, cuando se acordó de las seis palabras en la nota que le entregó a Lucca.

–Te estoy hablando. ¿Qué dijo Lucca?

Salaí se encogió de hombros y dijo:

–Nada.

–¿Qué pasa? ¿Por qué esa cara larga?

Salaí no respondió.

–Esperemos que envíe a alguien con el pigmento, si no... bueno, olvídate. Ponte a trabajar –le ordenó Leonardo, dándole juguetonamente un pellizco en la nariz–. Ayuda a Marco.

Leonardo subió al andamio, tomó un pincel y le retocó los labios a Simón, le añadió un poco de sombra a la nariz de Felipe, le aumentó el brillo a los ojos de Juan y le dibujó una expresiva curva a la boca de Tadeo. En cuanto terminó con los apóstoles, Leonardo retocó un platillo, un vaso, el mantel y las ventanas con azul, blanco, plateado y dorado. De pronto, resaltaba el panorama que se veía por la ventana del fresco; lucía brillante y difuso, estilo de Maestro Leonardo, cuando combinaba el perfil y los colores, para crear un efecto misterioso.

A las dos horas, Leonardo se bajó de la plataforma e inspeccionó de lejos la pintura. De inmediato sus ojos se fijaron en las dos caras que permanecían sin dibujar. Los personajes claramente demarcados; el Bien y el Mal. Como un precioso y mágico sueño al lado de una horrible pesadilla o como un día que goza de brisa en otoño, contra una tarde sofocante en verano. Quizás, agua cristalina de un manantial, en vez de una fétida cloaca. Luz y la nada del vacío; Cristo cara a cara con su traidor.

El moro
ii

Al asesor del Duque le mortificaba sobremanera que gritaran su nombre a los siete vientos. De todos modos, él caminaba sin prisa y con su acostumbrado aplomo. Llevaba la cajita de dulces bajo el brazo. En el pasillo se encontró con el embajador de Inglaterra, a quien saludó con mucha reverencia, antes de pedirle excusas por no poder quedarse a hablar un rato. En otro corredor, no pudo eludir a la Condesa Rosignol, demostrando su emoción en presencia de tan extraordinaria figura y belleza, llevándose la mano a la boca, y luciendo tan atónito, que los ojos por poco se le brotan de la cara.

–*¡Bernardino!*

La Condesa, una doña muy rica, estaba casada con un exilado francés, un distinguido hombre de negocios, quien estableció residencia en Milán luego de convertirse en el principal prestamista de Ludovico Sforza.

–Mi queridísima Condesa, ¡cómo deslumbra su belleza!

La señora, extravagantemente vestida, perfumada y maquillada, le replicó:

–¡Vuestra Merced es un simpático diablillo, y no pienso hacerle caso!

Y con esas palabras la alabada doña echó una risita demasiado infantil para sus sesenta y algo años. Ella caminaba de brazos con un joven poco agraciado, vestido con muy mal gusto, con una chaqueta marrón, calzas del mismo tono, y un sombrero que, según Bernardino, se hubiera visto mejor adornando la cabeza de un mono.

–*¡Qué criatura más fea!* –se dijo a sí mismo el consiliario, mientras castigaba a la Condesa con una sonrisa juguetona.

–Vuestra Merced, es un placer presentarle a mi hijo. Acaba de regresar de Bolonia –dijo la orgullosa madre.

–*Lo debieron ahogar al nacer* –pensó Bernardino ofreciendo una reverencia, a la vez que sus brazos respondían con mucho floreo–. ¡Bienvenido! ¡Bienvenido sea! Si en algo le puedo servir, no tiene más que dejármelo saber. Estamos a su disposición, joven.

–Quiero que sepas, Mateo –dijo su madre, la Condesa disimulando confidencialidad–, su Excelencia, Bernardino da Corte es el hombre más importante de Milán, aparte del Duque Ludovico.

Mateo abrió los ojos, que eran grandes y negros, y le ofreció a Bernardino una mirada tímida y un poco coqueta, acompañándola de una sonrisa un tanto provocadora.

–*¡Antes se lo meto a un ganso!* –rumió Bernardino antes de profesar su eterna devoción a la Condesa, ofrecer un sinnúmero de reverencias y seguir su camino, hacia las habitaciones del Duque, atravesando el jardín de rosas, donde se le encajaron las calzas–. ¡Era lo único que me faltaba! –se dijo a sí mismo, inspeccionando el daño.

Llamó a un soldado, le entregó la caja de dulces para que se la llevara a Beatrice, y momentos más tarde llegó a las habitaciones privadas de Ludovico, donde un centinela le abrió la puerta para que entrara.

–Buenos días, Vuestra Majestad.

Bernardino se quitó el sombrero, se peinó con los dedos, le dio otro vistazo al tirón en la calza, y se mantuvo inmóvil ante la presencia del Moro.

El despacho de Ludovico Sforza era una maravilla, con los pisos y las paredes minuciosamente tallados con temas florales y un techo elaborado «a casselle», o sea, platillos hondos al relieve. A un lado de la habitación y a lo largo de la pared se encontraba un mueble enorme que consistía de una plataforma, un armario, tres gavetas, y un pupitre donde su excelencia mantenía tinta, plumas, y un reloj de arena. Una mesa pequeña, cubierta en terciopelo verde, exhibía un modelo de un caballo. Detrás, a su izquierda, estaba una majestuosa chimenea, con una bella repisa tallada al estilo de las paredes. Alrededor había ventanas de vidrio de colores que abrían al jardín, permitiendo una gran vista, y que cuando hacía brisa, mantenían la habitación fresca y fragante.

–¡Ah, ahí estás! –le dijo el Moro, dándose vuelta, al oír la puerta. El Moro era el apodo conferido a Ludovico por parte de su padre porque su hijo era de tez morena–. ¿Ves esto? –preguntó, enseñándole la correspondencia que tenía en su mano–. ¡Es de Caterina! –Caterina Sforza era la sobrina de Ludovico y la Duquesa de la ciudad de Forli. El Duque le dio una palmada al pedazo de papel–. ¡Quejas y más quejas! –se quejó el Moro–. ¿Qué le pasa a esa mujer? Siempre escribe lo mismo. ¡Ésta es la tercera carta en menos de un mes!

–Es posible que Caterina crea que Vuestra Merced no está recibiendo su correspondencia, ya que usted nunca le responde.

–¿Responderle? ¿Para qué? ¿Qué se supone que yo le escriba? Mira, primero me describe las maquinaciones del Papa contra Forli. En la próxima línea me dice lo que piensa hacer para desautorizar a Roma en su pueblo, y en la misma página... no, cinco palabras después... me pregunta si conozco algún pintor que pueda adornarle el castillo. Te digo que la mujer está loca. ¡Loca! ¡Qué se puede esperar, salió a su madre!

–Bueno –observó Bernardino–, no importa lo que el Papa esté tramando contra Caterina porque no se puede comparar con lo que el Papa está tramando contra Vuestra Majestad.

Disgustado, Ludovico soltó la carta en su escritorio, y añadió:

–Decorar el castillo de esa mujer es imposible. La Roca es lo más inhabitable que ha creado el hombre. Por cierto, ¿dónde está mi esposa?

–En el jardín, contando mariposas –le contestó Bernardino.

–Contando... ¿por qué?

–Es mi impresión, Majestad –dijo Bernardino con una leve sonrisa–, que la Princesa Beatrice es una dama tan joven e inocente que su intelecto no se ha desarrollado del todo y por lo tanto el número de mariposas que habitan los jardines del palacio le estimula su tierna y femenina curiosidad.

–Sin duda alguna, está perdiendo el tiempo.

–Ah, sí, pero perder tiempo es la prerrogativa de la Princesa, como gastar una fortuna en un gigantesco caballo de bronce es la prerrogativa del Duque –contestó el asesor.

–Gracias por acordarme el caballo –le dijo el Moro a la vez que se levantó las calzas y se miraba las zapatillas... todo para pensar qué decir.

El caballo al que se refería Bernardino, era naturalmente, el monumento ecuestre en honor al padre de Ludovico, Francesco, la misma estatua de bronce que se suponía construyera Leonardo da Vinci.

Monumento ecuestre

Le dijo Ludovico a Bernardino:

–¿Qué insinúas, que no puedo terminar el caballo?

–¡Jamás y nunca! –le contestó Bernardino–. Simplemente le estoy indicando que ese caballo cuesta demasiado. Maestro Leonardo está pidiendo... –Bernardino pausó, sacudió la cabeza y distorsionó los labios en una mueca–, disculpe, no... Maestro Leonardo nunca pide nada. Él exige tanto y tanto bronce para el caballo, que no sé que nos vamos a hacer. Es una cantidad tan y tan exorbitante de metal que, o compramos el bronce en el exterior, lo que va costar una fortuna, o derretimos la mitad de los cañones que protegen la ciudad, lo que le puede costar más caro aún.

Malhumorado, Ludovico parecía un chico malcriado, con su pelo liso negro que le llegaba a los hombros, una cara llena de cachetes colgando y una nariz muy empinada. Él se llegó hasta el modelo del caballo, y sobándolo detrás de la oreja, dijo:

–Hay que buscar la manera.

–Se me ocurre lo siguiente, Majestad–. Y Bernardino se llevó el dedo índice a la boca–. ¿Por qué no establece un impuesto ecuestre a todo ciudadano que tenga más de un caballo... para el caballo?

–No me hagas reír –le respondió Ludovico, sin chispa de gracia–. Otro impuesto y nos corren de la ciudad... a ti y a mí. No, no más impuestos. Piensa en otra cosa. Tú, mejor que nadie, sabes lo que significa ese caballo para mí. ¡Tiene que ser magnífico!

–Cuesta demasiado.

–¿Y si yo digo que no me importa lo que cueste?

–Usted puede decir lo que guste, Majestad –le dijo Bernardino con una reverencia.

–No olvides que mi padre llevará las riendas –dijo el Moro señalando exactamente donde estaría asentada la figura del difunto Duque de Milán.

–Lo sé, lo entiendo, y estoy de acuerdo que el monumento se debe... se tiene que realizar, Majestad. Yo lo sé, no tengo duda, y estoy completamente de acuerdo en que, además, esa estatua debe ser superlativamente extraordinaria. ¿Pero por qué necesita ser tan enooorrrme? –Bernardino desplegó sus brazos en un imposible intento de demostrar el tamaño del caballo.

–Para impresionar –explicó el Duque.

–Por lo que representa, no por ser gigante –le replicó el asesor, a la vez que se le acercó al Moro–. Excelencia, si me permite. Ese... maestro tiene un hábito muy peculiar. Él infla, expande, amplía, ensancha y lo extiende todo fuera de proporción, dimensión y simetría. Este «artista» padece de lo que yo llamo, sentido práctico. Por ejemplo, cuando usted le pidió que pintara un fresco en el refectorio del convento, él pintó, no parte de la pared, como lo habría hecho una persona sensata, sino, todo el lado del edificio. Lo mismo sucede con el monumento al ilustre don Francesco. De aquí a que Maestro Leonardo termine con el caballo la estatua va a ser más alta, más ancha, más pesada y más costosa que cualquier otro monumento, obelisco, mausoleo o santuario en el mundo con la posible excepción de la esfinge, las pirámides de Egipto y el Coloso de Rodas.

–Por lo que veo, estás de malas con Maestro Leonardo –le dijo Ludovico, entre carcajadas.

–¿De malas? ¿Yo? –Bernardino colocó su mano contra el pecho–. No, no estoy de malas. Como solía decir mi adorada y difunta esposa: «Para estar de malas, uno tiene que saber lo que es estar de buenas». Sinceramente, no conozco nada de Maestro Leonardo que me agrade.

–Vamos, Bernardino, no seas injusto –protestó Ludovico, sacudiéndole el dedo al Consejero.

–Quizás lo soy. Carezco de su caridad, mi señor. Usted tiende ver lo mejor en el ser humano. Siempre he dicho que es usted un hombre de mucha, mucha paciencia. –Bernardino extendió la mano izquierda para darle un vistazo a sus uñas, antes de arquear la ceja derecha y volver su atención al Moro–. Basta decir que el dichoso maestro me resulta muy antipático. Lo encuentro un presumido petimetre, un pedante presuntuoso, un hombre con un intelecto de miniatura que oculta sus deficiencias con la arrogancia y la exageración.

–No me quiero ni imaginar lo que él piensa de ti –le dijo el Moro, riendo.

–Le puedo asegurar que él resiente cuando yo le exijo una contabilidad de sus gastos, y me han dicho... en varias ocasiones... que se indigna cuando tiene que acudir a mí para conseguir una cita con Vuestra Merced. Sí, parece que son muchas las cosas que le molestan a Maestro Leonardo, y eso es muy triste. Él todavía no entiende que todos en este pueblo estamos a la merced del Moro, y que es mi responsabilidad vigilar por el bienestar y la seguridad del ducado. No se supone que yo sea el lacayo de un repugnante e irreverente payaso que adora los traseros de sus pupilos, y prefiere pintar paredes y fabricar un «equus colossus».

Aunque Bernardino trataba de conferir un aire de indiferencia, su cara denotaba el calor del resentimiento. ¿Eran celos o envidia?

El Moro sonrió plácidamente, y le dijo:

–El problema es que tú no entiendes a los artistas. De todas las criaturas del mundo, son las más egoístas, las más arrogantes y las más temperamentales.

–Me he dado cuenta –le dijo Bernardino, con una sonrisita burlona.

–Pero, de otra manera, ¿cómo pueden alcanzar la esencia de la perfección en las profundidades del alma, sin estar engreídos por su pasión? –le dijo Ludovico, señalando con ambas manos la estatuilla–. Es imposible, especialmente para un hombre como Leonardo. Créeme que el señor es un genio, un genio de verdad. Nadie puede crear algo tan imponente como este caballo. ¡Nunca he visto nada más bello! ¡Mira los ojos, abrasan con una mirada imperiosa e indomable! ¡Fíjate en el delicado contorno de sus extremidades... de los tendones y los músculos! ¡Es irresistible belleza revestida en un puño de arcilla!

–Poético, quizás, aunque no viene al caso –pensó el consiliario.

–De todos modos –concluyó Ludovico–, no vale la pena alterarse por el tamaño del caballo, ni por lo que pueda costar. Estos alardes de malhumor alteran la temperatura del cuerpo, inquietan las entrañas, y enferman a uno. Hablaré con Maestro Leonardo a su debido tiempo para ver qué puede hacer.

De pronto, un simpático interludio; el tintineo de una campanita que colgaba de un gancho de metal al lado de la chimenea, que sonaba cuando tiraban de una soga, detrás de la pared.

Al Moro se le brotaron los ojos, como a un hombre que enfrenta la muerte, o en este caso, el amor. Inmediatamente, Bernardino salió del despacho, llamó a un soldado que se encontraba de guardia en la escalera, y le ordenó que fuera a la entrada del jardín para vigilar a la Princesa.

En el ínterin, Ludovico empujó la pared donde estaba la campanita, revelando un pasillo secreto.

–¡Adoradísima! –exclamó el Moro, permitiéndole a su amante entrar a la habitación–. ¿Qué haces? ¡Mira que Beatrice se puede aparecer en cualquier momento!

–No te preocupes, querido –le contestó Cecilia Gallerani, supuestamente la mujer más bella de todo Milán. Tenía unos veinte años, y era alta y esbelta, con facciones perfectas, pelo color castaño, ojos verdes, largas pestaña rubias y complexión pálida. Dándole aún más distinción, había un gran contraste entre su porte elegante y maduro, y el de su competencia–. Ella está muy entretenida en el jardín. Y mientras ella se distrae con sus juegos infantiles, yo disfruto de mi enamorado.

–¡Querida! –dijo el Moro besándole las manos.

Cecilia se separó del Duque y le dijo:

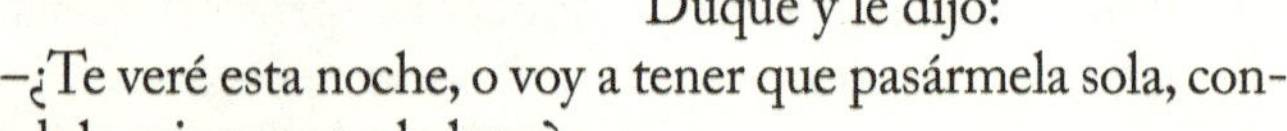

Cecilia Gallerani

–¿Te veré esta noche, o voy a tener que pasármela sola, confesándole mis penas a la luna?

–Amor, no sabes cuánto me remuerde la conciencia por haberte desatendido. No tienes idea de lo que te quiero. Pero, lamentablemente...

–Lamentablemente no tiene nada que ver con nada, Ludovico. Di, «pero Beatrice» y te entiendo perfectamente.

De nuevo, el Moro se vio obligado a cogerle las manos en las suyas, diciendo:

–¿Cómo puedo compensar tu gentileza, tu comprensión?

Cecilia estaba por contestar, cuando se oyó un toque en la puerta, seguido por Bernardino, que asomó la cabeza en el despacho con una mirada que alarmó al Moro a tal punto que pensó esconderse en el pasillo secreto.

–¡Beatrice... viene de camino! ¡No, querida, no te rías! Por favor, te lo ruego, ¡regresa a tu despacho!

–¿Y si no quiero?

–Cecilia, mira que ya tengo bastante, no necesito más dolores de cabeza. Beatrice... sabes que tiene muy mal genio... ¡es muy celosa!

–¡Es una chiquilla arrogante!

–¡Sí, lo es, mi amor, tienes toda la razón!

–¿Entonces, por qué no la ignoras? –preguntó Cecilia sin dar atrás.

–¡Cecilia, basta! Esto... ¡esto no es digno de ti! ¡Te estás comportando como... como Beatrice! ¿Por qué me estás haciendo la vida tan difícil?

–¡Porque te amo!

–Y yo te amo a ti también. Es más, no te amo, ¡yo te adoro!

–No te creo.

–No digas eso, que me hieres. Oye... –le dijo el Moro a la vez que miraba nerviosamente hacia la puerta–, ¿por qué no nos pasamos un par de días en Vigevano? Tú y yo, solitos. ¿Qué te parece la idea?

–¡Un espanto! En ese sitio no hay nada que hacer más que jugar con las vacas y perseguir ovejas. No, mi amor, rehúso convertirme en una campesina. Además, no soporto el olor del campo.

–Como quieras. Pero ahora... –y empleando la fortaleza de su autoridad, el Moro tomó a su querida por el brazo y la llevó hasta el escondite–. Te quedas ahí, y no se te ocurra hacer ruido. ¡Mejor todavía, regresa a tus habitaciones!

Con una mirada condescendiente, Cecilia se despidió con mucha reverencia.

¡Justo a tiempo! Tan pronto las dos paredes se transformaron nuevamente en una imperceptible rajadura...

–¡Miren quien llegó! –exclamó el Duque Ludovico, volviéndose rápidamente con una gran sonrisa y empapado en sudor, al oír la puerta abrirse repentinamente, seguida del inquieto caminar alegre de la Princesa–. Dime, mi adorada, ¿cuántas encontraste?

El Moro recibió a su esposa con los brazos abiertos y besos por dondequiera. Es más, parecía un chiquillo encaprichado.

Bernardino se apareció segundos más tarde, también sudado y sin aliento, después de haber perseguido a Beatrice desde el jardín.

Con apenas diecisiete años, Beatrice d'Este no era tan bella como era joven, pero poseía un espíritu juguetón y lleno de regocijo; por lo que los habitantes de la ciudad la llamaron: «La amantissima de Milán». Su sonrisa era como el sol de un espléndido día de verano. Mantenía en sitio su pelo largo de color ámbar con una tiara de oro incrustada con rubíes, y sus ojos nunca dejaban de maravillarse de todo, aunque cada onza de dulzura, inocencia y felicidad le compensaba otra onza de fuerza de voluntad, y un temperamento que ilustraban su cuna soberana.

–¿Cuántas? ¿Cuántas qué? –preguntó la Princesa, con una dulce sonrisa.

–Mariposas –añadió Ludovico, mirando hacia Bernardino.

–Oh, perdí la cuenta en quinientas cincuenta. ¿Y sabes por qué perdí la cuenta?

Ludovico sacudió la cabeza, aunque seguía sonriendo.

–Porque perdí la concentración. ¿Y sabes por qué perdí la concentración?

–No tengo idea –respondió el Moro, toqueteando la tiara de la niña.

–Porque al levantar la mirada para observar una preciosa mariposita... amarilla con manchas azules y rojas que volaba más alto que las demás... me fijé en una doncella que se paseaba por el pórtico. Creo que se llama Cecilia. ¿La conoces?

Nadie tuvo que decirle a Bernardino que abandonara el despacho de inmediato. El consejero del Duque les ofreció sus reverencias a las majestades, caminó de espaldas hasta chocar con la puerta, se viró con la celeridad de un trompo, y desapareció en el justo momento en que Beatrice le dio un empujón a su marido que por poco lo tira por la ventana.

–¿Qué hace Cecilia Gallerani en Milán? –le preguntó Beatrice en voz muy baja, manteniendo las manos en la cintura y pareciendo un oficial de guerra en el medio de la habitación.

–¡Mi amor, por favor!

–¡Me prometiste sacarla de la ciudad!

–¡Lo hice, pero regresó!

–¡Tú enviaste por ella!

–Pero ¿cómo puedes decir semejante cosa, cariño? ¡Sé razonable, por Dios!

–¡Razonable! ¡Razonable! ¿Esperas que sea razonable cuando mantienes a tu querida en el palacio?

Beatrice no gritaba. No tenía necesidad. Su mirada y su tono de voz sólo podían confundirse por una soberana rabieta.

–Por favor, ¡qué yo no mantengo a nadie en ningún sitio! Escucha, Cecilia... Cecilia es una amiga de muchos años y está de visita en Milán. Yo no puedo evitar que ella...

–¡Sí, puedes!

Beatrice se dio vuelta, caminó a la ventana y le dijo:

–Oh, ¡y pensar que permites a esa puta vieja aquí, bajo mis narices!

–Beatrice, eso no es justo –le dijo Ludovico sin poder continuar porque Beatrice lo miró, como diciendo: «¿Así qué vas a discutir conmigo?»

–Lo que quiero decir... mi amor... es que, bueno, Cecilia no es puta, y no es vieja.

–¿No me digas? ¿De verdad? –preguntó la «amantissima» salpicando las palabras con veneno–. ¡Esa bruja tiene por lo menos veinte años!

Por un momento Ludovico pensó que Beatrice se echaría a llorar, por eso de que era muy joven para soportar la infidelidad de su marido. ¡Nunca! En vez de llorar, Beatrice agarró un libro enorme y pesadísimo del escritorio, y lo lanzó con toda su fuerza a través de la habitación, rozando la nariz del Duque, y cayendo con un gran estruendo. Eso, antes de que se diera cuenta de que había cierta fragancia en el aire.

–¿Qué es ese olor?

–¿Qué? –Ludovico fingió sorpresa.

–¡Perfume! ¡No me digas que esa arpía se atrevió llegarse hasta aquí!

–¡Pero mira que a ti se te ocurren cosas! Lo que hueles es... es Bernardino. Le ha dado con la última moda de Francia... sabes que esa gente no usa agua y jabón.

–¡La quieres más que a mí! –le dijo Beatrice, por fin, sucumbiendo a la pena, y desatando un verdadero diluvio de lágrimas.

Como pueden dar fe los amantes, los esposos, y todos aquellos que aspiran a ser amantes y esposos, es más fácil tratar una rabieta que lidiar con las profundidades del sentimiento.

–¡No, por favor, no llores! –le rogó Ludovico–. Mira que no puedo verte así. ¡Me destrozas el corazón! ¡Yo te adoro, tú lo eres todo para mí!

–Me voy. Me voy con mi hermanita para Mantua. Le voy a pedir a Isabella que me consiga entrada en un convento –le respondió Beatrice, ahogada de tristeza.

–¡No digas eso! –le suplicó el Duque, con un lamento de adolescente, muy impropio para sus cuarenta y siete años–. Sabes lo que significas para mí. ¡Eres el sol que acoge mis mañanas! ¡Eres la luna que inspira y nutre mi pasión!

–¡No, no, no! Me voy para Mantua –insistió la Beatrice en voz baja.

–¿Y qué de mí?

Le tocaba a Ludovico hacer pucheros, y exhibir un aire de inmadurez sin reparo alguno–. ¿Me abandonarías? ¿Me dejarías solo?

–Solo, no –dijo la Beatrice dándole un llamado a toda su ira al punto que se le olvidó que era Princesa–. ¡Quédate con tu ramera!

Pasaron unos segundos mientras Ludovico trataba de resolver la situación en su mente. Por un lado, estaba su esposa, a quien no sólo quería mucho, sino que lo entretenía con su comportamiento juvenil. Como si eso no fuera suficiente, la Princesa era la hija del Duque de Ferrara, uno de sus pocos aliados.

Al otro lado estaba Cecilia, su amante desde el día que la chica cumplió sus quince años.

–Bien –dijo al fin–, como tú quieras, mi amor. Le diré a Bernardino...

–¡No! –Beatrice dio una patada en el suelo–. ¡Yo se lo diré! ¡No quiero que ese lameculo malinterprete mis órdenes!

–¿Lameculo? –Ludovico se rascó la mejilla y llamó a Bernardino.

Inmediatamente, quizás demasiado rápido como para que Bernardino no hubiera estado escuchando detrás de la puerta, se presentó el Consejero ofreciendo reverencias y disculpas. Les dijo:

–¿Excelencias?

Ludovico inclinó la cabeza hacia la Princesa.

–¿Señora? –dijo Bernardino con una sonrisa.

–Dígale a Cecilia Gallerani que tiene veinticuatro horas para largarse de la ciudad –ordenó Beatrice, en voz firme, y con una mirada escalofriante.

Ya que a Bernardino le resultó obvio que el Moro no se iba a oponer a los caprichos de su señora, no tuvo más remedio que ofrecerle sus reverencias a Beatrice.

–De esa manera –añadió la Princesa en un tono no menos amenazador–, nos evitamos malentendidos.

Otra vez más, Bernardino dobló la cintura.

De pronto, como si un hada madrina se hubiera materializado para rociar a sus majestades con felicidad y alegría, a Beatrice se le zafó un gritito que le revolvió el estómago al pobre Bernardino.

–Oh, ¿pero qué es esto? ¡Es demasiado bello para palabras! ¡Qué preciosidad! –dijo la encantadora niña llegándose hasta el modelo del caballo–. ¡Qué maravilla! Aunque ya sabes lo mucho que me gusta su trabajo. ¿Dónde está?

–No... no sé –le contestó su esposo–. ¿Quieres que envíe por él? Estoy seguro de que Maestro Leonardo estaría dispuesto a soltarlo todo para atenderte, mi amor.

–No lo quiero importunar –le contestó Beatrice.

–*¿Por qué no? Usted importuna a todo el mundo* –pensó Bernardino, aunque lo que dijo fue muy diferente–. Esperemos que

Maestro Leonardo se encuentre en el comedor de la iglesia, trabajando en la pared, la cual lleva pintando más de tres años.

–¿Cómo? ¿Tres años? –preguntó Ludovico genuinamente sorprendido–. ¿Tanto tiempo?

–Tanto tiempo –le respondió Bernardino, fingiendo genuina consternación.

–Mea culpa. Le sigo dando cosas que hacer –dijo Ludovico.

–Eso es verdad, Vuestra Majestad –le contestó Bernardino–. Como también es verdad que a Maestro Leonardo le encanta experimentar e improvisar, algo que usted no debe permitir, porque es usted quien paga las deudas.

–Tres años. Es demasiado tiempo, ¿no cree? –preguntó Ludovico, con una mirada extraviada.

–Yo no creo. Yo estoy seguro –le respondió Bernardino.

A Beatrice le aburría hablar de paredes o de dinero. Ella se llegó hasta su marido, le pestañeó varias veces, se sonrió dulcemente, le acarició la mejilla, y le dijo:

–Tú crees que sería posible... oh, ¡sé que me vas a decir que no, lo sé!

–¿Qué? Dime –Ludovico echó una carcajada, y por un momento, Bernardino pensó que el Duque parecía un retrasado mental.

–¿Crees que Maestro Leonardo me podrá diseñar algo fabuloso para el baile de máscaras?

¡El baile de máscaras! ¡A Ludovico se le había olvidado el dichoso baile de máscaras! Le respondió:

–Pues, sí, seguro que sí. Digo, ¿qué clase de pregunta es ésa? Estoy segurísimo de que a él le deleitará ayudarte en lo que pueda. Ya verás –le respondió el Moro, antes de dirigirse a Bernardino con una sonrisa de oreja a oreja–. ¡Te digo, no hay quien pueda con ella!

–No un viejo como usted –pensó el consejero, devolviéndole la sonrisa.

Mientras tanto, Beatrice le dio un par de vueltas a la mesita del caballo, antes de regresar a su esposo, a quien le dio un beso en la mejilla, antes de dirigirle una mirada inflexible al consejero.

–No quiero ser injusta –le dijo–. Quizás veinticuatro horas no es suficiente. Dígale a Cecilia Gallerani que tiene treinta y seis horas... eso es tiempo de más para que empaque sus fajas y sus pelucas.

Bernardino ofreció sus acostumbradas reverencias, y más sonrisas y entremuecas.

–¡Bueno, me voy! Salgo a... ¡a inspirar a todos con mi presencia! –anunció la Princesa, dejando en el despacho solamente un rastro de su alegría.

Ludovico esperó a que el centinela cerrara la puerta, y le dijo a Bernardino:

–¿Por qué es que cada vez que estoy con ella, me siento como un tonto? No hay forma de...

–¡Ah! Belleza y juventud, Majestad –le respondió Bernardino, filosofando–. Es la irresistible combinación que esclaviza a la humanidad y entorpece las facultades de aquellos pobres que no gozan ni de la una ni de la otra.

Ludovico revistió sus labios con una sonrisa, regresó el libro que le tiró la Princesa, a su sitio, se aseguró que Beatrice ya no estaba por todo aquello, se llegó hasta el pasaje secreto, no encontró Cecilia, y con un suspiro de alivio le dijo a Bernardino:

–¿No le advertí que no enseñara la cara?

–Sí, Vuestra Majestad. Usted se lo advirtió.

–¡Estabas presente!

–Sin duda alguna.

–Fíjate en el lío en que me ha metido. ¿Qué carajo tiene que estar paseando por los pasillos cuando sabe que Beatrice o una de sus damas, la pueden ver? Bueno, se acabó. Averigua si, entre esa gente que conoces, le encuentras un marido a Cecilia. Así, no me cuesta.

–Un marido rico para Cecilia Gallerani –le repitió Bernardino, para, como decía la Princesa Beatrice, evitar malentendidos.

–A menos que prefiera internarse en un convento –añadió Ludovico.

–Veré lo que se puede hacer. ¿Algo más, Majestad?

El Moro le dio la espalda, haciendo señas para que se retirara.

–Bien. Entonces lo dejo solo para que reflexione sobre el futuro del... caballo –dijo Bernardino, retrocediendo hasta la puerta.

Antes de abandonar la habitación, el Consejero se dio vueltas y al inclinarse para ofrecer la reverencia, fue tanto su entusiasmo, que la pluma de su sombrero le hizo cosquillas al suelo.

Contradicción III

El fastidioso secretario, un hombrecillo muy preocupado que alternaba su mirada entre Ser Piero y su hijo Leonardo, quien estaba de visita, interrumpió la conversación, y dijo:

–Perdone, Ser Piero. Acaba de llegar doña Bartolomea, acompañada de su pequeño. Ella está en llantos y dice que le urge hablar con usted, que se trata de vida o muerte. Yo se lo creo. ¡Tiene la cara hinchada y un ojo morado!

Leonardo dejó la silla e iba a salir del despacho cuando su padre le pidió que permaneciera sentado.

Ser Piero, quien nunca fue buen padre, y de quien se conocía que nunca rechazaba negocio, le ordenó a su secretario que dejara pasar a la señora.

Ella lucía peor de la cuenta, y a Leonardo le dio mucha pena, porque parecía que se iba a desmayar. Tenía unos treinta años, y de acuerdo con Leonardo, era una mujer de pueblo. Su hijo Nícolo, de diez años, estaba a su lado, también de apariencia bastante común.

–¡Ser Piero, se lo ruego! ¡Ayúdeme, por lo que más quiera! –exclamó la doña, muy alarmada.

El notario la llevó hasta una silla, y le dijo:

–¿Qué sucedió? ¿Quién le hizo esta canallada?

Nícolo no le soltaba la mano a su madre y lucía muy asustado.

–¡Mi esposo! –le contestó ella, atragantando las palabras–. ¡Se volvió como loco! ¡Dijo que me iba a matar!

El abuso ya era intolerable. Por desgracia para la señora Maquiavelo, la separación matrimonial era un asunto muy delicado porque la ley siempre decidía a favor del marido. Para complicarlo todo aún más, Bernardo Maquiavelo era colega de Ser Piero.

Ser Piero le hizo señas a su hijo para que sacara al chico del despacho mientras él hablaba con la madre.

Leonardo da Vinci y Nícolo Maquiavelo nunca fueron íntimos amigos pero sí desarrollaron el tipo de amistad que forjan dos personas cuando conocen demasiado el uno del otro. Años más tarde, al morir Ser Piero sin dejar testamento, algo imperdonable para un abogado, Leonardo, como hijo mayor, reclamó su herencia cuando sus hermanos trataron de impugnar su derecho porque él era bastardo. Maquiavelo, que para ese tiempo estudiaba leyes, lo ayudó a navegar el laberinto de la burocracia florentina para establecer su primogenitura.

❂

El artista terminaba de darle instrucciones a la cocinera, cuando se oyó el repicar de campanas, un repicar con tono del Medio Oriente que sonaba cuando alguien halaba la cuerda en la puerta de entrada.

–¡Bienvenidos! Entren, por favor, ¡están en su casa! –Leonardo recibió a Maquiavelo y a Fray Valentín en una bata azul de seda, con bordado de plata y una gorra de color púrpura con el mismo bordado que la bata. Detrás de él, en medio del pasillo, se encontraban Marco y Salaí, cada chico con una antorcha que iluminaba el camino, mientras el humo blanco hacía volutas hasta el techo.

–Jamás imaginé un palacio –dijo Maquiavelo, riendo.

La casa de su amigo el pintor era de dos plantas y estaba fabricada de ladrillos. Su vecindario era uno donde los comerciantes ricos pretendían imitar a la nobleza milanesa construyendo viviendas estrambóticas y pretenciosas. Además, según la tradición, mientras más cerca la residencia del Castillo Sforezco, más célebre o importante su dueño, lo que indicaba que Leonardo no era muy importante, pero tampoco era un total desconocido. Después de todo, era el único artista que vivía en los alrededores, porque Bramante tenía apartamentos en el castillo, lo que era para Leonardo un triste recordatorio de quien era el artista favorito en la corte de Ludovico Sforza.

–Me encanta el escudo de la puerta. Impresionante –añadió Maquiavelo, con una sonrisa levemente burlona. Menos mal que Leonardo era inmoderadamente presumido y no percató el cinismo de su compueblano.

Escudo de Leonardo

El estampado en relieve que imitaba un rosetón, fue diseño del propio Leonardo, quien lo utilizaba como escudo de armas. El mismo tenía «Leonardi Academia» tallado alrededor de la palabra «Vici», en el centro.

¿Por qué «Vici» y no «Vinci»? Según Lorenzo, el mayor de los pupilos, y quizás el más astuto de los chicos, era un juego de palabras típico de su amo. De esa forma, imponía su superioridad artística. «Veni, Vidi, Vici», dice la leyenda de Julio César. Leonardo llegó a Milán, vio lo que había, y cantó victoria. Una pena que, como le pasaba cuando escribía al revés, nadie lo entendió así.

El escudo lo adornaba todo. Estaba en el embaldosado, en la repisa, hasta en las finas copas de cristal de Venecia. Según Lorenzo, él y sus colegas tuvieron suerte que Maestro Leonardo no les marco la frente con el sello.

–Maestro –dijo Fray Valentín, con una leve reverencia–, ¿y el repicar de campanas?

Leonardo llevó a sus invitados hasta una caja alta y estrecha en el corredor, de donde salía una cuerda que llegaba hasta la puerta de entrada, y les explico:

–Es un juguete... una combinación de reloj y campanario.

–Qué simpático –interpuso Maquiavelo.

–Se hace lo que se puede –le contestó Leonardo con una carcajada.

–Esta casa es enorme –le dijo Maquiavelo, observando las paredes entapizadas, los pisos con losas pulidas y el techo abovedado.

Leonardo abrió la puerta de uno de los despachos para enseñarle un laboratorio con tres mesas, dos bancos y anaqueles, y frascos de todos los tamaños y colores con sustancias químicas, líquidas y en polvo.

–Este es mi laboratorio –le dijo Leonardo–. Aquí me paso horas de horas tratando de convertir algo en... otra cosa.

–¿Por ejemplo? –le preguntó el buen hermano.

Leonardo le mostró un pequeño envase que contenía un líquido amarillento, y le dijo:

–Es una combinación de pigmento, cera de abeja y otros ingredientes. Cuando se mezcla con pintura o con tinta, lo que uno escribe, dibuja o pinta, puf, poco a poco desaparece.

Curioso, Maquiavelo tomó el frasco en sus manos y lo examinó cuidadosamente.

–Quieres decir que... Oye, ¿no eso es una contradicción? –preguntó Maquiavelo.

–¿Contradicción?

–Los artistas añoran la inmortalidad. Tu invento permite que su trabajo no perdure –explicó Maquiavelo.

–Bueno, ¿pero qué se puede hacer? Esos son los adelantos de la ciencia, mi estimado y distinguido amigo –le dijo Leonardo con una sonrisa petulante, repleta de confianza–. Algo que parece inútil en el presente, más tarde puede ser lo contrario.

Y con esas palabras, Leonardo y sus invitados se llegaron hasta la habitación del caballo.

–Ah, el monumento del Moro –dijo Maquiavelo, mirando de reojo al fraile.

–Ya veo que como de costumbre, estás enterado de todo –le dijo Leonardo, mientras Maquiavelo y Fray Valentín inspeccionaban los modelos de madera, leían las anotaciones y ojeaban docenas de dibujos que representaban la majestuosa bestia en diferentes poses; parado con la cabeza en alto, caminando, comiendo, a todo galope, y parándose en dos patas.

El «caballo»

–¿Y esto? –preguntó Maquiavelo, ojeando unos dibujos que no eran del caballo.

–Son los hornos para fundir el bronce de la estatua en una sola pieza –le aclaró Leonardo.

–Se ven grandes –dijo el fraile.

–No son grandes, ¡son enormes! –Nuevamente, Leonardo se atrevió a reírse.

El segundo piso era muy parecido al anterior, excepto que el techo era de vigas, y las paredes tenían ventanas de cristal a todo lo ancho.

El comedor lucía una chimenea a todo un lado de la habitación, la cual estaba lujosamente amueblada, incluyendo con un aparador francés con base tallada, además de varios aparatos imposibles de identificar, todos supuestos inventos de Leonardo.

Gruesos tapices bordados con hilos de oro y plata cubrían las paredes y la mesa de cenar estaba cubierta con un tapiz turco debajo de un delicado mantel de hilo blanco. Hasta los muchachos, bañados, perfumados y elegantemente vestidos para recibir la visita, parecían parte del decorado.

La cena fue cortesía de Sofía. La vieja tenía una cara que parecía un limón exprimido, además de ser tan simpática como una daga musulmana.

Como Leonardo no comía carne, Maquiavelo y Fray Valentín se tuvieron que conformar con un guiso de vegetales que, aunque un poco misterioso, estuvo muy delicioso.

En más de una ocasión Maquiavelo felicitó a la cocinera, y por su parte, ella le respondió con reverencias, añadiendo que aunque no sabía hacer otra cosa, sí aprendió a darle sabor a su cocina.

–No se menosprecie, señora –le dijo Maquiavelo.

–No es que me precie menos, me precie igual, o me precie de más, Vuestra Mercé –le contestó Sofía–. Yo conozco mis limitaciones, mi señor. Nunca fui gran cosa, no como mi hermanita, que es muy importante, ¿sabe? Ella se asocia con los soberanos.

–¿No me diga? –añadió Maquiavelo.

Sofía

–Pues, sí que le digo, mi señor. Ella trabaja en el castillo –sostuvo Sofía levantando un plato de la mesa y colocándolo sobre la bandeja en sus brazos–. Eso sí, no quiero que Vuestra Mercé me malinterprete. A mí me encanta servirle a Maestro Leonardo y trabajar pa él tiene su recompensa. Él es muy bondadoso. ¿A que no sabe que él va al mercao y compra toa clase de avecillas y en vez de traérmelas para que yo las incluya en el guiso, Maestro Leonardo las suelta? Tiene un verdadero corazón de oro.

–Lo sabemos, sí –le dijo Maquiavelo, sonriéndose con Leonardo–. Dígame una cosa... su hermana...

–¿María? –Sofía colocó la bandeja sobre la mesa y comenzó a juguetear con un rosario que le colgaba de la cintura–. Es la más joven de nosotras. Le llevo diez años, aunque nunca lo diría de verla, ¿sabe? Es su empleo, ya no es una muchacha dulce y tranquila, no señó. Esa pobre no es más que una agriá, un paquete de nerviosidad. Una pena, porque la pobre antes era tan alegre y dispuesta –añadió la cocinera sacudiendo la cabeza y secándose las lágrimas–. Eso era antes de que se pasara los días inquietándose por to y poniendo mala cara. Ella... mi niña, quiero decir... trabaja en la cocina del palacio.

–Ah, ¿otra cocinera? –le preguntó Maquiavelo.

–¡Ya quisiera yo, pero no! No, vuestra mercé. Mi niña prueba la comida de sus majestades antes de que ellos se coman un bocao. Si me pregunta a mí, yo creo que mi niña se echa todo al pecho, ¿me entiende? Después de to, ¿quién quisiera envenenar a nuestro querido príncipe o a su adorada esposa? Milán nunca ha estao en mejores manos. La gente quiere al Moro, mi señor, y a su Beatrice, que es la más bella y la más querida de todas las princesas. Y quien diga, Vuestra Mercé, ¡el Moro ha hecho maravillas en esta ciudad!

–Entonces, si la entiendo, usted cree que su hermana no corre riesgo –le dijo Maquiavelo, llevándose la copa de vino a los labios.

Sofía respondió después de una pausa:

–Bueno, nadie la va a envenenar a propósito, pero digo yo, mala cocina es mala comida.

–Me perdonan, pero, ¿por qué no cambian de tema? –interpuso Leonardo–. No creo que esta conversación sea apta para la mesa. ¿No le parece, hermano?

Fray Valentín, quien no dijo dos palabras durante la cena, prefirió no opinar.

–Maestro, le ruego un poco de paciencia –insistió Maquiavelo, indicándole a Sofía con la mirada que procediera, pero con cautela–. Recuerde que el Maestro padece de un estómago... delicado.

–Oh, ¡si lo sabré yo, mi señor! –Sofía levantó la falda por la cintura y se aseguró el delantal–. Hace dos años, el Moro se buscó a un fanfarrón napolitano para que le cocinara. Un día, el muy bruto decide ponerse creativo y preparó hígado de ternera en una salsa espesa, con setas, cebollas y vino. Bueno, usted sabe que el hígado puede ser bueno como el hígado puede ser malo, y mi pobre niña se enfermó. El Moro creyó que ella se envenenó. Mejoró, sabe, pero no hasta que lo echara to pa fuera, no sólo el hígado que se comió, sino las cebollas las setas el vino y hasta un pedazo de su hígado también. Al napolitano... que en la gloria esté... lo torturaron y lo ahorcaron un día antes de que se recuperara mi niña. Es por eso que yo siempre digo que la cocina no es sitio pa nadie ser artista.

–Gracias, Sofía, se puede retirar. Chicos...

–¿Maestro? –respondieron todos a la vez.

–Despídanse de nuestros invitados.

Aunque un poco desilusionados, especialmente Marco, los muchachos ofrecieron una leve reverencia a Maquiavelo y a Fray Valentín, y se retiraron a su habitación.

A Sofía le tomó cinco minutos limpiar la mesa y traer quesos, frutas y más vino, antes de también dar las buenas noches.

–¿Te imaginas la mirada del pobre hombre, parado con una soga al cuello, listo para decirle adiós al mundo, y todo porque una campesina se cagó encima? –dijo Maquiavelo riendo a carcajadas.

–¡Basta, por favor! –le rogó Leonardo.

–Maestro...

–Ah, hermano, creí que usted tomó un voto de silencio.

Fray Valentín sonrió, y le dijo:

–Oí que el caballo... la estatua para la casa de Sforza... es gigantesco.

Leonardo echó una carcajada, le sirvió más vino a sus invitados, y les dijo:

–Ludovico exige que sea un monumento espectacular, y pues, estoy cumpliendo con mi deber. Pero, y hablando de caballos, ¿me van a decir por fin qué los trae a Milán?

–Yo tenía ganas de verte –dijo Maquiavelo.

–Y mucho que me alegro –respondió Leonardo.

–En el camino –añadió Maquiavelo–, me encontré con Fray Valentín quien vino a pedirle dinero a Ludovico. Le advertí que es más fácil sacarle un diente a un elefante que dinero a la realeza.

–Es... es para una causa muy noble –aseguró el fraile.

–Quiere levantar una escuela –explicó Maquiavelo.

–Sí, detrás de la iglesia de San Juan –dijo Fray Valentín.

–¿San Juan? –preguntó Leonardo mirando de Maquiavelo a Fray Valentín–. Yo no recuerdo esa iglesia en Florencia.

–San Juan... en Bérgamo –aclaró el hermano.

–¿Tú vienes de Florencia, y él de Bérgamo? –le preguntó Leonardo a Maquiavelo.

–¿Quién dijo que yo vine de Florencia? –le respondió Maquiavelo, sonriendo, lo que confundió un poco al maestro da Vinci.

–Lo que pasa es lo siguiente –le dijo el hermano Valentín, poniéndose de pie y adquiriendo una mirada seria y ceremoniosa–. Estamos haciendo un esfuerzo para enseñarles a leer y escribir a los chicos del pueblo; no a los niños de familias pudientes sino a los del campo, a los pobres. Creemos que es un pecado sentenciar a ese precioso recurso que son nuestros niños, a toda una generación... a la ignorancia. ¿Cómo podemos permitir que crezcan sin aspirar al futuro? Porque para tener ambición, para tener esperanza, hay que tener por lo menos un grado de comprensión. El problema es que somos un pueblo pobre, y la educación parece pertenecerle a la gente adinerada. ¿Y qué de aquellos nacidos en la miseria? Esa generación algún día heredará la patria. ¿A qué puede aspirar Italia si sus hijos son analfabetos? Desdichadamente, mis reclamos no impresionan a mis superiores y se nos está haciendo más y más difícil nuestro trabajo. Me avergüenza decir que a la iglesia no le importa. Es como si fuera el dominio exclusivo de la clase privilegiada. Eso no se puede permitir. La iglesia tiene el deber de defender la verdad y la justicia–, añadió el fraile antes de nuevamente tomar asiento y permanecer callado.

–Hermano... ¿le pasa algo? –le preguntó Leonardo.

–Le pido disculpas, Maestro... amigo Maquiavelo. Estoy hablando sandeces.

–¡No, no, no! Hermano, le ruego que por favor continúe –insistió Leonardo, conmovido por las palabras del joven fraile.

–Bueno, por eso fue que se me ocurrió pedirle ayuda al Moro.

–Y yo mantengo –interpuso Maquiavelo–, que a los príncipes no les conviene educar al pueblo.

–¡Pero hay que hacer lo que se puede! –dijo Fray Valentín–. Tenemos que seguir lo que nos dicta la conciencia, si no, negamos la más preciosa y divina ofrenda que nos hace nuestro Señor Todopoderoso, ¡la inspiración del intelecto!

–Hermano, me encanta como usted se expresa. Una pena que esté perdiendo el tiempo –intervino Maquiavelo, encogiendo los hombros.

Fray Valentín bajó la vista en humilde reflexión, y dijo:

–Le escribí varias cartas al Duque, sin recibir respuesta alguna. Por eso decidí correr el riesgo de venir hasta Milán, para presentarle nuestro caso en persona. Todo ha sido un fracaso. Llevo cinco días y no he podido lograr ni que me dejen entrar al castillo, y se me ha hecho tarde. Ya tengo que regresar a Bérgamo.

Maquiavelo empujó su silla hacia atrás para separarse un poco de la mesa, y dijo:

–Yo le mencioné a Fray Valentín que mi amigo, el más prodigioso artista del mundo, el gran Leonardo, trabaja para el Duque de Milán, y que yo estaba seguro de que tú, no solamente simpatizarías con su causa, sino que harías lo posible por conseguirle una entrevista con Ludovico, aunque sé lo ocupado que estás... con el monumento del caballo, y fabricando armas para el Moro.

–¿Cómo caminando a la plaza del toro? –preguntó Leonardo, confundido.

–No. No «caminando a la plaza del toro». Fabricándole armas al Moro. Armas... ¿entiendes?... fusiles, cañones y quien sabe.

Leonardo le dio una mirada a su copa de vino, que estaba a medias, y la colocó sobre la mesa.

–¿Es cierto, no? –le preguntó Maquiavelo.

–Sí y no. Llevo años diseñando armas.

–No lo sabía.

–Desde muchacho. ¿No recuerdas? –añadió Leonardo–. Y sí, se las ofrecí a Ludovico; hasta le escribí una carta con detalles, explicando lo que se puede lograr con mis armas. Pero no le interesa. Es una pena. Esas armas... mis armas, le darían una ventaja increíble en el campo de batalla.

–¿Por qué se las ofreciste a Ludovico? –preguntó Maquiavelo–. ¿No sabes que Francia está por lanzarse contra Milán? Y entonces, ¿qué? Él se queda sin ducado, y tú sin empleo. Es mejor que empieces a velar por tus intereses, mi muy estimado amigo. A Ludovico no le queda mucho tiempo.

–Espero que estés equivocado –respondió Leonardo–. No sé si sabes esto... no hay razón por que saberlo... pero yo dejé Florencia hecho un don nadie. El Moro me recibió con los brazos abiertos. Es más, él es responsable de mis triunfos. Quiero que sepas que yo hago lo que quiero en los calabozos; me hice amigo de los verdugos y me permiten trabajar en los cadáveres.

–Trabajar en... ¿De qué hablas? –preguntó Maquiavelo, mirando de reojo a Fray Valentín.

–Los diseco para dibujarlos –explicó el Maestro.

–¿Cómo? –dijo Maquiavelo fingiendo estar alarmado–. ¿Me quieres decir que Leonardo da Vinci se ha convertido en un necrófilo?

–En un científico. He logrado tantas cosas interesantes, innovaciones, inventos y conceptos sin precedentes –añadió Leonardo–. Y todo... esta casa, mi lugar en la corte... todo se lo debo a Ludovico. Es verdad que a veces pasan meses y no recibo mi sueldo, además, que pierdo mucho tiempo en tonterías... pintando paredes, diseñando monumentos, y hasta diseñando las fajas para la Princesa... pero tarde o temprano, Ludovico me recompensa. Es un hombre muy bondadoso, sin pretensiones, una persona que encuentra placer en la música, en el arte y la poesía. ¿Y qué importa si no posee el genio para reprimir y asesinar a su gente, como hacen muchos en este país demente en el que vivimos?

–¿De quién hablas? –le preguntó Maquiavelo, con otra mirada a Fray Valentín.

–Depende –respondió Leonardo–. En Florencia tienes a los Médici, en Roma... bueno, es que los Borgia verdaderamente no tienen igual... empezando por César, esa bestia asesina que mató a su hermano, a su propia sangre para satisfacer su ambición por el poder. Tú bien sabes que es verdad. César Borgia es un déspota, la pura personificación del diablo en la tierra.

–Pero Maestro –le replicó Maquiavelo con sarcasmo–, ¡César es un príncipe de la iglesia!

–¿No lo crees un insulto? –contestó Leonardo–. Pero, ¿qué esperas? Su padre, su perfecta santidad Alejandro VI, Sumo Pontífice, Vicario de Roma, no es más que un gusano español que prefiere a su propia hija sobre todas las mujeres.

–¡Maestro! –le reprendió Maquiavelo sin levantar la voz, pero señalando a Fray Valentín, quien bajó la mirada.

Abochornado por su indiscreción, Leonardo ofreció una disculpa:

–Mi querido hermano, perdóneme. Estoy hablando idioteces. De ninguna manera pretendo ofender a un religioso.

–Yo soy un hombre simple, Maestro. No me involucro en la política –acertó Fray Valentín humildemente.

–A eso precisamente me refería –explicó Leonardo.

–Y de que manera –interpuso Maquiavelo.

Leonardo señaló enfáticamente al hermano Valentín, y dijo:

–Él y miles como él, hombres honestos, que luchan por la fe... ¡ellos son la iglesia! ¡No ese soldado sentado en el trono de Pedro!

Maquiavelo se reclinó en la silla y miró a Leonardo como un padre que oye a su chiquillo hablar sandeces.

–Bueno, pero entonces, ¿qué dices, esas armas tuyas, son secretas? –preguntó Maquiavelo.

Leonardo soltó una risotada, y respondió:

–¿Cómo van a ser secretas si tú sabes de ellas?

Inmediatamente, el Maestro agarró una antorcha de la pared, y con un gesto muy exagerado, le indicó a sus invitados que lo siguieran al primer piso, donde encontraron a una enorme puerta corrediza con tres cerraduras fabricadas por Leonardo, que parecían imposibles de abrir.

Después de unos minutos, y con un chirrido muy fuerte debido al frote de la madera contra los goznes de metal, el Maestro empujó la puerta a un lado, entrando a su jardín interior, el cual techó con lona para convertirlo en una armería. Era allí donde Leonardo guardaba sus más desconcertantes y descabellados inventos.

Uno de ellos le dio un terrible susto a Maquiavelo. Era grande, con alas muy anchas, colgaba del techo y se encontraba escondido entre las sombras, dándole una apariencia amenazadora de ave salvaje, lista para tirársele encima a su próxima víctima.

–¿Qué es eso? –preguntó Maquiavelo.

–Mi máquina voladora.

–Muy interesante –dijo Maquiavelo con un toque de cinismo.

–¿Vuela? –preguntó el fraile, con sincera ingenuidad.

–No, todavía no –le contestó Leonardo, un poco avergonzado por su fracaso.

Entre los prototipos, había un cilindro hueco con aletas a un lado que se disparaba desde un pequeño cañón, un modelo de una carreta armada de cañones que disparaban a larga distancia, y dos conceptos de guadañas mecánicas, supuestas a talar a los soldados enemigos, aunque según Maquiavelo, los caballos tirando de las armas también estarían en peligro.

–¿Qué piensan ahora, eh? –les preguntó Leonardo, buscando halagos.

–Asombroso –le respondió Maquiavelo, intercambiando miradas con Fray Valentín.

–Sorprendente –añadió el hermano, especialmente cuando vio los modelos de una ballesta y flechas gigantes que hubieran necesitado una docena de hombres para cargar.

Sin duda, pensó Maquiavelo, el mundo que habitaba su amigo era uno de fantasía y romance, que como los arcos de flecha, las ballestas y las guadañas, pertenecía a otros tiempos.

Pero si bien sus conceptos eran quizás un poco anticuados, su imaginación no tenía límite. Dijo Leonardo:

–¿Saben lo que tengo en mente? Es una idea revolucionaria para un barco sumergible.

–¿Un qué? –preguntó Maquiavelo, curioso porque no podía imaginarse el aparato.

–Un barco que navega debajo del agua –explicó Leonardo–. Mi idea es que salga de pronto a la superficie, sorprendiendo y destruyendo los buques enemigos.

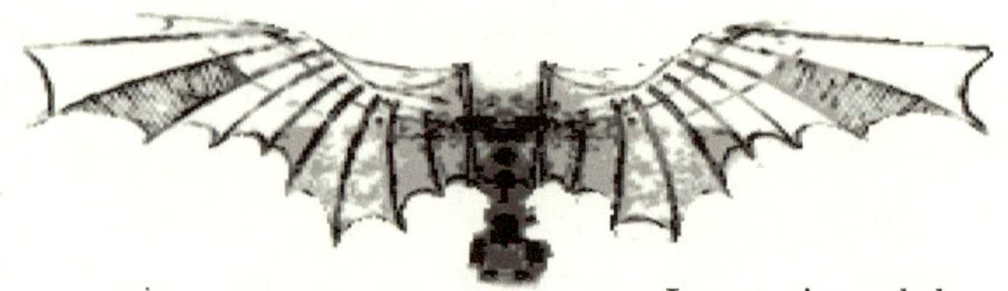

La máquina voladora

–Para mí, barco debajo del agua, es barco hundido –dijo Maquiavelo.

–Ése es el problema con ustedes los políticos –observó el Maestro–. ¡Son demasiado prácticos!

Maquiavelo y Fray Valentín siguieron inspeccionando cuidadosamente los planos, los dibujos y las anotaciones de docenas de conceptos, además de que trataron de imaginarse el funcionamiento de aquellas armas para la destrucción de ejércitos en masa. Eran ideas descabelladas de su amigo, el vegetariano artista-inventor, Leonardo da Vinci.

–Te digo, Nícolo, que lo único que necesito es dinero para experimentar y lograr mis ideas –le dijo Leonardo.

–Y es mi opinión, mi ilustre señor –le respondió Maquiavelo, sonriendo y dirigiéndose a su amigo de manera formal, que indicaba más aún que se estaba divirtiendo mucho con el artista–, que con su desenfrenado optimismo, usted no tendrá dificultad alguna para encontrar uno de tantos déspotas que darían lo que no tienen por convertirse en un todopoderoso. De esa manera, estoy seguro de que Vuestra Merced se podrá dedicar de lleno a las ciencias militares.

–Siento como si Vuestra Merced estuviera burlándose de mis quehaceres –le contestó Leonardo en el mismo tono de voz.

–No se me ofenda, Vuestra Merced, que yo no me río de todo el mundo, sólo de aquéllos que aprecio mucho, y usted es primero en mi lista.

Y los dos amigos echaron una carcajada, con Fray Valentín

Guadaña mecánica

ofreciendo una sonrisa.

–Sólo la ignorancia puede ser tan insolente –dijo Leonardo.

–Vuestra Merced tiene mucha razón –accedió Maquiavelo, con su risa y su mirada de doble sentido.

–Pero de nada te sirve la insolencia para adivinar lo que es esto –añadió Leonardo, al levantar uno de tres artefactos que resultaban variaciones de un mismo concepto.

–De nuevo, tiene usted toda la razón. ¿Qué dice el hermano Valentín? –preguntó Maquiavelo al mismo tiempo que señalaba con su dedo la montura de varios tubos, uno seguido del otro, en una plataforma con ruedas.

El fraile encogió los hombros, y se dio por vencido.

–Es un arma de fuego –explicó Leonardo–, pero no un arma de fuego común y corriente, ¡no! Dispara

Ballesta gigante

proyectiles, miles, uno detrás del otro a increíble velocidad, como una lluvia de fuego. Si la montas en una torre, puede destruir a miles de soldados enemigos en minutos. Esto puede revolucionar el arte de la guerra, es más, puede que acabe con las guerras.

–¿Cómo? –preguntó Fray Valentín.

–Las armas... mis armas, sólo tienen que usarse una vez –explicó Leonardo–. En cuanto se riegue la voz, yo le garantizo que no habrá príncipe, duque, ni papa, que se atreva a confrontarlas. En otras palabras, estas armas son herramientas, no para la destrucción, sino para la manipulación política. En cuanto un estado se amenaza, él mismo se rinde antes de confrontar una realidad desastrosa.

–Siento no estar de acuerdo con Vuestra Merced, y más siento decirle que está usted totalmente equivocado –interpuso Maquiavelo–. En vez de eliminar la guerra, presumiendo que las máquinas funcionen...

–¿Y por qué no? Su construcción se basa en simples fundamentos científicos –observó Leonardo.

–Fundamentos científicos sin probar –le aclaró su amigo–. Pero no te ofendas, te voy a dar el beneficio de la duda. Supongamos que tus armas funcionan. El único resultado sería que le permitirán a cualquiera con suficiente recursos la fácil conquista. Es una proposición peligrosa, Maestro, y usted podría verse en un aprieto.

–¿Aprieto?

Maquiavelo se sentó en una esquina de la mesa donde estaban los dibujos, y dijo:

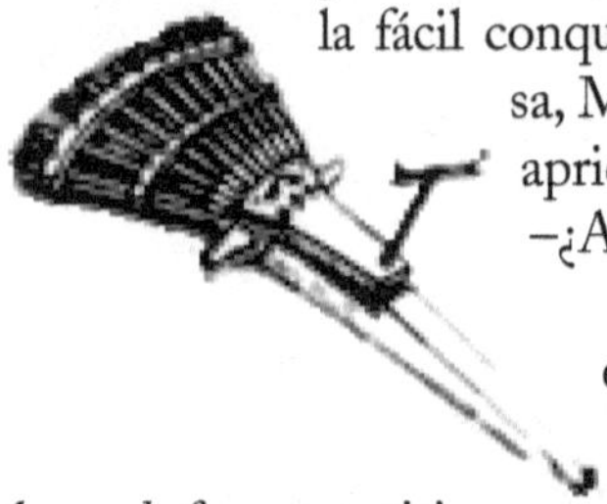

Arma de fuego repetitivo

–Digamos que se riegue por ahí que Ludovico te está pagando para que le fabriques armas extraordinarias, confiriéndole superioridad militar sobre los otros principados. Demás está decirte que no durarías una semana, porque los enemigos del Moro te mandarían a matar.

–Nunca pensé en eso –le dijo Leonardo, alzando las cejas.

–Mi consejo a Vuestra Merced –añadió Maquiavelo–, a mi queridísimo y muy estimado Maestro... es que mantengas tu interés en lo militar debajo de la almohada.

–Como quiera que sea, las armas no existen, así que nadie tiene que sentirse amenazado –dijo Leonardo, con menos entusiasmo.

En ese momento, Maquiavelo desdobló un dibujo que encontró a su lado, y dijo:

–Bueno, y ¿se puede saber qué demonios es esto? ¿Un tipo de ariete, aunque un poco peculiar, eh, Maestro?

Maquiavelo le pasó el dibujo a Leonardo, quien se puso muy rojo, y dijo:

–¡Salaí!

Leonardo enrolló el lienzo y lo tiró en una esquina.

–Salaí es...

–El chico rubio –dijo Leonardo a su amigo.

–¿El que tropezó conmigo esta mañana?

–El mismo.

–Es obvio lo que motiva a tu niño –añadió Maquiavelo con una sonrisa.

Leonardo tomó la antorcha, y se dirigió hasta la puerta, dando por terminada la expedición a su armería.

–Hermano Valentín, si me permite –le dijo Leonardo, llegándose hasta el segundo piso, donde inmediatamente les sirvió más vino a sus invitados–. ¿Tendría usted algún inconveniente con que yo lo dibujara? Le prometo que no tardaré ni diez minutos.

–¿Dibujarme? ¿Para qué? –le preguntó el tímido fraile.

–Para la pared –explicó el Maestro.

–Bueno, si cree que le va a ayudar en algo –dijo Fray Valentín, mirando a Maquiavelo.

–¡Y cómo! –exclamó Leonardo, buscando su cartapacio.

–Si recuerdo bien, habían dos caras por terminar, Maestro. Como hombre de Dios, creo que representar a nuestro Divino Señor es una injuria, pero como quiera que sea, aunque pecador, no me gustaría pasar a la historia como la cara del Judas.

–¡Naturalmente que no, hermano! –y Leonardo empezó a trazar con una velocidad que sorprendió hasta al propio Maquiavelo–. ¿Hace mucho que se unió a la orden? Es que me parece que ha encontrado su vocación. Su devoción es admirable, es precisamente lo que se supone que la iglesia represente. Usted lleva consigo los fundamentos del Cristo. Tanto es así, que me encantaría ver si puede caminar sobre las aguas del lago.

–Maestro, ¡le ruego, por favor! –dijo Fray Valentín con una carcajada.

Leonardo levantó la vista del boceto, e imitando el sentido de humor picaresco de su amigo, le dijo:

–Oiga, señor Maquiavelo, para su información, Vuestra Merced no es el único que oye... cosas.

Maquiavelo lo miró a través de su copa de vino.

–Dicen por ahí que trabajas para la República.

Maquiavelo se encogió de hombros, y le respondió:

El ariete de Salaí

–Sí, pertenezco al Concilio.

–Ahora entiendo por qué estás en Milán. ¡A Florencia le preocupa Ludovico!

–Créeme, Leonardo, Florencia tiene cosas más importantes en las que perder su tiempo.

–¿De qué hablas?

–Savoranola –contestó Maquiavelo, refiriéndose al dominico que trataba de derrocar la República Florentina para establecer una teocracia.

–Dicen que está despistado –dijo Leonardo sin interrumpir su labor.

–Despistado no. Es loco y peligroso –le respondió Maquiavelo–. Hasta Su Santidad está viendo como se deshace de él.

–¿Pero cómo es posible que tenga tantos admiradores? –preguntó el Maestro.

–No creo que sean admiradores. Lo que sucede es que como charlatán al fin, evoca el libro sagrado, y la gente tiembla de miedo. Te digo que el Concilio no sabe qué hacer.

–Menos mal que eso no pasaría en Milán –dijo Leonardo, sin quitarle la vista a Fray Valentín–. Ludovico no lo permitiría.

–¿Tú crees? –preguntó Maquiavelo.

–Estoy seguro –le respondió Leonardo a Maquiavelo, mientras le señaló a Fray Valentín que moviera la cabeza un poco hacia el lado.

Maquiavelo se levantó de la silla, se paró dándole la espalda a la ventana, y dijo:

–¿Sabes la diferencia entre tú y yo, Leonardo? Eres muy... cómo se dice... muy inocente. Tú crees todos los chismes que oyes, sin pedir cuentas ni explicaciones, y peor aún, luego repites esas mismas sandeces aunque no tengan base ni razón. Me imagino que esa ingenuidad es parte de la personalidad de todo artista; algo les atrae y dibujan lo que ven, pasando por alto lo que verdaderamente importa, la esencia subyacente del ser. –Maquiavelo alcanzó la jarra, se sirvió una copa de vino y se le acercó a Fray Valentín–. Ejemplo. Aquí tenemos al hermano Valentín, a quien conociste apenas esta mañana. Fray Valentín es un hombre apuesto, inteligente, quien te ha cautivado de tal manera que tú estás convencido que él lleva consigo la caridad y el amor por el prójimo de un verdadero hombre de Dios. Al punto que has decidido usarlo como modelo para el Cristo de tu pintura aunque no sabes nada de él y no te interesa saber más de lo que él te ha dicho. Naturalmente, lo que él te ha dicho es ni más ni menos lo que él quiere que tú sepas de él.

–Mi célebre compatriota –interrumpió Leonardo–, hay personas que miran al cielo y piensan: «¡Qué lindo día!» Tú no. Tú miras el cielo y piensas que va a llover.

–No –refutó Maquiavelo, en tono muy firme–. Yo miro al cielo, y si veo muchas nubes negras, entonces busco un lugar donde pasar el aguacero, mientras tú ves la tormenta que se aproxima y rezas para que salga el sol. Yo no me dejó llevar por chismes ni por apariencias, ni por escudos de armas ni por vestimentas de gran lujo, ni tan siquiera por mandatos divinos. Yo entiendo que sólo se puede conocer a una persona, una vez lo desenmascaras de toda pretensión y mentira. He conocido príncipes, duques, curas, y papas a quienes después de media hora, considero unos parásitos, y conozco mendigos que podrían enseñarle una o dos cosas a esos príncipes, duques, y religiosos. –Y Maquiavelo se inclinó hacia atrás–. Otro ejemplo, tu chico...

–¿Cómo fue?

–Ese chico tuyo.

Leonardo le dio una mirada a Fray Valentín, antes de volverse hacia Maquiavelo.

–¿Cuál de ellos?

–El de pelo rubio.

–¿Salaí?

–Ése mismo.

–¿Qué pasa con él?

–Es un chico bello. Parece uno de esos ángeles que a ti tanto te agradan. –Nuevamente, el tono de Maquiavelo se entrelazaba entre el cinismo y la burla–. Verlo tan calladito... –y Maquiavelo señaló la silla de Salaí, unos momentos antes–, cualquiera diría que Salaí fue enviado por la propia Trinidad para avisarnos un milagro. El chico es un perfecto querubín. Aunque no sé, tengo el presentimiento de que detrás de esos rizitos rubios y esos inocentes ojitos azules, existe algo... cómo diría... un poco menos angelical.

De pronto Leonardo se sintió incómodo, mantenía silencio y no terminaba el retrato de Fray Valentín. Por fin le dio una última ojeada, trazó tres o cuatro líneas, y le pasó el cartapacio al hermano, para que viera su parecer, de acuerdo con el ojo de Leonardo da Vinci.

–¿Dónde encontraste a tu Salaí? –preguntó Maquiavelo–. ¿Ése no es su nombre, verdad?

–No –le contestó Leonardo después de un momento–. Su nombre es Giacomo. Yo le digo Salaí.

–Salaí...

–Es un personaje de un poema, quiere decir diablillo –aclaró Leonardo.

–¡Ya sabía! –dijo Maquiavelo, mirando a Fray Valentín.

–¿Qué le parece, hermano? –preguntó Leonardo, cambiando la conversación. Según él, el interrogatorio de Maquiavelo era una impertinencia. Sin embargo, se le hizo imposible no recordar la tarde en que encontró al chico ambulando por la calle durante la fiesta de Santa Magdalena, o mejor dicho, cuando Salaí encontró a Leonardo, quien pasaba el tiempo ilustrando la muerte de un hombre que ahorcaban en la plaza por robar la sacristía del Duomo. Allí estaba el Maestro, entre la plebe, lápiz en mano y con una libreta, cuando sintió una manita tratando de levantarle el monedero. Salaí tendría unos diez años. Leonardo lo agarró por el cuello, y por poco lo hace participar personalmente en el drama que se desarrollaba frente a ellos, cuando descubrió que el ahorcado en medio de la plaza, era el padre del chiquillo.

–¿Maestro?

–¡Mil excusas, hermano! –dijo Leonardo, un poco distraído.

–Lo estamos aburriendo –esto, de parte de Maquiavelo.

–No, no. Perdónenme –les respondió Leonardo, con una sonrisa–. ¿Qué le parece el dibujo?

–¡Excelente! –dijo Fray Valentín.

–Leonardo, ten en cuenta que los religiosos no suelen mirarse en el espejo –le dijo Maquiavelo, señalando el dibujo que todavía estaba en manos del fraile–. Te sugiero que te dejes llevar por mí.

–¿Pero qué es lo tuyo? –le preguntó Leonardo, un poco impaciente.

–¿No sabes que me gusta llevar la contraria? –le replicó Maquiavelo, sonriendo.

–¡Por amor de Dios, Nícolo! –dijo Leonardo enseñándole el dibujo a su amigo.

–¡Perfecto! –exclamó Maquiavelo antes de volverse al fraile–. Fray Valentín, está usted rumbo a la inmortalidad. Ahora bien Leonardo, ¿recuerdas lo que pasó esta mañana?

–Por favor, ¡qué me estás dando dolor de cabeza!

–Yo salía del comedor cuando tu adorado niño se me tiró encima –dijo Maquiavelo, añadiendo que unos minutos más tarde, cuando se encontraba fuera del convento, le faltó su monedero. ¿Coincidencia? Quizás–. Lo único es que yo tengo la mala costumbre de que nunca se me pierde nada. Además, llevo dos monederos a la vez, uno al frente con muy poco dinero, para frustrar a los delincuentes, y otro amarrado al cinturón en la parte de atrás. Supongamos que Salaí me llevó la bolsa, entonces el chico tiene mucho, pero que mucho talento como carterista. –Maquiavelo colocó la copa vacía sobre la mesa, y Fray Valentín se preparó para dar las buenas noches–. A lo que voy: Existe la posibilidad de que el chico sea un perfecto monaguillo, quien deleita a los curas con su simpática personalidad y su carita de inocente, pero que miente cuando da los buenos días, y se roba la ostia de la misa. En otras palabras, mi eminente y destacado Leonardo, en guerra avisada mueren nada más que los sordos.

Pasaron unos segundos cuando Leonardo se dio cuenta que sus invitados se preparaban para marcharse.

–No me digan que se van.

–No sé el hermano Valentín –le respondió Maquiavelo llegándose hasta la escalera–, pero yo tengo que estar de camino.

–¡Pero Nícolo! Es muy temprano –protestó Leonardo.

–Maestro –le dijo Fray Valentín con una reverencia–, le agradezco todas sus atenciones. Ha sido una velada muy...

–Entretenida –interpuso Maquiavelo.

–Espere. ¿No quería una audiencia con el Moro?

El hermano inclinó la cabeza, y dijo:

–Pienso regresar en un par de meses.

–Hasta entonces... y no quiero que se le olvide, hermano. Cuente conmigo –añadió Leonardo.

–Leonardo –dijo Maquiavelo–, Vuestra Merced es un anfitrión sin igual.

–Y mi señor un invitado muy divertido. ¡Quién lo hubiera pensado, dos florentinos buscando fortuna en Milán! –dijo Leonardo con una leve reverencia, y mirando de reojo al fraile.

Muy deliberadamente, Maquiavelo le devolvió la reverencia, esperó a que Leonardo les alumbrara el camino hasta la puerta de entrada, y dijo:

–Ha sido un verdadero placer verte de nuevo, Leonardo. Por cierto, lo del chico... no le des importancia. Yo estaba simplemente ilustrando el punto.

Y con esas palabras, Nícolo Maquiavelo y su acompañante, el fraile Valentín, desaparecieron en la densa neblina de la noche.

–¡Ilustrando el punto!

Leonardo cerró la puerta lentamente, prendió una vela, apagó la antorcha y permaneció en el pasillo por un momento, pensando. ¿Qué quiso decir con eso? ¿Sería posible que Salaí le robó el monedero a Maquiavelo? De su amigo haber señalado a Lorenzo, Antonio o a Marco, Leonardo nunca le hubiera hecho caso y el cuento quedaría en el olvido. Después de todo, Nícolo Maquiavelo era un hombre con un sentido del humor cínico y muy particular.

–*¡Giacomo!*

El chico estaba en su habitación con los otros aprendices, cuando oyó que su amo lo llamaba.

La habitación de los muchachos, como el resto de la casa, era un tipo de almacén no sólo para sus pertenencias, las cuales guardaban en cajas de madera debajo de las camas, sino también para todo lo que Leonardo no tiraba a la basura.

–Uy, parece que tu amo está enfadado –le dijo Marco a Salaí–. ¡Furioso!

–¿Qué carajo habrás hecho? –le preguntó Antonio, empujando al muchacho de la cama que compartían.

–Y fíjate que lo llama por su nombre –observó Lorenzo.

Salaí estaba acostumbrado a la burla, así que les enseñó su delicado dedo del medio y salió corriendo hacia el comedor, donde encontró a Leonardo sentado tomando vino, y con el famoso dibujo de Salaí a su lado.

–Me dicen que has vuelto a tus viejos trucos –le dijo Leonardo cuando lo vio entrar–. ¿Se puede saber por qué chocaste con Maquiavelo esta mañana?

–¿Cómo que por qué?

–Me dijo que le robaste el monedero.

–¡Eso es mentira! –le contestó el niño, sus mejillas coloradas y ardiendo de indignación.

–¿Dónde conseguiste plata para dulces, eh?

–¡Tomasino!

–¿Quién es Tomasino, y qué hace dándote dinero?

–¡Dinero no, dulces! –Salaí sintió las lágrimas en los cachetes–. Él... Tomasino... su tienda está al lado de la de Lucca. Yo no robé nada. Le juré que nunca robaría de nuevo, lo juré –dijo ahogado de emoción, con ojos llorosos y con su cuerpo temblando de ira–. ¡Dijo que confiaría en mí!

–¿Confiar en ti? –Leonardo respiró hondo, le hizo seña para que se acercara y le pasó la mano por la cara al chico para limpiarle las lágrimas–. ¿No te dije que no entraras a la armería? ¡Y este dibujo tuyo es una vergüenza!

–¡Pero, Maestro!

Seguro que era una vergüenza, pensó Salaí, si fue uno de sus primeros dibujos cuando él tenía apenas 10 años.

–¡A tu edad, yo me ganaba la vida!

Salaí miró fijamente a su amo con una mirada tan triste, que Leonardo la encontró seductora. En ese momento, Salaí pudo haber sido un asesino, un demonio mismo y no importaba. Los ojos de Salaí eran más bellos aún cuando se le adornaban de lágrimas. Le dijo:

–¿Por qué el encontronazo con Maquiavelo?

–Fue un accidente –respondió dijo Salaí en un susurro casi imperceptible.

–Deshazte de esa porquería –le ordenó el Maestro señalando el dibujo–, y ven acá.

Salaí se acercó hasta su amo, quien lo tomó en sus brazos y lo besó en la mejilla, antes de que le levantara la camisa, y le frotara el pecho.

Minutos antes de que Leonardo tomara posesión de su amante, en ese mismo momento, no pudo evitar ponerse a estudiar a la perfecta nariz, la tez de porcelana, bella y suave; los ojos que parecían lámparas celestiales, y labios incitantes; dientes como perlas, un cuerpo delineado por los dioses, y el embriagador aroma de muchacho; nada, pero que nada se acercaba a la belleza de Salaí. Para Leonardo, Giacomo, a quien él llamó Salaí, era una creación única que avergonzaba hasta las Madonas.

–¿Maestro, usted me ama?

Leonardo le respondió con un beso.

Salaí volvió la cara para evadir el cariño, y repitió la pregunta.

–Le pregunto si usted me ama.

Leonardo dibujó el perfil del chico con el dedo, y le dijo:
–Vives conmigo, te enseñé a leer y a escribir. Te enseñé a dibujar, te compro ropa...

–¿Pero, me ama?

–Te llevo conmigo a todos lados.

De nuevo, Leonardo trató de besar a su Salaí, y de nuevo el chico lo rechazó.

–Sí –le respondió–, pero eso lo hace con Marco, con Antonio y con Lorenzo. Ellos comparten su cama, sé que lo hacen. Usted ¿me ama a mí, o ama a Marco? ¿Me ama a mí, o ama a Antonio? ¿Me ama a mí, o ama a Lorenzo?

No eran tanto las preguntas lo que confundía a Leonardo, sino la razón de las mismas. ¿Qué inducía al chico a preguntar sobre el amor?

La primera vez que Salaí le hizo la pregunta: «¿Me ama?» fue de capricho, para ver qué decía su amo. Y de todas las cosas que su amo pudo responder, no dijo nada. Ya cuando el muchacho repitió la pregunta por cuarta vez, le sudaban las palmas de las manos, y tenía ganas de llorar.

–¡Por qué no contesta!

–¿Pero, qué rayos te sucede? –Leonardo sintió que el corazón del chico le batía violentamente.

–El año pasado –le contó, Salaí sin poder aguantar la tristeza que hacía que se le corrieran las lágrimas–, usted me envió a donde el señor Fabio, con una nota. Esa nota decía: «Aquí le envío a mi estudiante, Salaí». La última carta que le llevé a Lucca decía: «Le envío a mi criado Salaí». Dígame, Maestro, ¿qué soy para usted, su estudiante, su criado, o su puta?

Leonardo miró al chico con toda la ternura posible. Le dijo:

–Estás cansado.

Lentamente, Salaí se alejó, se arregló la camisa, se pasó la mano por la cara y regresó a su habitación, mientras le repetía: «¿Me ama a mí o ama a...» Excepto que esa vez, Salaí no esperó respuesta, y Leonardo pasó la noche acompañado por la soledad.

Un poquito de mal IV

La mañana siguiente, Leonardo y sus alumnos llegaron al refectorio de madrugada. Ya se oía la música sacra tratando de inspirar al Hombre a amar al prójimo.

El pintor tenía el boceto de Fray Valentín a su lado y estaba listo para añadir su parecido al Cristo, cuando notó una pequeña mancha negra en la mejilla del apóstol Juan. Preguntó alarmado:

–¿Qué es eso?

Uno a uno, los chicos se encogieron de hombros porque no sabían a qué se refería su amo.

–¡Ese lunar en el cachete de Juan! –le gritó el Maestro al único alumno a quien de vez en cuando le permitía añadir o retocar la pintura–. ¡Quién te dio permiso! ¿Cómo te atreves?

–¡Yo no fui!

Inmediatamente, asustado y rabioso por ser falsamente acusado, Lorenzo miró de reojo a sus compañeros, no fuera a ser que uno de ellos dañara la pintura adrede para que él sufriera las consecuencias.

Como entrometido que era, Marco subió al andamio, examinó el supuesto lunar de cerca y encontró que no era un lunar. Dijo Marco:

–¡Es un mosquito! ¡Se confundió! La pintura es tan real, que trató de chupar sangre y se quedó pegado al yeso.

–¡Qué mosquitos ni qué siete velos! ¡Baja y prepara aguamarina! –le grito el Maestro.

Marco desmontó la plataforma, Leonardo tomó su lugar, raspó el vándalo volador y retocó la mejilla del apóstol. Ya estaba listo para proceder con la cara del Cristo, y esperó que Lorenzo subiera al andamio con el yeso más con los colores que se necesitaban para la pared.

Con la mezcla lista, Leonardo mojó su pincel y estuvo por aplicar la pintura al yeso mojado, cuando vio que no tenía el color apropiado.

–¿Qué es esto? –le preguntó a Lorenzo, enseñándole la punta del pincel. Turbado, Lorenzo no respondió–. Pedí aguamarina, ¿verdad que sí? Y si pedí aguamarina, ¿por qué me dan azul?

–Usted le dijo a Marco... –fue lo único que se le ocurrió decir a Lorenzo.

–¡A Marco!

–Diga, Maestro –le contestó el muchacho desde abajo.

–¡No estoy hablando contigo! –le gritó Leonardo, antes de nuevamente confrontar a Lorenzo–. ¿Quién está en el andamio? Tú y yo. Y si estás a mi lado es porque te otorgo el grande y supremo privilegio de ser mi ayudante. Eso quiere decir que tienes que saber exactamente lo que hay que hacer, y qué se necesita para hacerlo. ¡Así, que si yo pido aguamarina tú te aseguras que yo tenga aguamarina y no amarillo, aguamarina y no rojo, aguamarina y no verde, aguamarina y no azul! ¡Después de tres años, por lo menos debes reconocer los colores del arcoiris!

Lorenzo bajó la mirada y pidió disculpas.

Al otro lado del refectorio, y en susurros para que su amo no les llamara la atención, Antonio se llegó hasta Marco, y le dijo:

–¡Hoy sí está encabronado!

–Adivina por qué –le contestó el otro, señalando a Salaí, quien les tiró un beso luego de agarrarse la polla, como para decir: «¡Coman esto!»

–¡Marco! –le gritó Maestro Leonardo–. ¡Despierta!

–¡Sí Maestro, lo siento, amo!

–¡Aguamarina! ¿Dónde está? Me estás haciendo perder tiempo. ¿Qué demonios les pasa a ustedes? ¡Jesús, estoy rodeado de payasos!

Frustrado, Leonardo soltó de mala manera lo que tenía en la mano, dejó el andamio y se llegó hasta el otro lado del refectorio, donde permaneció con los brazos cruzados, examinando la pintura de lejos, haciendo a los chicos esperar; Salaí y Lorenzo en la parte más alta del andamio, y Antonio y Marco en el primer tablón.

Transcurrió media hora cuando su amo, señalando con el dedo preguntó:

–¿Qué les parece?

Como no le dirigió la pregunta a nadie en particular, los chicos no contestaron, sino que se miraron el uno al otro. Añadió Leonardo:

–¿Creen que lo que se ve ahí, en esa pared, representa en toda su majestad el evento cumbre de nuestra civilización?

Los chicos no tenían idea de qué les hablaba Leonardo.

–¡Esto es peor que una cruzada! No voy a poder terminar. ¡Lo sé! –dijo el Maestro, exasperado.

–¿Cómo?

Lorenzo le brincó por encima a sus colegas y avanzó hasta el pintor.

–¿Qué no va a terminar? ¿Después de todo el tiempo que... ?

Leonardo miraba la pintura, ajeno al desconcierto de su alumno. Empezó a darle patadas a las mesas, a las cajas de herramientas y a los banquillos.

–¿Por qué un fresco? ¿Por qué no algo sencillo, algo fabuloso, en lienzo? Los hermanitos lo podrían colgar en la pared, o ponérselo en la cabeza como penitencia, ¡qué me importa! ¡En menos de un año se va a pelar y a llenar de grietas! Esos vibrantes colores desaparecerán, el mantel perderá sus detalles y no se va a poder apreciar nada. Todo porque insisten en un fresco. ¡Pintar paredes es cosa de aficionados! ¡Monjes, frescos! ¡Arghhhh!

Si es cierto que Leonardo estaba de muy mal humor, Fray Bandello no pudo escoger peor momento para llegarse hasta el refectorio.

–Me doy por vencido –dijo, meneando lentamente la cabeza y entrelazando los dedos con su rosario–. No entiendo, ¡no entiendo nada!

Leonardo se le acercó al fraile, y preguntó:

–¿Qué no entiende, hermano? Vamos, no nos mantenga en suspenso. ¿Qué es? ¿Una complicada fórmula matemática, o quizás una expresión de devoción de un ateo?

–Es posible que me esté quedando ciego –le replicó Bandello–. O quizás, quizás es que simplemente no me doy cuenta. Y lo triste del caso es que no importa, ¿no es cierto, Maestro?

–¿De qué habla? –preguntó Leonardo, con una mirada de cansancio.

Bandello se acercó al andamio, y dijo:

–No importa qué mes del año o qué hora del día, cada vez que miro esa pared, ¡no veo nada diferente! Le ruego que me diga, Maestro, qué ha cambiado en esa pintura desde la semana pasada. No, disculpe, no quiero ser tan exigente. Dígame, por favor, qué cambios ha habido en esa pintura en los últimos seis meses, es más, ¿qué ha cambiado desde el año pasado?

Lentamente, y con más paciencia de la que creyó posible, Leonardo subió al andamio, tomó pincel en mano, se puso a un lado de la pintura y poco a poco fue indicando las más recientes modificaciones. Dijo:

–Primero está el pan, que era una manzana aunque nunca lo debió ser, porque en las Sagradas Escrituras, como usted bien sabe, sólo hay una mención de una manzana y no tiene nada que ver con la Última Cena. Pero, como Lorenzo no pretende ser un especialista en textos bíblicos... En todo caso, tuvimos que borrar la fruta, y añadir la ilustración correcta. Entonces, nos dimos cuenta de que el dedo de Tomás estaba muy largo, lo cortamos por la mitad.

–¡Maestro, la trucha! –le recordó Antonio.

–Ah, sí, la trucha.

Leonardo se movió a su izquierda y señaló con el pincel donde, dos semanas antes, rellenó el plato de Pedro y Andrés con un pescado, como símbolo de su vocación.

–¿Eso es todo? –reclamó Bandello–. ¿Usted me está diciendo que en un año lo único que ha hecho es pintar un pedazo de pan, acortar un dedo y añadir un pez?

Leonardo soltó el pincel, brincó del andamio y se llegó hasta el fraile.

–¡No sé por qué trato, no lo sé! ¡Usted no entiende nada y nunca entenderá! Así que, ¿para qué molestarse uno? ¡Háganos un favor y salga de aquí! ¡Como si yo no tuviera suficiente! –añadió Leonardo dándole la espalda al hermano Bandello, y una patada a una brocha mal puesta, antes de regresar súbitamente a donde se encontraba el prior–. Déjeme explicarle algo, mi querido hermano Bandello, ¡mientras usted se encuentra arrodillado en la cómoda santidad de la capilla, con sus ojos decaídos y su mirada melancólica dirigida a la Santa Madre, en torno a la gloria y la felicidad, yo me jodo pintando paredes y subiéndole a un gigantesco caballo por el culo!

Con manos temblorosas, Bandello se trajo el rosario al pecho. La cara se le puso tan roja que parecía que iba a estallar, mientras los labios le temblaban y las gotas de sudor le chorreaban por la frente. Él respondió:

–¡Y por los últimos dos años y medio nuestra congregación ha tenido que comer en los pasillos porque no tenemos comedor! ¡Termine la dichosa pared, hombre! Tiene que terminar, ¿oyó? ¡Ya no aguantamos más! ¡Oiga, esto es el colmo! ¿Es que no tiene imaginación?

Lorenzo y Marco creían que Leonardo le iba a dar por la cabeza al fraile con una mesa. Pero, no. Sólo dijo:

–¿Cómo fue? ¿Imaginación?

–¡Invéntelos, caramba! –le gritó Bandello–. Por favor, se lo ruego, ¡tenga piedad de nosotros!

–¡Pero, será posible! ¿Es que está sugiriendo... ?

Leonardo no pudo expresar su desdén. Su mirada fue lo peor que se vio en el continente desde que el volcán se le vino encima a Pompeya, aunque en vez de gritar o ahorcar a Bandello, que era lo que él hubiera querido, el gran Leonardo suspiró profundamente, arqueó la ceja izquierda y en una voz que se podía confundir por un susurro le ordenó a los chicos a recoger todo, porque se iban.

De más está decir que Leonardo no tuvo que repetir la directriz. En menos de lo que se dice un Padrenuestro todo estaba empacado y listo para salir por la puerta. Brochas, pinceles, pigmento, platillos, sogas, trapos y yeso: todo, pero que todo, excepto el andamio y la pintura que no se podía borrar, estaba por irse para no volver.

–¿Cómo es que usted se va? –le preguntó Bandello, con un poco de temor, su semblante muy parecido a una máscara de tragedia griega–. ¡Espere! ¡No puede dejar esto así!

–No veo por qué no, nosotros no hacemos falta –le dijo Leonardo–. En cierta forma, me alegro, sabe usted, aunque ciertamente jamás imaginé tal ingratitud. Pero, ¿qué se puede hacer? Por lo menos ahora me puedo dedicar al caballo quien aprecia mis labores más que usted. ¡Buen día!

–¡Pero usted no se puede ir! –le dijo el fraile con una voz temblorosa.

Leonardo miró a sus pupilos, y dijo:

–¿Lo ven? Ahí va de nuevo diciéndome lo que puedo y no puedo hacer. Muchachos, ¿listos?

–Sí, Maestro –le contestaron sus discípulos.

–Maestro, por favor, ¡qué usted no entiende! –le dijo Bandello, cuya histeria aumentaba poco a poco.

–¿Antonio?

–Estoy listo hace tres años, Maestro –le respondió Antonio.

–Maestro Leonardo, ¡tenga misericordia!

–¿Salaí?

Salaí siempre estaba listo para cualquier cosa.

–¡Yo también estoy listo, Maestro! –aseguró Marco.

Todos estaban por salir del refectorio cuando dos frailes se llegaron hasta la puerta, curiosos por la gritería en el comedor.

–Oh, Maestro, le pido disculpas –lloraba Fray Bandello, tratando de que Leonardo no lo abandonara–. ¡Perdóneme! No sabe cuánto lo siento. ¡No fue mi intención ofenderlo! –Bandello entrelazó los dedos con su rosario, y levantó la vista hacia los apóstoles de la pared, rezándoles para que intervinieran a su favor.

–Yo le perdono, hermano Bandello. Por eso no pienso decirle nada al Moro, para que usted se vea en la obligación de explicarle que ya yo no estoy trabajando en la pared; que me fui indignado cuando usted tuvo la osadía, el atrevimiento de... –Leonardo se llevó la mano al cachete–. Al Moro seguro que no le agradará la noticia. Usted sabe que él no tiene paciencia para nada. Además, si recuerdo, ésta es su iglesia favorita. ¡Es posible que lo tire de cabeza en un calabozo para que nunca más tenga que lidiar con gente como yo!

–¡Dios amado! Nadie, pero que nadie puede terminar ese fresco, nadie más que el gran Leonardo –le gritaba Fray Bandello.

–Ah, eso no es verdad, hermano –le respondió Leonardo, con una sonrisa condescendiente–. Usted puede terminarlo. ¡Use su imaginación!

–¡Estaba molesto! ¡No sabía lo que decía!

–¿De veras?

–¡Sí! Yo soy un idiota, un imbécil, un ignorante pecador.

–Estoy de acuerdo, pero me voy como quiera.

Ya fuera por el terror al Duque, o de tener que darle explicaciones al Padre Superior por qué Leonardo da Vinci dejó sin terminar la pared, tras sentirse ofendido por Bandello, ya fuera porque él consideraba el incompleto y por lo tanto, el imperfecto fresco una afrenta, o ya sea por el miedo a que sus hermanos lo ridiculizaran cuando tratara de encontrar otro artista para terminar lo que Leonardo da Vinci comenzó, Fray Bandello se tiró de rodillas, y con los ojos brotando lágrimas, le suplicó:

–¡No nos abandone!

Leonardo miró al pobre Bandello tirado en el suelo del comedor, y por primera vez sintió compasión por el viejo. Le dijo:

–Venga hermano, que no es para tanto. Póngase de pie, vamos. Lo único que le pido es que nos deje trabajar en paz. Eso usted se lo dice al Padre Superior. Yo terminaré la pintura cuando la termine, ni un segundo antes, ni un segundo después. ¿Entiende lo que le digo?

Un rayo de sol apareció de repente en la deprimente mañana de Fray Bandello y la esperanza reinó en el mundo. Trató de besarle las manos a Leonardo, pero éste no se lo permitió.

–Vamos, ¡deje eso, hermano! Mire, aunque usted no se dé cuenta, el fresco está casi terminado. Ahora preste atención a lo que le digo porque no le voy a permitir que me siga interrumpiendo. Como esto se repita, como vuelva a molestarnos, yo recojo, me levanto, y me marcho, y no van a haber lágrimas, llantos ni amenazas que me hagan cambiar de parecer.

–Bueno, Maestro, pero... ¿qué pasa si usted no encuentra lo que busca? ¿Dónde va a encontrar a un hombre con la divina gracia del Nazareno, quien murió en la cruz hace más de mil años, y de dónde va a sacar a un hombre con el alma infestada de maldad, como lo fue el Judas? Tendrá que ir de la gloria al infierno, Maestro, no que le estoy sugiriendo que lo haga.

–Para que sepa, tengo el Cristo.

–¿El Cristo? ¿Me está diciendo qué encontró a Jesús? –preguntó Bandello, abriendo los ojos hasta más no poder–. ¿Quién es?

Leonardo le enseñó el dibujo, y dijo:

–Es uno de ustedes, un fraile de Bérgamo que estuvo de pasada.

–¿De pasada, dice usted? Me hubiera gustado conocerle.

–No se preocupe, que yo le dejo saber en cuanto encuentre al Judas.

–No se moleste –le dijo Bandello, haciendo lo posible por mantener la calma. El peso de la decepción que marcaba el infeliz rostro de Fray Bandello desapareció, y una buena imitación de alegría le cubrió la faz–. ¡Encontró al Cristo! ¡Esa es la primera buena noticia que me da en tres años, Maestro! ¡Deje que se lo diga al Padre Superior!

Impulsado por su entusiasmo, el prior salió por la puerta trasera, y Leonardo y sus alumnos volvieron a sus quehaceres.

Dijo el Maestro, cuando subió al andamio:

–¡Es mejor que no se aparezca por todo esto por el resto de la semana! –Seguidamente, Leonardo inspeccionó con cuidado el dibujo de Fray Valentín–. ¡De aquí no nos vamos hasta no terminar con el Cristo!

Lorenzo aplicó yeso mojado a la pared, y el gran Leonardo le añadió el rostro del sabio Fray Valentín, al fresco. La espera y todo el tiempo perdido mientras buscó por todas partes al modelo perfecto para la pintura... todo valió la pena... y así, con la última pincelada, Leonardo se detuvo a admirar su labor. Dijo Leonardo da Vinci:

–Somos la creación del que nos ilumina con amor, y nos enseña el camino hacia la gloria eterna. ¡El Uno, el Padre e Hijo, juntos en nuestros corazones! El Padre, que trajo a su único Hijo a morir por nosotros. ¡Ese espíritu santo que hoy me ha bendecido con un milagro! Por fin, ¡encontré a mi Cristo!

Una pena que su momento de euforia fuera tan breve porque, no sólo Leonardo encontró a su Cristo, sino que Beatrice encontró a Leonardo.

Dos soldados enormes y armados hasta los dientes, entraron en el refectorio de repente y anunciaron la llegada de la Princesa, quien entró acompañada de tres damas de honor.

Las visitas de la realeza eran tan disimuladas como una estampida de elefantes enloquecidos.

Leonardo inmediatamente desmontó la plataforma, brincando de tabla a tabla, hasta llegar donde la Princesa con muchas reverencias, a la vez que ordenó a los muchachos que dejaran su trabajo y se pusieran en fila, detrás de su amo.

–Espero no estar interrumpiendo nada, Maestro –le dijo la niña.

–¡Salaí, una silla para su Majestad!

–No, no, Maestro, le ruego –interpuso Beatrice–. Me voy enseguida. Sólo vine a decirle que lo hemos echado de menos en la corte.

Leonardo tomó una pose muy fingida y artificial, al responder:

–Ah. Es una situación, Vuestra Majestad, que espero se rectifique pronto. Pero por ahora, estoy endeudado con su ilustre príncipe, quien ha encontrado en su noble corazón la necesidad de conferirnos tantos favores, como para mantenernos ocupados por los próximos cien años.

Beatrice soltó una risita infantil, y dijo:

–Maestro, necesito su ayuda. ¡Tenemos un baile de máscaras dentro de un par de semanas, y no sé qué ponerme!

Leonardo sintió como si le arrancaran la nariz; el pelo en la nuca se le erizó, apretó los dientes, y pensó:

¡Mierda!

Una sonrisa totalmente incongruente le agració la boca, y, fingiendo estar muy preocupado por el dilema de la Princesa, preguntó:

–¿Algún tema en particular para el entretenimiento?

–Fíjese que no se me ocurre nada. Por eso vine donde usted –le contestó Beatrice, sonriendo, y batiendo sus párpados varias veces, creyendo quizás, que sus encantos femeninos motivarían a Leonardo da Vinci.

Por su lado, Leonardo padecía del inquietante hábito, tan común en la corte, de pensar una cosa mientras expresaba algo completamente diferente:

–*¿Por qué no fue donde Bramante? ¿No es él el favorito de la corte?* –Él se llevó un dedo a los labios, y adoptó un aire pensativo, todo para hacer creer que verdaderamente le preocupaba el dilema de la joven y caprichosa princesa–. Bueno... ¡ya sé! Quedan varios preciosos vestidos que diseñé para la Fiesta del Paraíso. Nunca se usaron.

La Fiesta del Paraíso fue un espectáculo que produjo Leonardo para Ludovico, en honor de su sobrino, el entonces Duque de Milán, Giangaleazzo Sforza, antes de la prematura e inesperada muerte del joven. Añadió el Maestro con un gesto picaresco y en un susurro muy confidencial:

–Estoy seguro que le van a encantar. El tema es la flora y la naturaleza. Usted puede ir vestida de rosa, y su majestad Ludovico vestido de abeja. Lo único es que, naturalmente, lo va a tener dándole vueltas toda la noche.

–¡Me encanta, sí! Suena perfecto, Maestro. ¡No sé qué me haría sin usted! –Beatrice se volvió a su cortejo, que respondió con aplausos y gran jubilo, cuando de repente, la duda consternó a la joven quien pensó que tener a su marido zumbándole alrededor durante el baile de máscaras, la podía marear.

Respondió Leonardo:

–Se lo puede achacar al vino.

Beatrice soltó una carcajada muy poco aristocrática.

Añadió el Maestro:

–¿Puedo llevarle los trajes el lunes que viene, para que usted escoja?

–¿El lunes? ¿Por qué no esta misma tarde? –preguntó Beatrice.

Leonardo señaló al fresco y replicó:

–Nada más quisiera yo poder atender a Vuestra Majestad. Pero, como puede ver...

–Le entiendo perfectamente, Maestro –dijo la Princesa, en un tono de voz muy comprensivo–. Silveria, ¿qué te parece lo que Maestro Leonardo ha logrado con esa pared?

Silveria, una de sus damas, quien tenía unos veinte años, una voz ronca, un cuerpo como la pluma de un canario y una fijación con Lorenzo, observó que la pintura era «Grande».

–Pero Maestro –le preguntó Beatrice, desbordando curiosidad–, ese espacio vacío en la pintura, ¿es a propósito?

Maestro Leonardo inclinó la cabeza a un lado, y con una sonrisa levemente condescendiente le respondió:

–No.

–Veo. Bien, estoy segura de que usted sabe lo que hace, y no tengo duda de que sea lo que sea, mi marido va a estar muy, pero que muy contento y orgulloso.

Con esas palabras y con la celeridad de sus años, la Princesa Beatrice salió del comedor con su cortejo, diciendo:

–¡Hasta mañana, Maestro Leonardo!

Leonardo esperó varios minutos, le dio un vistazo a los jardines, se aseguró que ningún fraile se encontraba en el pasillo, le entró a patadas a todo lo que tenía de frente, y pegó un grito:

–¡Cómo pretenden que termine! ¡No me dejan tranquilo! ¡Me voy! ¡Tengo que salir de aquí! ¡Este sitio me está afectando la mente!

El artista se quitó el mandil, lo tiró a un lado, abrió la puerta, y les dijo a los chicos:

–Hagan el favor de recoger y limpiar lo que puedan. Después, se pueden ir a casa.

–Maestro, ¿a dónde va? –le preguntó Salaí, corriendo detrás de su amo.

–¡Al infierno!

❂

No llegó al infierno, pero la taberna subterránea donde terminó Leonardo da Vinci era prueba concluyente del esfuerzo extraordinario que hacen algunos hombres y mujeres cuando insisten en perder su alma.

El lugar era oscuro y fétido, como si el sitio, tan frecuentado por putas, matones y toda clase de indeseables, se hubiera establecido en el alcantarillado a propósito.

Para llegar hasta el local, Leonardo tuvo que navegar por un laberinto de pasillos y callejones en la parte más despreciable y vieja de la ciudad, hasta encontrar una escalera muy empinada y cubierta de musgo peligrosamente resbaladizo, que lo llevó hasta la doble puerta del lugar, a la orilla de un canal donde desbordaban las aguas negras.

El sitio hacía alarde de seis mesas, cada una con tres patas, dos bancos por mesa, y un pedazo de vela para asistir con la iluminación. El decorado traía a la mente las entrañas de un barco, y hasta el techo de madera podrida lo aguantaban varias vigas que en el pasado, formaron parte de un velero.

En aquellos tiempos, el Mal estaba plagado de una simplicidad que hacía perder confianza en sus inclinaciones perversas gracias a la falta de imaginación de la gente, y una abundancia de superstición. Por eso el vino costaba lo mismo que mandar a matar a alguien, casi tan caro como robo a mano armada, pero no tanto como conseguir veneno en completa confidencialidad para uno deshacerse de una madre senil, una mujer insoportable, un padre abusador, un marido infiel, una amante excesivamente irrazonable, o hijos pequeños que molestan demasiado.

Sí, era poco lo que una persona dispuesta a pagar no consiguiera en ese despreciable lugar, además, que todo era negociable. Por ejemplo, era bastante común entrar al sitio y ver a un tipo de cincuenta años fornicando con una ninfa de doce, sobre una mesa, o ver a un enano de nariz larga y bigote ancho, que parecía una rata marinera, sodomizando a su puta favorita en un banco, mientras ella lactaba su bebé.

Habían otros personajes, por supuesto, todos susurrando, conspirando y siempre velando a los demás de reojo, porque en el momento menos pensado aparecía un puñal y desangraban a uno sin alterar al resto de los malandrines, allí presente.

Leonardo definitivamente no pertenecía en aquel ambiente. Estuvo sentado solo, tratando de ahuyentar las atrevidas alimañas que correteaban por el piso, y aplastando las cucarachas que se paseaban por la mesa. Nunca probó el vino que le sirvieron, y en tres ocasiones diferentes se mudó de mesa, para ver mejor una cara que le parecía interesante.

Para disuadir a los ladrones, Leonardo llevó dinero suficiente para caerle bien al propietario de la taberna, un individuo al que le decían el Turco.

Este Turco fue el primer espécimen que atrajo el ojo de Maestro Leonardo. El hombrecillo tenía una pata de palo y tambaleaba al caminar con la ayuda de un garrote. Era un tipo muy flaco de cabeza ancha y con una enorme joroba. No tenía quijada que se diga, sus dientes eran grandes, verdes y podridos, su nariz era impresionante y de porcino; sus ojos negros brillaban como los de un búho y siempre aparentaban estar cerrados.

Su vestimenta, calzas, camisa y chaqueta, al igual que su piel era gris verdoso, y la peste que llevaba encima era tal que nadie podía estar en presencia del Turco más de unos minutos.

Sin embargo, lo más interesante del tipo, de acuerdo con Maestro Leonardo, era su pelo, el que halaba por la raíz y se amarraba en el tope de la cabeza con una cinta de terciopelo.

Le dijo el Turco a Leonardo en una voz que parecía un pito:

–Tamos aquí va a ser ya seis años. Yo vivo atrás. No es mucho, pero es lo que hay. Piense usted, Vuestra Merced, ¿qué va a hacer afuera una figurita como yo? Usted concluye, que na. Así que abrí mi fogata, y así mis intimados... las putas que ve ahí sentás... puen compartir. Yo saco mi parte, pago los gastos, y a final de cuentas, to el mundo se aprovecha. Piense usté que le estamos haciendo un favor al pueblo. Algunos dicen que nos falta devoción, pero yo no le hago caso a lo que dicen los curas, porque, ¿qué pasaría con el mundo si no tuviera un poco de pecao? Sin un poquito de mal, el mundo se acaba, créame usté, mi señor. Sin un poquito de mal, ¿qué carajo van a hacer los religiosos? Se necesita un poquito de mal para que to el mundo esté feliz. ¡Oiga lo que le digo, Vuestra Mercé! ¿Se imagina to el mundo santo? Ni lo quiero pensá. ¿Se imagina un mundo donde to el mundo es bueno? Ni lo quiero pensá. ¿Qué harían to los curas y los papas? ¿Ser feliz? Ni lo quiero pensá. Pero, ¿cómo se sabe qué es ser feliz si no hay alguien infeliz pa comparar? ¿Ve lo que le digo? La verdá es que no tiene sentido esperar que to el mundo sea santo. No, no, ni lo quiero pensá. –El Turco abrió los ojos a un tamaño bastante anormal, y dio un cantazo en la mesa con su garrote–. ¡Ja, ja, ja! Oiga, y ya que estamos hablando de pecao, le tengo una cosita que sé que le va a encantar. Usted parece un hombre estudioso, por su conversación me doy cuenta, así que mire, Vuestra Mercé, le tengo una poción que es pura magia, de una flor que crece en la India.

–¿Veneno?

–¡Ni lo quiero pensá! Nah –el Turco se frotó las cejas–. Es un elixir que le trae las más fantásticas revelaciones y le apacigua cualquier dolor del cuerpo.

–¿No me diga?

–Yo mismo tomo un poco tres veces al día, porque voy a ser honesto con usté, Vuestra Mercé, un hombre en mi condición necesita medicina fuerte, aunque eso que le digo no es sólo medicina, porque como digo yo, quita los achaques, alivia el alma y hace de la vida un placé. ¿Quién pué discutir con eso, no cree? Así, que, ¿por qué no prueba un poquito, mientras encuentra la cara que está buscando? Le va a hacer la espera más placentera, créame lo que le digo. –El Turco no esperó a que Leonardo le respondiera. Fue hasta la puerta de la parte de atrás, regresó con un pequeño frasco verde, y lo colocó frente a Leonardo–. Se lo regalo, porque sé que cuando lo pruebe, va a querer más. ¡He, he, he!

Naturalmente, un hombre como Leonardo da Vinci no podía estar sentado por mucho tiempo en un sitio como ése, sin atraer la atención. Le dijo la puta:

–Lo que yo quiero saber es qué hace un tipo como tú, sentao aquí, tan solito. No entiendo, fíjate que no.

El Turco

La mujer, de unos cuarenta años vestía con una falda negra, y un chaleco de hombre sobre una camisa sucia.

Leonardo tuvo la esperanza de que la mujer siguiera su ronda, y lo dejara tranquilo, pero por lo general las putas son como los piojos, difícil de uno quitárselas de encima.

En vez de largarse, la mujer se tiró el pelo hacia atrás en un infructuoso intento para seducir a Leonardo. Añadió la puta acariciándole la pierna al artista:

–Sería un honor para mí sentarme contigo. Me puedo sentar a tu lao, encima, o debajo de ti, como te dé la gana. ¿Qué te parece?

Leonardo le respondió de muy mala gana:

–No, gracias. ¡Con su permiso!

–Tienes to el permiso que quieras, –dijo ella–. Yo creo que to el mundo debe hacer lo que siente.

Leonardo miró alrededor, esperando que el Turco le ayudara a deshacerse de la doña, pero el propietario estaba ocupado con otro cliente. Le dijo Leonardo a la puta, evitando mirarla a la cara:

–Mire, yo estoy buscando algo, y no tiene nada que ver con usted.

–Bueno, está bien. ¿Qué dices si te ayudo a encontrar lo que buscas? –Y la puta se le sentó al otro lado de la mesa–. Yo sé de cosas que no te puedes imaginar, cosas que sé que te van a entusiasmar. ¿Qué te parece algo tierno y delicado?

–¿Qué?

Respondió la puta:

–Tengo dos nenas, suculentas y preciosas, pálidas, suaves y muy dispuestas a hacerte feliz. ¡Te van a encantar, lo sé! Y tienen tanta y tanta imaginación. Tienen este jueguito –dijo la puta acercándosele a Leonardo y alzándose la falda para que se viera todo lo que el Maestro no quería ver, al mismo tiempo que le agarró la polla–. Ellas se te acuestan encima, y poco a poco se quitan la ropita, dejando desnudas sus rosaditas y suaves tetitas para que tú se las acaricies. Entonces, ellas se besan, entre ellas, hasta que... y ahora viene lo rico...

Indignado, Leonardo le sacudió la mano a la puta, y le ordenó que lo dejara tranquilo.

Replicó la señora de la taberna:

–¡Oye, no seas así, que te estoy haciendo un favor! Una tiene siete y otra nueve años. ¡Te van a encantar!

–¡Loreta! –le gritó el Turco, dando con el garrote en el mostrador–, ¡deja al caballero tranquilo, que él no busca lo que tú tienes!

La adorable Loreta le dio una mirada al Turco antes de volverse a Leonardo, tratando de sonreír sin abrir la boca (por falta de dientes). Dijo Loreta con orgullo maternal:

–Ah, ¡ya veo! ¿Quieres un nene? ¿Y por qué no lo dijiste antes? Yo tengo mi propio hombrecito. Eso sí, te va a costar un poquito más, pero no mucho. Bueno, es que no tiene más que seis añitos. Aunque, según me dicen, es mejor que las nenas y lo hace to solito, ¡Dios me lo bendiga!

–Oiga, ¿pero es que está tratando de vender a sus hijos? –le preguntó Leonardo, indignado.

–¿Vender? ¿Quién habló de vender? –le replicó Loreta porque la idea nunca se le ocurrió–. ¿Por qué? ¿Qué tienes en mente, querido? Tres florecitas como ésas...

–¡Esto es increíble!

–¡No te pongas así que se te arruga el cutis! –le dijo Loreta– ¿Qué quieres, si a mis angelitos les gusta ganar su poco de plata? ¿Qué tiene eso de malo?

La humedad y el calor en aquella guarida infernal era tal que Leonardo sintió que se sofocaba, y le dijo a la puta:

–¡Mire señora, no me interesa usted ni me interesan sus hijos!

Le respondió Loreta:

–¿Quieres uno tieso?

–¿Un qué? –preguntó Leonardo, atónito. Eran muy pocas las cosas que él no encontraba curiosas, pero aquella pregunta que le hizo la puta era, no sólo curiosa, sino absurda.

Explicó Loreta encogiendo los hombros:

–Un tieso. Personalmente, creo que es repugnante y horrible, pero si eso es lo que buscas...

Leonardo no entendió y se le quedó mirando a la puta, lo que obligó a Loreta a explicarle al Maestro que ella se refería a algo «fijo».

–¡Usted me da náuseas! –dijo Leonardo, tirando unas monedas en la mesa y saliendo de la taberna lo más rápido que pudo, dejando atrás el frasco que le regaló el Turco. Pensó Leonardo:

–Definitivamente, esto de buscar al Judas raya en lo ridículo.

De pronto, el Maestro percató la presencia de alguien. Se volvió, pero no vio nada excepto una sombra. Apresuró el paso, y estaba a corta distancia de las escaleras cuando una mano lo agarró por detrás, lo empujó contra una pared en el callejón y lo amenazó con un puñal en las costillas.

–¡Qué quiere! ¡Cómo se atreve! –le dijo Leonardo, con mucha dificultad–. ¡Suélteme!

–¡Cállese o le arranco el hígado! –respondió el otro.

No era una simple amenaza. Leonardo peligró de que lo descuartizaran. Pudo oler el licor en el aliento del ladrón, y la peste a sudor.

El individuo tenía facciones puntiagudas, una nariz rota en el centro y parecía un cuchillo mangorrero y mohoso. Su cara era flaca, demacrada por la desesperación, y llevaba puesto un chaleco marrón sucio y roto, además de una camisa asquerosa y ordinaria. Sin embargo, lo más amenazante del hombre, según Maestro Leonardo, fue su mirada y sus ojos crueles que carecían de toda misericordia, ojos traidores como una víbora hambrienta.

–Tenga, ¡lléveselo todo! –le dijo Leonardo, ofreciendo su monedero.

El ladrón se lo arrebató de las manos.

Como en Milán la ley no distinguía entre ladrones y matones, a los dos se les perseguía con la misma determinación. Una vez los atrapaban, los torturaban y los ahorcaban sin piedad. Por eso, las probabilidades de sobrevivir un robo dependían de si el ladrón era ladrón de oficio, si era un infeliz llevado al crimen por necesidad o si en el momento en que el puñal estaba por cortarle la garganta a la víctima, pasaba algo que distrajera al delincuente. Eso fue precisamente lo que ocurrió cuando el asesino estuvo por concluir su encuentro con Maestro Leonardo y se oyeron voces que se acercaban.

Con la destreza de una sigilosa rata, el hombre farfulló un chorro de obscenidades y regresó a su escondite en la alcantarilla.

Por un momento Leonardo pensó perseguirlo, pero decidió que era más sensato preguntarle al Turco si lo conocía.

–¿Cómo fue? –le dijo el Turco, bastante molesto–. ¡Oh, Vuestra Mercé, no sabe cómo lo lamento! Le digo, yo hago to lo posible, ¿sabe? Pero es que tengo clientes que son unas fieras, aunque trato de que no molesten a la gente porque no es bueno pal negocio y atrae la ley. Eso sí, usted tiene suerte de estar vivo.

–¿Cómo se llama el hombre? ¿Lo conoce? –le preguntó Leonardo, todavía muy nervioso por lo sucedido.

–¿Su nombre? –el Turco se echó a reír–. ¡Ni lo quiero pensá! Ese no tiene nombre, como nadie aquí tiene nombre. Es como si no hubieran bautizao a nadie, somos to bastardos. ¡He, he, he! Sé que le dicen el Cachetero. Y ¡qué bien le cae, no cree! ¡Ja, ja, ja! ¡Ja, ja, ja!

La excepción V

A través de la historia, han sido muy pocos los príncipes europeos que no hayan sido unos patanes brutos y feos, debido en gran parte al fenómeno endogámico de la realeza, y a una dieta de mucha carne y vino.

Por consiguiente, los cuentos de hadas que hacen alarde de príncipes azules (o de cualquier otro color), siempre apuestos y bien parecidos; pendientes a salvar las doncellas en apuros, son propaganda que las cortes han diseminado desde el triste día cuando un idiota despertó una mañana en su cueva, se adornó la cabeza con una corona de laurel y declaró que, de ese momento en adelante, él iba a ser el «Más que Manda».

Podemos suponer, entonces, que el derecho divino de los reyes no es otra cosa que el producto de la imaginación de algún lacayo de una corte, porque ninguna entidad celestial que se respete a sí misma, le hubiera conferido a un hombre como Carlos VIII de Francia el derecho a gobernar.

Con su apariencia de comadreja grosera, Carlos fue un hombre muy poco agraciado, quien nunca se ganó el cariño ni el respeto de nadie, fuera de los infelices siervos de su reino. Además, el monarca francés poseía una falta de sentido común muy marcada, lo que permitió que los maestros de la intriga y la manipulación política, los italianos, lo utilizaran como les dio la gana, invitándolo a invadir a Nápoles para evitar que ese reinado invadiera a Milán.

Carlos se apoderó de Nápoles, disfrutó de su clima y hospitalidad un par de años, bajó la guardia, no se dio cuenta que se le venció la bienvenida y fue derrotado por muchos de los mismos italianos que lo invitaron a invadir Nápoles en primer lugar, entre ellos, Ludovico Sforza.

Esa aventura le costó a Carlos su orgullo y su reputación, y desde entonces se le conoció como «el francés que emprendió las guerras italianas».

Al morir Carlos VIII, Luis XII asumió el trono de Francia; y si Carlos nunca tuvo derecho al Ducado de Milán, Luis XII creyó lo contrario porque su abuela, Valentina Visconti, fue hermana de Filippo Visconti, el último de los Visconti en gobernar a Milán.

En 1447 Francesco Sforza, a quien el propio Filippo le entregó a su hija Bianca en matrimonio, le arrebató la ciudad, el título de duque y todo lo que conlleva a su suegro, poco antes de que los milaneses le dieran la bienvenida al mundo a su hijo, el pequeño Ludovico.

Eso quiere decir que Luis XII, Rey de Francia y Ludovico, Duque de Milán, eran primos segundos, y todo el mundo sabe (o debe saber) que si bien los cuentos de hadas son tonterías, las guerras entre las familias de la realeza son responsables de muchos de los conflictos bélicos más salvajes y atroces de la historia; acontecimientos que a través del tiempo se han convertido en leyenda.

No que eso le preocupara en lo más mínimo a Su Santidad el Papa Alejandro VI, antiguamente conocido como Rodrigo Borgia, y quien estaba reunido con don Alfonso, Duque de Bisceglie, hijo bastardo del Príncipe Alfonso II y nieto del Rey de Nápoles.

–¡No, no, no! –exclamó Alejandro extendiendo sus brazos, pidiéndole al muchacho que se acercara–. ¿Cómo puedes pensar que corres peligro? Por favor, hijo mío... porque quiero... necesito que entiendas... que eres un hijo para nosotros, eres parte de nuestra familia, ¡de nuestra sangre!

El chico de diecisiete años era bastante bien parecido y simpático; era alto y flaco, de ojos expresivos y pelo castaño que le llegaba hasta los hombros. Dado a que también era muy nervioso, él se arrodilló frente al Sumo Pontífice, y le besó la mano porque estaba asustado. Su matrimonio con la bella hija del Papa, Lucrecia, lo convirtió en un títere de las intrigas del Vaticano, especialmente de las de su cuñado César Borgia, quien representaba la nueva alianza entre el Vaticano y Francia, contra Nápoles.

El despacho donde se encontraban Su Santidad y don Alfonso era uno de los más lujosos, parte de los apartamentos Borgia, en el palacio apostólico; con su ostentación resplandeciente que incluía paredes cubiertas de opulentos paneles de roble y tapices bordados, muebles decorados en oro, incluso un grandioso escritorio, pisos de mármol, columnas de marfil, y el techo adornado por un glorioso fresco de Pinturicchio, que acentuaba las vigas del abovedado, y el cual llevaba en el centro el escudo de armas de esa noble familia española.

En el vigor de su juventud, el Papa, vestido con sotana y birreta blanca, fue un hombre enérgico y bien parecido cuyo estilo de vida liberal le convirtió en un hombre grueso, de complexión pálida y cetrina, de poco pelo y piel flácida.

–Lucrecia te adora –añadió, tomando la cara de don Alfonso en sus santas manos–. Y todos sabemos cuánto la quieres tú a ella. Eso la hace feliz, y lo que hace feliz a Lucrecia, nos hace felices a nosotros. Su felicidad es lo que nosotros más deseamos en el mundo, más que la política, más que el poder. Puedes sentirte tan seguro aquí en la Santa Sede como si estuvieras en casa de tu padre.

Alfonso no pudo contener las lágrimas. Le besó las manos al santo suegro, quien se levantó para abrazar al chico y otorgarle un medallón de oro con el emblema de San Pedro.

Le dijo el Papa:

–Regresa a casa, y a los brazos de nuestra adorada. Sabemos lo preocupada que está por ti. Dile que tienes nuestra bendición.

Sintiéndose un poco más confiado gracias a las garantías de Alejandro, don Alfonso abandonó el despacho apostólico, y en compañía de su guardaespaldas, un napolitano enorme, enviado por el Rey de Nápoles para proteger a su nieto, cabalgó a toda prisa de la Santa Sede.

–¿Buenas noticias? –le preguntó el guardaespaldas.

–Su Santidad me dijo que me considera un hijo –le respondió don Alfonso.

–Y todos sabemos lo que eso significa.

La ironía pasó inadvertida aunque la referencia no pudo ser más explícita; el hijo mayor de Alejandro VI, Juan, Duque de Gándia, fue asesinado en ruta a un encuentro romántico y los enemigos del Papa acusaron a César de conspirar a la muerte de su hermano, a quien supuestamente, le tenía celos.

¿Cómo se iba a imaginar don Alfonso que a menos de una hora luego de los imponentes portones del Vaticano, mientras cabalgaba por un estrecho sendero flanqueado de pinos y robles, un grupo de hombres le tendieron una emboscada de todos lados? Intuitivamente y utilizando el caparazón de su caballo para protegerse, don Alfonso trató de evadir a los asesinos. Su guardaespaldas hizo lo que pudo, matando a tres de los hombres mientras le gritaba al muchacho que huyera, y perdiendo la vida él mismo, cuando una espada le cortó la barriga.

Don Alfonso tuvo la suerte de que su caballo era tan excitable como él, y en el momento del ataque, con los matones acuchillándolo por ambos lados, la noble bestia, presa del pánico, se levantó en dos patas, relinchó, y echó a correr, lo que le salvó la vida al jinete.

Con chorros de sangre cegándolo, el muchacho agarró la crin con toda su fuerza y tuvo la suerte de no caerse, llegando a su palacio minutos más tarde.

El centinela sonó la alarma y Lucrecia, quien se encontraba en su habitación, oyó los gritos y se apresuró hasta la entrada, donde encontró a su querido don Alfonso, moribundo. Una vez ordenó que llevaran al muchacho a su habitación, a ella le dio un vahído y se desmayó.

❁

Mientras don Alfonso sufría su trágico desenlace, un hombre a quien muy pocos en la Santa Sede conocían de nombre, entró discretamente al despacho del Santo Padre. Dijo el Papa al verlo:

–Ah, señor Maquiavelo. Nos alegra verlo sano y salvo.

Maquiavelo ofreció una reverencia, y besó la mano de Su Santidad.

–Ludovico no es como César, ¿no cree? –añadió Alejandro sin poder contener su orgullo.

–Sin duda, Santidad –respondió Maquiavelo con una sonrisa.

–César no lo hubiera dejado escapar, lo hubiera arrestado y le hubiera cortado la cabeza –dijo el Papa, riendo–. Bueno, ¿y qué noticias trae de Milán?

–Como imaginé –le contestó Maquiavelo–. Las armas de Leonardo da Vinci no existen.

Alejandro dejó su asiento, se llegó hasta el escritorio, y le enseño una carta de Leonardo a Ludovico, donde el pintor se ofrece para diseñar y fabricar armas de guerra:

«Mi muy ilustre señor, luego de estudiar cuidadosamente todos los ejemplos de los que se proclaman especialistas en la fabricación de instrumentos de guerra, concluyo que los mismos no son nada diferentes a lo que se utiliza hoy día, por lo tanto trataré, sin prejuicio alguno, de explicar mis secretos, con el propósito de ofrecérselos a vuestra excelencia, para su aprobación y beneficio...»

La misma le llegó al Sumo Pontífice, cortesía de un espía dentro de la corte del Moro. Preguntó Alejandro:

–¿Y entonces, esto qué?

–Exageración típica de Leonardo, Santidad –respondió Maquiavelo–. Basta con decir que él buscaba empleo en la corte del Moro. En cuanto a «armas», sólo existen unos dibujos, y algunos modelos... juguetes, a decir verdad, todos productos de la mente ociosa de Leonardo da Vinci. Además, me temo que él le copió muchas de las ideas a Roberto Valturio.

–Valturio, sí, lo recuerdo –interpuso Alejandro.

–No hay por qué preocuparse. Leonardo da Vinci pinta paredes y se distrae pensando en monumentos estrambóticos. No tiene nada que ver con armas de nadie.

–Mucho que nos alegramos. No necesitamos más dolores de cabeza –le dijo su Santidad–. ¿Y César?

–Su eminencia está al tanto de todo –respondió Maquiavelo.

–Le tengo una pregunta, hermano Maquiavelo –dijo Alejandro–. Nuestro hombre en Milán, él también debe saber que las armas no existen, ¿cierto?

–Sí, Santidad.

Alejandro se llegó hasta Maquiavelo, y dijo:

–¿Por qué, entonces, nos envía la correspondencia? ¿Para alarmarnos innecesariamente?

Respondió Maquiavelo:

–Eso precisamente pienso averiguar.

–Mucho que se lo agradecemos –le dijo el Papa, cuando entró un sacerdote y anunció la llegada del Sacro Colegio Cardenalicio.

Maquiavelo le ofreció sus reverencias al Santo Padre, y desapareció por la misma puerta secreta al otro lado de un tapiz.

Con un gesto de la mano, Alejandro dio paso a una manada de sotanas, mucetas y birretas rojas. Luego de besar la sortija de Pedro, los príncipes de la iglesia se acomodaron en once sillones acolchonados, colocados en dos filas a lo largo del gran salón.

Ascanio Cardenal Sforza, hermano de Ludovico, fue el primero en obtener la palabra. Dijo el ojeroso Sforza en su voz cantante:

–¡En este momento, tropas extranjeras se amasan en la frontera; tropas francesas, bárbaros, listos para invadir! ¡Esto es una infamia, es un sacrilegio, es una calumnia, es una atrocidad, es repugnante, es perverso... !

Su ecuánime y sosegada Santidad, pensó:

«*¡Es aburrido!*»

La Curia estaba compuesta principalmente de italianos, con uno que otro español y dos o tres franceses en la retaguardia. Esa división geográfica, naturalmente, convirtió la disputa entre Ludovico Sforza y Luis XII en una riña partidista. A un lado se encontraban Alejandro y sus compatriotas españoles. Al otro lado, el cardenal Julián de la Róvere, y los italianos, con los franceses prestando atención con tal de apoyar las medidas que más les favorecieran.

Entre tanto, la enemistad entre el Papa Alejandro VI y el Cardenal de la Róvere era tal, que éste dirigía la oposición al Papa y a su hijo, César, Comandante de las tropas de la Santa Sede, desde su casa de campo.

Interpuso el Papa, moviendo solamente sus labios:

–Hermanos. Lo de Luis de Francia es una excursión, no una invasión. –Como nadie le pidió al Santo Padre que explicara la diferencia entre «una excursión» y «una invasión», Alejandro añadió–, Francia sólo desea ayudarnos a controlar la rebelión en la Romaña. Los duques de Rímini, Pesaro, Ímola, Forli, Urbino y Camerino se niegan a pagar tributos y están desafiando abiertamente nuestra autoridad. Puede desatarse una guerra con consecuencias desastrosas para la Santa Sede.

–Me disculpa, Santidad, pero ¿qué tiene que ver Milán con la Romaña? –preguntó el Cardenal Sforza en un tono de voz muy poco diplomático.

Alejandro enderezó su cuerpo como pudo, y dijo:

–Entendemos que el ducado de Milán está entre la frontera de Francia y la Romaña, ¿cierto? O quizás estamos engañados y Milán desocupó Lombardía. También nos apena decir que existe duda de quién es el legítimo duque de la ciudad. Vuestra Reverencia no puede negar que el Rey de Francia tiene derecho a reclamar lo suyo.

Poco faltó para que le diera un infarto al Cardenal Sforza. El rostro le cambió de color varias veces, variando entre una palidez sepulcral y un púrpura que parecía que estaba a punto de estallarle la cabeza.

–¡Lo niego, lo niego, lo niego, lo niego y lo seguiré negando!

A lo que el Papa, en un tono deliberadamente indiferente, respondió:

–Una negación nos es suficiente, hermano.

–¡Ludovico es el legítimo Duque de Milán! –insistió Sforza–. ¡El título le fue conferido por Maximiliano, Emperador del Sacro Imperio Romano!

–Sin consultar con la Santa Sede –observó el Papa, bostezando–. Mantenemos que las impertinencias y entrometimientos de estos emperadores del Sacro Imperio Romano, van a acabar con nosotros.

–Santidad –interpuso Sforza–, ¡nadie excepto Ludovico tiene derecho a Milán!

–Eminencia, de eso se trata la discordia –le porfió el Papa.

–Con todo respeto, Reverendo Padre, ¡un italiano jamás le permitiría a los bárbaros invadir nuestra tierra! –exclamó el Cardenal Sforza, retando al Santo Padre con su desprecio.

Dijo Alejandro después de una breve pausa:

–Por casualidad ¿es vuestra intención seguir lanzando vituperios contra nuestra persona, nuestra familia, y contra esta sagrada institución? –La voz de Alejandro aunque serena, indicaba disgusto, como cuando un padre regaña a un pequeño–. ¿Será necesario recordarle a nuestro estimadísimo hermano en Cristo que invitar a los franceses a pasar sus vacaciones en Italia es tradición de los italianos desde hace mucho, mucho tiempo? ¿No fue nuestro venerado antecesor, Su Santidad Urbano IV, quien en 1266 le ofreció el reino de Nápoles a Carlos, Duque de Anjou, como recompensa por proteger la Santa Sede de los reyes germánicos? El Papa Urbano IV era italiano. –Lentamente, Alejandro se levantó del trono, lo que causó un poco de consternación entre las eminencias–. En 1482 el Papa Sixto IV, en desacuerdo con Nápoles y siguiendo el precedente establecido por Urbano, le ofreció el reino de Nápoles a Luis XI de Francia, porque según Sixto, Nápoles le pertenecía a Luis. Sixto era italiano. –Una vez más, Su Santidad esperó unos segundos, antes de proceder, y así intimidar a sus antagonistas en la cámara. Finalmente, el Santo Padre manifestó su cólera de forma explosiva y melodramática, dándose puños en el pecho, y con una voz que hizo temblar las vigas del techo–. ¡Y quién no recuerda que hace sólo unos años atrás, Inocente VIII, con el visto bueno de vuestro hermano, Ludovico de Milán, le dio paso libre a Carlos VIII para invadir a Nápoles, una decisión tan y tan equívoca, que resultó en una miserable guerra que todavía se hace sentir a través de esta divina Italia! ¡Inocente era, y Ludovico es italiano! ¡Qué ingratitud! ¿Quién no recuerda que fuimos nosotros quienes le prohibimos a ese Carlos, bajo amenaza de excomunión, a invadir Italia? Y, ¿será posible que se hayan olvidado que fue el propio Cardenal de la Róvere... quien como pueden ver, lleva a cabo sus intrigas contra la Santa Sede de lejos... no solamente se llegó hasta la frontera con Francia para reunirse con el Rey en Lyón, sino que exhortó, rogó e instigó para que Carlos marchara contra Roma y así derrocar a éste, su servidor y Santo Padre? ¿Es o no es de la Róvere italiano? –La denuncia fue tan implacable que la mitad de las eminencias no se atrevieron a levantar la mirada–. De más está mencionar a ese pobre y descabellado fraile Savonarola. Él también le suplicó al Rey de Francia que destronara a Piero de Médici, en Florencia, y a Alejandro en Roma. ¡Savonarola es italiano! ¡Cómo pueden ver, hermanos, a través de los años han sido ustedes los italianos, ciertamente no los españoles, quienes han permitido que Francia se apodere de Italia! –añadió Alejandro, señalando a cada uno de ellos, a la vez que regresó a su silla, y dirigió la última fusilada al hermano del Moro de Milán–. Eminencia, nosotros somos imparciales. Nuestra meta es, y siempre ha sido la paz del mundo y la protección de la Sede Apostólica. Ésa es, y siempre será nuestra única preocupación. Por lo tanto, estamos dispuestos a viajar a Milán para interceder en este profano desacuerdo entre Ludovico y el Rey de Francia. ¡Hemos siempre de recordar que somos mensajeros de nuestro Señor Redentor, y que nuestra lucha por la armonía universal no tiene fin!

A las eminencias les tomó menos de cinco segundos darse cuenta que el sermón había concluido. Todos se pusieron de pie, aplaudieron al Sumo Pontífice, y con elogios y alabanzas se llegaron hasta él, para, con sincera genuflexión, besarle una vez más, la bendita sortija.

Fue cuando el edificio se sacudió de lado a lado, se oyó un gran estruendo y las puertas del despacho se separaron como las aguas del Mar Rojo, para abrir paso al hombre más temido de Italia, César Borgia; elegante, alto y apuesto, de pelo largo y rubio, con barba corta, nariz aristocrática y ojos claros que irradiaban autoridad, y exigían respeto.

–Naturalmente –le dijo aparte Alejandro al Cardenal Sforza, al César tomar su lugar detrás del Trono Apostólico–, encomendamos nuestra seguridad a las tropas de la Santa Sede.

Diferente a la mirada inflexible y cruel de César, la disimulada sonrisa del Papa Alejandro le dio a entender al Cardenal Sforza que Roma le había declarado la guerra a Ludovico.

–¡Santidad! –interrumpió el monje, secretario del Santo Padre, entregándole un mensaje urgente de Lucrecia.

El Papa perdió el poco color en sus cachetes, pidió excusas y echó a la Curia del despacho... a todos excepto a César.

–¡Intolerable! –gritó Alejandro–. ¡Le dimos la palabra, le aseguramos que no le pasaría nada y no hace más que salir de aquí y tratan de asesinarlo! ¿Cómo se lo vamos a explicar al Rey de Nápoles? –Alejandro dio un puño en la mesa, y añadió–, ¡Esto es una deshonra para la Santa Sede, una provocación para separarnos de Nápoles!

–Es posible que lo trataron de asaltar –dijo César.

–¡Qué coincidencia!

–Ocurre a menudo, especialmente cuando uno viaja sin escolta.

–¡No nos importa! ¡Averigua quién fue el responsable! –ordenó Alejandro–. ¡Esto no tiene perdón de Dios!

César le ofreció una reverencia.

–Ve donde tu hermana, por favor –insistió el Papa en un tono más apacible–. Dile que la tenemos en nuestras oraciones... y al pobre muchacho también... ¡sí, seguro que sí!

Si el Príncipe Borgia aborrecía a don Alfonso porque lo consideraba un estorbo a sus aspiraciones políticas, también era cierto que, mientras Nápoles y la Santa Sede mantuvieran su alianza, César haría lo posible para proteger al muchacho y evitar comprometer al Santo Padre. Por desgracia, eso quería decir que la vida del Duque de Bisceglie estaba en manos de los poderosos enemigos del Papa Alejandro, y su hijo César Borgia.

❁

El palacio de Lucrecia Borgia perteneció a un importante príncipe de la iglesia, quien tuvo la desdicha de que una vez terminada la construcción, cayó enfermo y no duró tres días.

Seguidamente, Alejandro tomó posesión, lo que le permitió ahorrarse una fortuna en el regalo de bodas de su hija.

El edificio era una estructura majestuosa, con tejado rojo, a la orilla de un precioso lago artificial con una enorme fuente en el centro, donde angelitos y querubines se retozaban como les daba la gana con varias sirenas. Jardines bellos y lujosos rodeaban la residencia, y su patio interior era enorme, evocando memorias de los paseos de la Santa Sede.

Con pisos de mármol rosado y paredes y techo adornados con frescos, pinturas y tapices, la residencia de Lucrecia y don Alfonso era tan lujosa como ellos se merecían.

La Princesa se encontraba atendiendo a su esposo cuando recibió noticia de que su hermano estaba en camino para ofrecerle protección. Lucrecia Borgia era la más bella y delicada de todas las princesas de Europa. Gozaba sólo veinte años, parecía un ángel con su pelo lacio rubio, ojos verdes y una complexión tan exquisitamente suave que parecía una pintura de la Santa Virgen. Además de su belleza la Princesa poseía inteligencia, elegancia y una disposición sumamente dulce, lo que la distinguía de la mayoría de las princesas del continente; niñas mal criadas y mimadas por el lujo. Sus padres y hermanos siempre la trataron de igual, y según los que la conocieron, Lucrecia Borgia fue la joya más bella de todos los tesoros de la Santa Sede.

–¡Protección! –gritó el histérico don Alfonso al oír que su cuñado estaba por llegar–. ¿De quién me va a proteger, de sí mismo?

Lucrecia le pasó un paño mojado por la frente a su esposo, y le dijo:

–Amor mío, César es mi hermano. Le confío mi vida. Él nunca te hará daño.

Con su cuerpo casi todo vendado, y su cara hinchada de forma grotesca porque sus heridas no sanaban, don Alfonso hizo un esfuerzo sobrehumano, dejó el lecho, se llegó hasta la ventana, y le dijo:

¡César me odia! ¡Él fue quien envió los hombres a matarme! ¡Lo sé!

–¡No, no digas eso! César sabe lo mucho que te quiero. Él sabe que yo me muero si te pasa algo –le dijo su esposa, regresando a don Alfonso a su cama–. Te amo –le susurraba una y otra vez.

¿Por qué no nos dejan en paz? –dijo don Alfonso.

–¡Ya sé! –dijo Lucrecia, tomándole las manos en las suyas, y sonriendo–. Vámonos para Nápoles a vivir en casa de tu padre. ¡Nadie nos molestará y seremos felices! Ya verás como todo va a salir bien, amor mío.

–¡Por favor –le suplicó don Alfonso, en una voz débil y triste–, no lo dejes entrar a la habitación!

Lucrecia besó y abrazó a su marido, y le dijo:

–Como tú digas.

Horas más tarde, la princesa Borgia corrió a recibir a su hermano, quien llegó con su escolta personal de cincuenta hombres armados.

–¡César!

El príncipe le dio las riendas de su caballo a uno de sus tenientes, y se desmontó de un brinco, para abrazar a su hermana. Juntos, se dirigieron a la residencia.

–Dime qué sucedió.

–No sé. ¡Tengo tanto miedo! –le contestó Lucrecia, llevándolo al patio interior.

–No te preocupes. Nada le va a pasar a ese... niño –le dijo César, con una sonrisa y un beso–. ¿Cómo sigue?

Lucrecia le describió las heridas de don Alfonso.

–Tuvo suerte –añadió César–. Pero eso ya lo sabíamos porque él tuvo la suerte de casarse con mi hermanita.

Inmediatamente César le ordenó a un grupo de soldados que protegieran todas las entradas al palacio, mientras otros diez hombres patrullaron los terrenos. A todo esto, Lucrecia no lo invitó a subir a saludar a don Alfonso.

César y Lucrecia pasearon un rato por el jardín cuando él se detuvo a ofrecerle una rosa blanca a su hermana. Le dijo:

–¿Tienes alguna idea de quién le atacó?

–No.

Añadió César:

–Don Alfonso... ¿no ha insultado a nadie últimamente? Él tiende a ser impetuoso.

Lucrecia recordó algo que sucedió varios meses atrás: Don Alfonso y unos amigos atravesaban una aldea cuando uno de los jinetes arrolló a un chiquillo de tres años. El niño, aunque sobrevivió, quedó paralizado. Don Alfonso y Lucrecia le enviaron dinero a la familia, pero el padre no lo aceptó, maldiciéndolos. Añadió Lucrecia:

–Es una gente muy pobre. Viven a la orilla del bosque.

A todo esto, don Alfonso colocó una barrera de muebles contra la puerta, dispuesto a matar a cualquiera, aparte de su esposa, que intentara entrar a la habitación. ¡Estaba solo, naufragando en un mar de Borgias y era trágico que su vida dependiera de una chica que, aunque lo amaba, ignoraba totalmente las mañas de su hermano!

En la confusión que le causó el temor, el dolor, la perdida de sangre y la falta de sentido común, don Alfonso trajo a la memoria algo que su abuelo siempre le dijo desde muy niño: En situaciones de vida o muerte, hay que tomar la ofensiva y dar el primer golpe.

Fue eso lo que lo hizo agarrar su ballesta, su espada y su puñal al imaginar una conspiración diabólica al otro lado de la puerta, señal de que todo estaba perdido porque a César, no le interesaba la paz entre Nápoles y la Santa Sede. ¡Él quería a Nápoles para sí! Además, y de esto don Alfonso no tenía duda, César resintió que el Rey de Nápoles le rehusara su hija en matrimonio. El Príncipe Borgia era tan orgulloso como perverso. No sólo guardó rencor, sino que decidió vengarse.

Al ver a los hijos de Alejandro VI en el jardín, don Alfonso vio como su adorada Lucrecia besó a su hermano, el desgraciado villano. ¿No sabía la ingenua chica que estaba abrazando al diablo encarnado? ¿Y qué si después de innumerables declaraciones de amor, ella decidió traicionarle?

Don Alfonso se apartó de la ventana. Estaba empapado en sudor por la fiebre que lo consumía. Las lágrimas le chorreaban por las mejillas y sintió un dolor imposiblemente intenso, al ser testigo de la traición de su amada Lucrecia.

Fue entonces que su mente se aclaró como una mañana tras las lloviznas del amanecer. ¡Él cayó en una trampa y no tenía salvación! Por eso, en ese instante de locura, entre lágrimas que no le permitían ver con claridad, don Alfonso apuntó con su ballesta y apretó el gatillo.

La flecha surcó la brisa de la tarde, atravesó la chaqueta de César, y le causó una herida superficial, antes de acabar el vuelo en un indefenso arbusto del jardín.

Una pena que de todo lo que le enseñó su abuelo, a don Alfonso se le olvidó lo más importante: Cuando se da el primer golpe, hay que matar al enemigo.

César ni se molestó al ver un poco de sangre en su hombro. El Príncipe suspiró, y con mucha pena...

–¡No! –le gritó Lucrecia al ver la expresión de su hermano. Ella lo agarró por el brazo, y se tiró de rodillas–. ¡César, por lo que más quieras, no lo hagas! ¡Está herido, no sabe lo que hace! ¡Lo amo, es mi esposo! ¡César, no!

Con mucha paciencia y gentileza, el Príncipe se zafó de su hermana.

Lucrecia lo persiguió gritando, pero ella no pudo hacer nada contra tanto soldado, ni contra su hermano.

Fue sorprendente ver como el Príncipe Borgia, un hombre tan joven, llevaba consigo tanta autoridad y disciplina. Era impresionante como transformaba ideas en mandatos con sólo señalar con el dedo.

Los soldados tumbaron la puerta, don Alfonso hizo un último disparo, hirió a un soldado en la pierna, y quedó indefenso.

De César Borgia ser un simple recluta, posiblemente, don Alfonso hubiera terminado en el exilio; y no que lo sofocaron con sus almohadas y lo tiraron por la ventana.

Constantinopla
VI

Su Santidad entrelazó los dedos, levantó la voz en protesta, y dijo:

–¡Esto es inconcebible! ¿Quién se atreve a darle la noticia al Rey de Nápoles? ¿Quién? ¡Parece que torturaron al pobre muchacho! ¡Tiene la cara llena de moretones! ¡Es horrible! ¡Cinco años! –añadió Alejandro, enseñando los dedos de la mano derecha–. Cinco años, y más de treinta mil ducados, todo para llegar a un acuerdo con Nápoles. ¡Tiempo y dinero... todo perdido! ¡Esto no era lo que esperábamos de ti, César! ¡No, señor! ¡Te pedimos que protegieras a don Alfonso, no que se lo despacharas a su abuelo en una caja!

César se quitó la chaqueta y por segunda vez, enseñó la prueba, su hombro herido y la camisa desgarrada por la flecha. Dijo, el Príncipe Borgia:

–¡Cuántas veces le tengo que repetir que trató de matarme! ¿O es que usted, Santidad, hubiera preferido estar aquí regañando a don Alfonso por haberme asesinado? ¿Qué hubiera hecho vuestra Santidad de don Alfonso acertar el tiro? ¿Le hubiera usted declarado la guerra a Nápoles por enviar a un chico desajustado a casarse con Lucrecia? ¿Y cómo sabe usted que, una vez me eliminara a mí, don Alfonso no trataría de asesinarla a ella y a vuestra Santidad? ¿Cómo sabemos, Padre, que don Alfonso no fue enviado por el Rey de Nápoles con la intención de deshacerse de los Borgia?

–¡Ridículo! –le respondió el Papa, su cuerpo temblando de ira–. ¡Era un pobre muchacho confundido! Y si antes el Rey de Nápoles estaba sólo disgustado con nosotros, créeme, la muerte de su nieto lo cambia todo; ahora se convertirá en un poderoso y peligroso enemigo de la Santa Sede.

–Hasta que no le convenga –le respondió César.

Alejandro fijó a su hijo con la mirada, y dijo:

César, eres mi sangre, te quiero como a nadie. Eres brillante, valiente, pero tienes que aprender a controlar tu impetuosidad. Estamos a punto de unir el territorio... este pedazo de tierra que llaman Italia... pero no sólo se necesita un ejército, necesitamos un líder que inspire respeto, no temor, admiración, no odio.

–Comprendo perfectamente, Santidad, sin embargo, y con todo el respeto que usted se merece, no podemos permitirle a nadie que atente contra nosotros. Supongamos que yo hubiera arrestado a don Alfonso y quizás, regresárselo a su abuelo. Una vez recuperado, don Alfonso intentaría asesinarme de nuevo. De eso no tengo duda porque él ya estaba predispuesto contra mi persona. ¿Por qué? Pienso que él conocía mi predilección por Francia, no sé. Ahora bien –añadió César con una pizca de sarcasmo–, quizás debamos establecer reglas para nuestros enemigos, cada uno tendrá tres oportunidades para asesinarnos.

–¡Ya basta, ya! Tienes razón –le dijo Alejandro–. Pero eso no quita que nos da mucha pena lo sucedido, y que nos hemos buscado tremendo enredo con Nápoles. Pobre muchacho.

–Era un imbécil.

–En otras palabras, ¿crees que escogimos a un imbécil para nuestra querida Lucrecia?

–Sin querer, por supuesto –respondió César, palabras que repitió el Santo Padre varias veces.

Entre tanto, se les estaba haciendo tarde. Salían para Milán esa misma noche. Todo estaba listo, excepto que le pesaba disponer de parte de la Curia para que acompañase el cuerpo de don Alfonso a Nápoles; ¡arzobispos y príncipes de la iglesia que eran de su confianza y que él necesitaba consigo en Milán! Dijo Alejandro:

–Esperemos que nuestra aventura en Milán no se convierta en otro desastre.

Replicó César:

–Hemos revisado los planes varias veces y tomado todas las precauciones necesarias. Estamos preparados para cualquier contingencia. Así que, marchamos a Milán cuando usted diga.

❂

Mientras el Papa Alejandro y César se preparaban para la partida, y debido a que Ludovico ignoraba la inminente amenaza de la Santa Sede, éste platicaba con su asesor de todo menos de política, mirando por la ventana de su despacho. Preguntó Ludovico a Bernardino, a la misma vez que saludó a una persona que se paseaba por el jardín:

–¿Y Cecilia?

–Doña Cecilia está lista para volverse a Ravena –le explicó su asesor–. Ése fue el mandato de Vuestra Merced, ¿cierto?

–¿Qué no se ha ido todavía? Por favor, intenta que se mantenga en su habitación porque si Beatrice se entera...

–Estoy buscando a un hombre digno de doña Cecilia para que se haga cargo de ella, Excelencia. Después de todo, ella es un ser muy especial –le respondió Bernardino.

–Especial, sí... –repitió Ludovico, pensando en otra cosa–. No me gustó nada lo que hizo el otro día. Si Beatrice la encuentra conmigo...

–Conozco bien las ramificaciones, Excelencia.

–No, fíjate que yo creo que tú no entiendes por lo que estoy pasando. Tú perdiste a tu señora... ¿hace cuánto? ¿Hace cuánto quedaste viudo? –le preguntó el Moro.

–Cinco años, Vuestra Majestad.

–Cinco años que no has tenido que aguantar el temperamento imprevisible y las exigencias excesivas de una mujer –le dijo el Moro.

–Oh, pero hubo un tiempo... –comenzó a decir Bernardino.

–Sí, antes de que muriera tu mujer –le interrumpió el Duque.

–Muy cierto. Ella murió.

Después de una pequeña pausa, Ludovico preguntó:

–¿Qué fue lo que le pasó?

–Comió algo que no le hizo bien.

–Ah, sí, ahora recuerdo –dijo el Moro, pensativo–. Qué pena. Era muy buena persona.

–Era una arpía dominante, una serpiente disfrazada de ruiseñor –le aclaró el Consejero, sin darle mucha importancia.

–¿No me digas? ¿En serio?

Bernardino le dio a entender que sí, el Moro se volvió a mirar por la ventana cuando algo le llamó la atención, y dijo:

–Ah, mira. Ahí está Maestro Leonardo. ¿Qué hace aquí? Y ¿qué diablos carga en los hombros?

Bernardino se acercó al Duque, en la ventana, y le respondió:

–Si no me equivoco, esa es la cola del caballo. El Maestro Leonardo se ha pasado la mañana montando el modelo.

–¿Cómo? –preguntó Ludovico, sorprendido.

–Quiere enseñárselo, Majestad –explicó Bernardino.

–¿Cuándo?

–Cuando esté listo, me imagino –le dijo Bernardino, en medio de un bostezó y cambiando la posición simpática de sus labios a una sonrisa burlona–. Como ve, la estatua es tan grande que Maestro Leonardo tuvo que dividirla en partes, o se queda fuera del castillo.

–¿El maestro? –preguntó Ludovico.

–El caballo –respondió Bernardino.

Durante el intercambio entre Ludovico y su consejero, se oyó a Maestro Leonardo decir:

–Mario, ¡cuidado! ¡Agarra la soga, que se te viene encima y te mata!

Con los dedos entrelazados detrás de la espalda, el Moro adquirió el color verde de su vestimenta y una expresión confusa.

Después de contar las palomas que aterrizaron en la cabeza de la enorme estatua de yeso, y saludar a unas cuantas personas en el patio que corrieron a protegerse del centelleante y caluroso sol de la tarde, debajo del caballo; con una postura de extremo aburrimiento y una mirada sumamente indiferente, dijo Bernardino:

–Si me permite, Excelencia...

–¿Y el jinete? ¿Dónde está el jinete? ¿Me quieres decir que no tiene jinete? ¡Si el jinete es lo más importante del monumento! –interrumpió el Duque, con el ceño fruncido.

–Eso es muy cierto, Vuestra Merced.

–O sea... quiero decir... –añadió el Moro–, de aquí a que Maestro Leonardo termine con esa cosa, ¡la estatua va a llegar a la luna!

A Bernardino no le quedó más remedio que abanicarse con el sombrero y hacer muecas. Le dijo:

–Es una ridiculez, una monstruosidad, una fantástica abominación creada por un tonto que se preocupa por la glorificación de su orgullo, no por la casa de Sforza, ni por el bienestar del ducado. Yo, naturalmente, detesto los caballos gigantes.

Preguntó el Moro:

–¿Conoces otro... caballo gigante?

Replicó el Consejero:

–Uno, Vuestra Merced, y le aseguro que los troyanos no lo encontraron nada de simpático. Sí, a través de la historia los caballos gigantes han sido una fuente de desgracia. En el peor de los casos, apestan a traición, y lo menos que se puede decir de ellos es que son una locura. Francamente, me importaría muy poco si un terremoto le tumba la cabeza al caballo, siempre y cuando se desplome sobre Leonardo da Vinci.

–Haz el favor de no mencionar terremotos, cuestan vidas y dinero –le dijo Ludovico alejándose de la ventana–. No resisto más. Ese caballo me está dando dolor de cabeza. Llámalo...

Preguntó Bernardino:

–¿Al caballo?

–¡Qué no estoy para bromas, Bernardino! Dile a Maestro Leonardo que quiero verlo, ahora.

Bernardino levantó las cejas, encogió los hombros, sacó la cabeza por la ventana, y dijo:

–¡Maestro! ¡Aquí arriba! ¿Qué si tiene la bondad de soltar la cola... de ese fabuloso animal... un momento? Su Excelencia quisiera unas palabras...

–¡Más que unas palabras! –dijo Ludovico a sí mismo.

–Está en camino, Excelencia. Es más, creo que lo oigo subiendo por la escalinata –dijo Bernardino, volviéndose de la ventana, cuando, segundos más tarde, Leonardo da Vinci entró en el despacho.

El Moro lo recibió con una sonrisa, y dijo:

–¡Maestro Leonardo! ¡Qué placer verle!

Bernardino se movió a una esquina, donde permaneció tan inmóvil como un candelero, observando al Maestro con una mirada un tanto maléfica.

Preguntó Ludovico:

–Dígame, Maestro, ¿cómo va la pintura?

Pensó Bernardino:

–Se quedó sin pared.

Después de un leve titubeo, el Maestro respondió que la pintura estaba «bastante adelantada».

Dijo Ludovico, mirando a su consejero:

–Mucho que me alegro, ¿verdad Bernardino? Esos frailes me están volviendo loco, como no tengo duda que lo están volviendo loco a usted también, Maestro, porque... bueno, como los religiosos no tienen nada que hacer, se pasan todo el tiempo quejándose de todo, sin importarles siquiera que usted les está embelleciendo el refectorio. Son tacaños... unos miserables, ¿sabe, Maestro? Tienen más dinero que todos los duques de Italia. ¿No es así, Bernardino? –El consejero no respondió, pero sí enseñó su imperturbable sonrisita–. Cuando la Princesa Beatrice regresó del convento, a ella... –Ludovico se detuvo, parpadeó varias veces, y le hizo señas a Bernardino, quien interpuso:

–... le brotaba el entusiasmo.

–Sí, con elogios para el fresco –añadió el Moro–. Por cierto, Maestro, acerca del baile de máscaras, no sabe lo mucho que le agradezco lo que está haciendo por ella. Sé lo ocupado que está. Pero, ¿qué le vamos a hacer, eh? Las chicas... ¡son tan irresistibles! –Ludovico soltó una carcajada, y le dio con el codo al Maestro–. ¡Usted sabe de lo que digo!

–*No tiene idea* –pensó Bernardino.

Añadió el Moro:

–Ahora bien, Maestro, sobre el monumento... –Ludovico expandió el pecho, estiró los brazos y midió sus palabras–. ¡El caballo es espléndido! –Leonardo agradeció el reconocimiento con una leve inclinación de la cabeza–. Es tan fabuloso que hay que ponerlo en otro sitio.

–¿Moverlo?–

–Lo que sucede es que vi cuando trató de montarle la cola. Quedé...

–Perplejo –sugirió su asesor.

–Sí, excelente palabra. «Perplejo», sin lugar a dudas –dijo el Moro–. Ese caballo es tan grande, que la gente no podrá apreciar su belleza en los estrechos confines del patio; hay que verla de lejos.

–¿Y a dónde cree Vuestra Majestad que debemos llevar el caballo? –preguntó Leonardo, preocupado.

–¿Qué le parece... Constantinopla? –le respondió Ludovico, a carcajadas. A Leonardo no le hizo nada de gracia el sentido de humor del Moro, pero no permitió que se le notara la incomodidad–. Maestro, ¡ese caballo sí es un coloso! Yo no tenía idea... nunca me imaginé... ¡ni en un millón de años!

–Majestad, el tamaño de la estatua lo determina la gloria de la casa de Sforza –contestó el artista.

Pensó Bernardino:

–*¡Sabía que iba a decir eso!*

–Bueno, Maestro, es cierto, sí –el Moro tosió, se aclaró la garganta y añadió que estaba muy agradecido por los logros de Leonardo... hasta el momento–. ¿No es así, Bernardino?

Le respondió Bernardino mientras se admiraba las uñas:

–Sin duda Excelencia, agradecido, sí... mucho...

–Pero, usted sabe, Maestro –le dijo Ludovico–, el destino nunca pierde la oportunidad de bendecirme con... cosas raras. Por ejemplo, yo tengo un caballo enooooorme, y un... problemita.

Por desgracia, el enooooorme caballo me convierte el problemita en un monumental dolor de cabeza. «Mon petit problem» –dijo Ludovico en francés–, es el Rey de Galia. Es bajito, sabe. –El Moro indicó que el Rey de Francia no le llegaba ni a los hombros–. De todas maneras, aunque Luis es casi un enano, él tiene grandes planes para Milán.

Interpuso Leonardo:

–Perdóneme, Majestad, pero no comprendo qué tiene que ver el monumento Sforezco con el Rey de Francia. Me disculpa, soy ignorante.

A lo que Ludovico respondió:

–Maestro, ¿cuánto bronce necesita usted para el caballo?

–Cincuenta toneladas –le dijo Leonardo, como si tal cosa.

Ludovico casi se queda sin aliento, mirando a Leonardo con la boca abierta, antes de dirigirse a Bernardino. Le preguntó:

–¿Cuántos cañones podemos fabricar con cincuenta toneladas de bronce?

–Dos cañones y medio por tonelada –respondió el Consejero.

–A usted le gustan los números, Maestro. Por lo tanto se tiene que dar cuenta que cincuenta toneladas de bronce me garantizan suficiente artillería para proteger la ciudad, porque eso es lo único que va a mantener al Rey de Francia fuera de esta habitación. ¿Entiende, verdad? –Ludovico encogió los hombros–. No cañones, no Moro, no Moro, no Leonardo. Más claro no canta...

–... un monje alegre –intervino Bernardino, acercándosele al Duque–. ¿Me permite? Quizás Maestro Leonardo puede fundir el caballo en otro metal.

–¡Excelente sugerencia, Bernardino! –exclamó Ludovico–. ¿Qué le parece, Maestro?

Interpuso Bernardino:

–Con su permiso, Excelencia... es que el talento de Maestro Leonardo no tiene comparación. Él es un... un genio creativo y artístico... un hombre que nos enorgullece con su presencia en Milán. –Agradecido de los elogios, Leonardo le ofreció a Bernardino una reverencia–. Sin duda, la estatua ecuestre, no importa el metal, pasará a la historia como una de las maravillas del mundo, y su belleza y elegancia no serán igualadas jamás.

La expresión de Leonardo ya no denotaba curiosidad, sino ansiedad y alarma, y dijo:

–¡Pero, Excelencia!

–¿Diga usted, Maestro?

–Majestad, ¡yo diseñé hornos especiales para fundir bronce!

De nuevo, Bernardino se vio obligado a interrumpir. Dijo:

–Le pido mil disculpas, Majestad, pero me parece que un hombre con la ingenuidad incomparable de Maestro Leonardo, no va a tener ninguna dificultad alterando o cambiando los hornos, ¿no es así, Maestro?

–¡No! ¡De ninguna manera, no puede ser! –le respondió Leonardo, alterado–. Excelencia, fundir el monumento en otro metal requiere un proceso completamente diferente. ¿Cómo puedo abandonar todo lo que se ha logrado hasta ahora? Sentarme a diseñar otro monumento... porque eso es lo que estaría haciendo... requiere demasiado tiempo.

–Usted tiene tiempo, Maestro, lo que no tiene es bronce –le contestó el Moro.

–Majestad, yo he trabajado... hasta sin paga... ¡porque... mi único deseo es servirle al Moro!

–¿Cómo fue? ¿Qué dijo? –preguntó el Duque, sorprendido–. ¿Sin paga? ¿Cuándo fue la última vez que cobró su salario?

–Hace un año, Vuestra Merced– le respondió Leonardo, luego de una breve pausa.

–¿Qué? ¡Un año!

Leonardo permitió que la angustia en su mirada expresara su desencanto.

Dijo Ludovico:

–¡Pero, eso es terrible! ¡Qué barbaridad! Yo... yo no sé qué decirle. ¿Por qué no me lo dijo antes? ¿Cómo puede ser posible? –Y una vez más, el Duque se volvió a su consejero, mientras señalaba enfáticamente a Leonardo–. Bernardino, ¡qué este hombre tiene que comer, caramba!

Bernardino inclinó la cabeza en supuesta penitencia, se llevó la mano al pecho, y dijo:

–Ha sido un malentendido –sin mencionar que el malentendido fue a propósito, y por órdenes del Moro.

Ludovico le tomó las manos al Maestro, y con una mirada muy sincera le prometió que iban a ajustar cuentas en ese momento. Inmediatamente, el Moro le pidió a Bernardino que fuera en busca del tesorero, el señor Gualtieri.

Bernardino retrocedió hasta la puerta y salió del despacho.

–Mire, Maestro, volviendo al caballo –le dijo Ludovico–, usted tiene otra alternativa. Reduzca el tamaño, no tiene que ser tan grande. La gente reconocerá su obra maestra. Después de todo, ¿quién es el artista más talentoso de Italia, quizás de todo el universo?

–Bramante –dijo Bernardino, regresando de repente–. Pero está ocupado.

–¡Qué estoy hablando, Bernardino! –regaño el Duque.

–Mil perdones, Excelencia –le respondió Bernardino–. Maestro, si tiene la amabilidad... –Bernardino le hizo señas para que Leonardo saliera al pasillo.

–Sí, vaya con Bernardino, Maestro. Y Bernardino, que sea la última vez que yo me entero que a estos distinguidos miembros de mi corte no se les paga a tiempo. ¡Es una falta de respeto!

Bernardino ofreció varias reverencias y garantías, esperó a que el centinela se le apartara del camino, y se llegó hasta el pasillo acompañado por Maestro Leonardo.

Diez minutos más tarde, y con sólo la mitad del dinero que le debía el Moro en su monedero, Leonardo se encontró frente al portón principal del castillo.

Le dijo Bernardino, a la vez que con un gesto, ordenó a los soldados a levantar el rastrillo:

–Si yo fuera usted, Maestro, me olvidaría del monumento. Diga lo que se diga, y no importa qué precioso o qué magnífica sea la estatua, la realidad es que el Moro no tiene dinero para malgastar. De nada sirve una estatua, excepto para tribuna de cuervos y palomas. –Y con esas palabras, Bernardino da Corte le indicó a Leonardo que saliera del castillo, e inmediatamente bajó la compuerta, dejando al pintor en la calle.

Decir que Leonardo quedó aturdido es como decir que los pajaritos cantan. Él se alejó lentamente de la ciudadela, su mente ofuscada por lo sucedido.

En ruta a su casa, Leonardo tropezó con un puesto de frutas, fue víctima de la mitad de una manzana que alguien arrojó de un segundo piso, se encontró de frente con dos soldados, y le pasó por el lado a un amigo, sin reconocerle.

–¡Maestro Leonardo! –le llamó el señor–. ¡Maestro!

Pero «Constantinopla» todavía le retumbaba los oídos como el campanario de la iglesia durante un funeral. No fue hasta que el hombre lo haló por el brazo que el artista se detuvo, se dio vuelta, y le dijo:

–Quieren el bronce de mi corcel, para cañones. ¿Qué puedo hacer? Queda la cena del comedor. Poco dinero. Me da terror.

Esa noche, Leonardo da Vinci cenó muy poco, y bebió más de la cuenta. Antes de que Sofía limpiara la mesa, ya el Maestro no sentía ni el aire que le entraba a los pulmones. Eran alrededor de las nueve de la noche cuando le pidió a Marco otra jarra de vino, y sin despedirse de nadie, bajó al cuarto del caballo.

Lorenzo y Salaí permanecieron en la sala jugando naipes, y después de unas horas se quedaron dormidos. Por su parte, Marco y Antonio se habían ido a su habitación.

Salaí despertó a las tres de la mañana, al oír la caja del pasillo marcando la hora con sus campanas, y le preguntó a Lorenzo:

–¿Y el Maestro?

Lorenzo encogió los hombros.

Llamaron a Marco y a Antonio y buscaron por todo el segundo piso hasta que por fin se les ocurrió ir el cuarto del caballo. Allí encontraron al gran Leonardo inconsciente, con la jarra de vino vacía a un lado, y un modelo del caballo al otro.

–Vamos a llevarlo a la cama –sugirió Salaí.

–¿Por qué no lo metemos en agua fría? –dijo Marco.

Maldiciendo las setenta y dos vírgenes de Mahoma, cada chico agarró del Maestro, y lo cargaron hasta su habitación.

–Parece muerto –dijo Salaí.

–Mámale la polla para que veas lo rápido que resucita –le dijo Antonio, pellizcando a Salaí en las nalgas–. ¡Ja, ja, ja!

–¡Deja! Marco, quítale las puñeteras botas –ordenó Salaí.

–Fíjate que no –le contestó su amigo–. Ni soy su puta, ni soy su niñera.

Dijo Antonio:

–Ni yo.

Dijo Lorenzo:

–Y menos yo.

❁

Disciplina y algo más VII

Eran ya las siete de la mañana. Los muchachos se asomaron a la habitación de Leonardo, pero ni él y ni Salaí, quien se quedó dormido a los pies de la cama de su amo, despertaron cuando Lorenzo los llamó y Antonio le dio un empujón a la cama.

Empezó a llover y todo indicaba a un día feo (por no decir miserable). Antonio sugirió quedarse en casa. Marco estuvo de acuerdo, pero Lorenzo pensó que, para sufrir el malhumor de su amo cuando éste despertara con una terrible jaqueca, era mejor estar en el refectorio, donde por lo menos, gozarían de un poco de tranquilidad.

Así lo hicieron. Luego de prepararse su almuerzo y una merienda para llevar consigo, llegaron al comedor del convento como a las nueve, jugaron naipes por una hora, salieron a dar una vuelta, y al regresar, almorzaron y tomaron una siesta, con Jesús y los apóstoles haciendo guardia.

A las dos de la tarde a Lorenzo se le ocurrió retar a Antonio a que se quitara la ropa. Le dijo:

–Apuesto lo que quieras que no te quedas en pelotas.

–¿Y para que quiero quedarme en pelotas? –le preguntó Antonio.

–Por joder –le contestó su colega.

–Quedarme en pelotas, ¿aquí? –le cuestionó Antonio.

Le respondió Lorenzo:

–Sí, en el medio del comedor.

Le preguntó Antonio:

–¿Y sí lo hago, qué?

Interpuso Marco:

–No te atreves.

Antonio comenzó a quitarse la camisa, y dijo:

–Aquí, el único cagueta eres tú.

Le dijo Lorenzo, riendo:

–¡Qué no te vean los hermanitos, que se enamoran!

Justo cuando Antonio estaba por quitarse las calzas el gemido de la puerta anunció la inesperada llegada de un fraile, obligando a Antonio a cambiar de parecer.

Dijo el joven religioso:

–Con zu permizo, Vuestra Merzé. Zoy Fray Marzelino. Buzco al Maeztro Leonardo. Fray Bandello dijo que aquí lo encontraría. Ze zuponía que viniera antez, pero me enfermé. Milez dizculpas, zi le he moleztado su paz, mi zeñor.

Quizás fue su tono de voz irritante, el ceceo irresistiblemente cómico, sus afeminados gestos acompañados de suspiros, o el parpadeo constante y la sonrisa imbécil; aunque pudieron ser los movimientos nerviosos de sus huesudos dedos que jugaban con un rosario, como fueron quizás los rizos cortos que le cercaban simétricamente la coronilla; de todos modos, al ver los muchachos a Fray Marcelino, defenestraron el aburrimiento y comenzó el relajo.

–Yo soy el maestro Leonardo. Acérquese, que no lo veo –le dijo Lorenzo imitando perfectamente a su amo.

Marco y Antonio hicieron lo imposible por no romper a carcajadas.

Fray Marcelino, que además de tímido era tan simple como lucía, se llegó hasta el andamio.

–Vamos, ¿qué quiere? ¿No ve que estoy muy ocupado? –le dijo Lorenzo en su mejor «Leonardo da Vinci».

–Bueno, ez que... –Al pobre Fray Marcelino le faltaron palabras. Miraba fijamente a Lorenzo, maravillado de que un hombre tan joven (o un joven tan hombre), además de buen mozo, fuera el gran y prodigioso maestro de maestros–. El Prior dijo que usted nezezitaba a alguien para la pintura.

Lorenzo se echó atrás el pelo, se le acercó al fraile, y demostrando su talento histriónico, preguntó:

–¿Qué pintura?

El fraile encogió los hombros.

–Maestro –interpuso Antonio, con una guiñada y señalando la pared–. Quizás...

–Debe ser, no hay otra –dijo Lorenzo caminando alrededor y examinando al joven fraile–. Así que usted quiere posar para mí.

–¿Pozar? –preguntó el fraile–. N-no sé. ¿Qué es «pozar»?

–¿Usted viene a modelar para la pintura o no? –le preguntó Lorenzo, fingiendo poca paciencia.

Turbado, el hermano titubeó, y en una voz baja que fue apagándose poco a poco hasta que sus labios se movieron en silencio, y con su mirada de corderito expiatorio, dijo:

–Me ordenó el Prior hazer cual fuera zu plazer.

–¡Silla! –ordenó Lorenzo con un chasquido de los dedos.

Inmediatamente, apareció un banquillo sumamente bajito, estrecho e imposiblemente incómodo.

–Siéntese –le dijo Lorenzo a Fray Marcelino.

–¿Por qué? –preguntó el fraile, humildemente.

–Porque yo digo que se siente. Además, esto va a tomar tiempo.

–Yo puedo ezperar –dijo el hermanito.

–Se va a cansar –explicó Lorenzo.

–No lo creo.

–Bien, entonces... –Lorenzo se rascó la cabeza–. Mmm.

–¿Qué paza? –preguntó el ingenuo.

–Usted tiene una nariz muy larga...

–¿Y?

–...casi no tiene barbilla...

–¿No me diga?

–...tiene una frente muy ancha...

–¿De veras?

–...y es muy preguntón.

Fray Marcelino se puso muy rojo, agarró su rosario con fuerza, e hizo pucheros.

–Ah, ¡esto es imposible! –añadió Lorenzo–. ¿Cómo espera que yo pueda captar la perspectiva necesaria... con esa nariz? ¡Parece que se está comiendo una banana! ¿Usted está seguro de que Fray Bandello le dijo que viniera donde mí?

–Zeguramente. ¿Qué ez «perspectiva»?

–¿Perspectiva? –Lorenzo se detuvo, imitando a Maestro Leonardo–. ¡La perspectiva lo es todo! –añadió, con un grandioso gesto de los brazos.

–No todo, Maestro –interpuso Antonio.

–¡Seguro que sí! –Lorenzo miró a su amigo y no le faltaron ganas de darle con Fray Marcelino por la cabeza.

Antonio sacudió la cabeza, y dijo:

–La luz, la sombra y el color son tan importantes como la perspectiva.

–¿Quién dice? –preguntó Lorenzo, molesto.

–Usted mismo, Maestro Leonardo –le contestó Antonio con una sonrisa.

–¡Ah, sí! Mi estudiante tiene razón. La perspectiva no lo es todo.

–Pero sigue siendo muy importante –dijo Marco, con tal de ser parte de la broma.

–Bien –dijo Lorenzo, agarrando un cubo vacío, y entregándoselo a Fray Marcelino–, póngaselo en la cabeza.

Fray Marcelino rebuscó toda su religiosidad, se persignó, se resignó y después de varias miradas a los tres muchachos, se cubrió la cabeza con el cubo.

–¡Pero, qué hace, hombre! –le gritó Lorenzo.

–No dijo que... –trató de explicar Fray Marcelino, pero el cubo amortiguaba las palabras.

–¡Yo no le dije que metiera la cabeza dentro del cubo!

El fraile le dio vuelta al cubo y se lo sentó en la coronilla.

Lorenzo se apartó del hermano, y se llegó hasta el otro lado del comedor, de donde observó al ridículo Fray Marcelino.

Por alguna razón, pensaron Antonio y Marco, Lorenzo se veía más alto, y con un porte más digno que nunca.

Le dijo Lorenzo al fraile desde el andamio:

–¡Dese la vuelta! Ahora levante la mirada... hacia acá.

–¿Qué hace? –preguntó el fraile, más curioso que nunca.

–Buscando el ángulo correcto –le contestó Lorenzo, haciendo de Leonardo.

–Qué no es lo mismo que la perspectiva –añadió Antonio.

Con el dedo bajo la barbilla, Lorenzo sacudió la cabeza una y otra vez, mirando frustrado al joven fraile con el cubo en la cabeza. Dijo:

–¡No! Hay algo que no me gusta.

–Maestro –le dijo Marco–, lo que pasa es que el cubo y el hábito no hacen juego.

–Tienes razón –dijo Lorenzo–. Hermano, ¡quítese el cubo de la cabeza y tire la sotana al piso!

–¡Qué!

Marco por poco se orina encima, de la risa.

Las mejillas de Fray Marcelino, usualmente pálidas, brillaban de indigno ardor. Sus ojos parpadearon en protesta, y se le hizo tan difícil respirar, que estuvo a punto de desmayarse.

–Esto es imposible –protestó Lorenzo–. ¡No puedo dibujarlo con esa cosa puesta, punto! ¡O se la quita, o se larga!

–Pero, Maeztro –le contestó el apabullado hermano.

–¡Lárguese! ¡Me está haciendo perder tiempo!

–Maestro –intervino Antonio–, tal vez si el hermano le enseña sólo los hombros, ya que usted necesita su cara, no su cuerpo.

El fraile pensó que desnudarse los hombros era mucho mejor que todo el cuerpo, porque el cuerpo humano no era otra cosa que un envase para todo lo sensual, erótico, impúdico y obsceno. Le dijo Fray Marcelino:

–Me da frío.

–¿De qué habla? Aquí hace más calor que en el infierno –respondió Lorenzo, con un florete del pincel.

Fray Marcelino miró hacia los cielos en busca de ayuda espiritual, suspiró profundamente, y temblando como una vela en una tormenta, primero dejó al desnudo el hombro derecho, luego el hombro izquierdo.

–¡Jesús, qué cosa más horrible! Cúbrase, por favor –le ordenó Lorenzo, permitiendo que Fray Marcelino recobrara su dignidad.

–Maeztro, ¿cuánto tiempo tarda pintar esa pared? –preguntó el hermano.

–Meses y meses –fue la respuesta de Lorenzo.

–Años –corrigió Marco.

–Y todavía falta –añadió Antonio.

–¿Por qué tanto tiempo? –preguntó Fray Marcelino.

Imitando toda la arrogancia de Leonardo da Vinci, mientras escalaba el andamio y señalaba con el pincel, Lorenzo le respondió:

–¿No ve que es más que una pintura en la pared? Estoy tratando de capturar la verdad; el conflicto eterno y universal entre el Mal y el Bien; entre lo que representa el Cristo y lo que representa el Judas. El enfoque de la obra es el rostro de Jesús, que acentúa su soledad; se encuentra solo aunque está en compañía de sus discípulos. ¿No cree que la dignidad del Cristo, su indiferencia y su perfecta tranquilidad lo apartan del resto? Mire como extiende los brazos al centro del fresco, su mano izquierda trata de alcanzar el pan mientras recita aquellas palabras: «Tomad, comed que éste es mi cuerpo».

–¡Me deja zin aliento! –confesó Fray Marcelino, afectado por la belleza de la pintura.

–Los apóstoles están en grupos de tres –explicó Lorenzo–. ¿Lo ve? –Y el apócrifo Maestro Leonardo corrió al otro lado de la pared–. A la izquierda de nuestro Señor, está Tomás. Sentado al lado de Jesús, extendiendo los brazos, se encuentra Santiago el Mayor. A extrema izquierda, están Bartolomé, Santiago el Menor y Andrés. Observe que Andrés está sentado al lado de su hermano, Pedro, quien le hace una pregunta a Juan. Aquí, al otro lado, tenemos a Tadeo, a Mateo y a Simón, quien es distinto de Pedro, cuyo nombre propio también era Simón... para no confundir... ¿Me sigue?

El joven fraile no le quitó la vista a Lorenzo, cuya perfecta interpretación «Leonardesca» maravilló a sus colegas.

Añadió Lorenzo:

–Dos arcos enormes, uno a cada lado, unen los grupos. Pero, lo más importante es que enlazándolos, están el Bien y el Mal; uno a la derecha y el otro a la izquierda. A la izquierda... a la izquierda de Jesús... fe y pureza en la persona de Felipe. Estoy seguro de que se acuerda que Felipe estuvo con Cristo desde el principio.

–¡Lo recuerdo, lo recuerdo! –exclamó Fray Marcelino.

–Como recompensa, lo coloqué a un nivel más alto que a los demás. Puede ver que he captado el momento, el instante en el cual nuestro Señor revela: «Entre vosotros habrá uno que me entregará». ¡Los apóstoles enfáticamente muestran su angustia! ¡Ellos se preguntan a quién se refiere Jesús!

–¡Judaz! –gritó Fray Marcelino, llevándose el rosario al pecho.

–¡Judas, sí! ¡Ese corrupto traidor! Ahí lo tiene, más abajo que todos. Hay una línea invisible que pasa a través del rostro del Cristo, y conecta a Felipe con Judas.

–¡La veo, la veo! –gritó el hermano Marcelino.

–Judas a la derecha del Salvador a la vez que ambos tratan de alcanzar el mismo platillo. ¡Corroído de vergüenza y culpabilidad, Judas retrocede, acobardado porque sabe que si su mano toca la de Cristo, queda identificado como el traidor!

–¡Magnífico! ¡Sublime! No hay palabras... –dijo Fray Marcelino bebiéndose las lágrimas.

–¡Sí lo es! Lo tiene todo, drama, ritual, traición, el sacrificio y la salvación –dijo Lorenzo, soltando el pincel y desmontando el andamio–. Como ve, tengo el Cristo, pero me falta el Mal, y ahí es donde entra usted.

El hermano trató de controlar el temblor de su cuerpo, envolviéndose en sus brazos; adornó su cara con una sonrisa imbécil, y dijo:

–¿Yo?

–Usted mismo.

–¿Qué uzted quiere uzarme... pintarme como... ?

–Judas –dijo Lorenzo, mirando de reojo a Antonio y a Marco.

A Fray Marcelino le faltó aire, y con mucha dificultad, dijo:

–¿Qué uzted... va a pintar mi cara... ?

Marco tuvo tantas ganas de echarse a reír, que le dio la espalda al grupo y se tapó la cara con un trapo.

–¿Algún inconveniente? –le preguntó Lorenzo a Fray Marcelino.

–¿Yo pazar a la historia como el Judaz? –Y con la misma, el fraile soltó un grito histérico y salió corriendo del refectorio.

–¿Para dónde va? ¡Regrese!

–¡Judas ni que Judas! –dijo Antonio soltando una risotada. ¡Es toda una Magdalena!

–¡Estuviste perfecto! ¡Exactamente como Maestro Leonardo! –le dijo Marco, aguantándose el estómago de risa, antes de subir al andamio e imitar a Lorenzo imitando a un Leonardo da Vinci... un tanto maricón–. ¡Lo tiene todo, drama, ritual, traición, el sacrificio y la salvación!

–¡Ya basta! Se acabó –le dijo Lorenzo–. Baja de ahí.

–¡Deja que se entere el Maestro! –dijo Marco, agarrado de la barandilla para no caerse de la plataforma.

Lorenzo dejó de reírse, y le dijo:

–¿Y quién se lo va a decir, ah?

–¿Qué quién? ¡El hermanito, por supuesto! Él se lo va a decir a Bandello, y Bandello se lo va a soplar a Maestro Leonardo.

–Quizás –replicó Lorenzo–. Y ¿qué tal si yo le digo a Salaí que tú te haces la paja pensando en él?

–¡Vete al carajo, cabrón! –le gritó Marco, dejando de reír.

–¡Al carajo se va tu puta madre! –le gritó Lorenzo.

–¡Dejen de hablar mierda –intervino Antonio–, ¡qué nos oyen!

Desgraciadamente, chicos, chicos son. Los insultos continuaron hasta que agotaron todas las malas palabras concebidas a través de los tiempos, por lo que Marco agarró la brocha más gruesa, la empapó de pintura roja, se la arrojó con toda su fuerza a Lorenzo, dándole por error, a Antonio en el pecho.

–¡Me cago en tu madre, tu padre y tus abuelos! –gritó Antonio–, ¡mi camisa favorita!

–Ups –se dijo Marco a sí mismo, atemorizado porque sabía que, más temprano que tarde, Antonio se vengaría de él.

Tenía razón. Antonio recogió la brocha del suelo, y devolvió el fuego.

Demás está decir que Antonio tuvo tan buena puntería como Marco, y la brocha, en vez de dar en el blanco (Marco) acertó frente a Pedro y a Andrés, arruinando la obra maestra de Leonardo da Vinci con una enorme mancha color sangre.

Un fraile en el pasillo, pensó haber oído un angustioso gemido, como si alguien se lamentara por la muerte de un ser querido. Otro hermano, quien trabajaba en el jardín, creyó haber oído un grito, como el de las víctimas de la inquisición cuando se consumen en llamas.

Lorenzo trató de decidir a quién mataba primero, a Antonio o a Marco. De esos dos, Marco estaba más asustado que Antonio, arrancándose el pelo y corriendo desesperado de un lado al otro del andamio, echándole miradas a la mancha roja, sin saber si iba a ser castigado por un rayo celestial, por una maldición divina o por la furia implacable de Leonardo da Vinci. Aterrorizado, el muchacho trató de desmontar el andamio a toda prisa, enganchó la chaqueta en la barandilla, y de un tirón, sacó la escalera de sitio y tiró al suelo la enorme estructura con todo lo que tenía encima incluyendo los cuencos, las brochas, las cajas de herramientas, los pinceles, los trapos, el pigmento, y hasta el dibujo de Fray Valentín.

Marco hubiera preferido matarse de la caída, antes de confrontar a Maestro Leonardo. Por mala suerte, no se le partió ni un pelo, no que a Maestro Leonardo le hubiera importado en lo más mínimo. El pobre muchacho se arrastró hasta Lorenzo, lo agarró por el brazo, y entre llantos le suplicó que no dijera nada.

Le respondió el colega:

–¿Y tú crees que no se va a dar cuenta?

–¡No fui yo! –le dijo Marco–. ¡Fue Antonio!

–¡El coño de tu madre! –le gritó Antonio, tratando de írsele encima.

De no ser por Lorenzo, quien empujó a Antonio tan violentamente que el chico cayó sentado al otro lado del comedor, el apoplético Marco no hubiera sobrevivido la tarde.

–Los van a ahorcar a los dos –dijo Lorenzo, en voz baja.

–¡Y a ti también! Se supone que eres el responsable de lo que pasa aquí cuando no está el Maestro –le añadió Antonio.

–¡Yo no tuve nada que ver con nada! –dijo Lorenzo, casi botando humo por las orejas.

–¡No importa! –dijo Marco llorando.

Las campanas anunciaron las cuatro de la tarde. Cada uno de los chicos se retiró a una esquina, a rezar, a llorar, y a pensar qué hacer.

Finalmente, después de quince minutos, Lorenzo recobró un poco de sentido común, y dijo:

–Fue un accidente.

–¡Accidente! –le gritó Marco, evidentemente sin recobrar el suyo.

Interpuso Antonio bebiéndose las lágrimas:

–¡Esto es un desastre!

–¡Una devastación! –añadió Marco.

–¡Yo me largo! –dijo Antonio, y empezó a recoger sus cosas.

–¿Adónde? –le preguntó Lorenzo, un poco nervioso.

–¡Lo más lejos posible!

–¡Yo también! –dijo Marco.

Es posible que Lorenzo temió enfrentar a Maestro Leonardo por sí solo. Aunque él también podía ser parte del éxodo, y regresar a la casa de su padre. Pero Lorenzo no era como los demás. Él era tenaz, responsable y maduro. Les dijo:

–No sean morones. Lo único... lo único que tenemos que hacer es montar el andamio de nuevo, y limpiar aquí un poco.

–¡Imposible! –dijo Marco, todavía sumergido en llanto.

–¡No, no lo es! –le contestó Lorenzo–. Nos echaremos un par de horas. ¿Y qué? No veo el problema.

–¡El problema es la maldita pintura! –dijo Antonio–. ¿Qué vamos a hacer con la cabrona pared?

–Yo me encargo de eso –contestó Lorenzo.

–¡No puedes! –protestó Marco, todavía histérico.

Lorenzo agarró a Marco por la camisa de muy mala manera, y se lo acercó hasta quedar nariz con nariz. Le dijo:

–¿Y por qué no, comemierda? ¡Es un cabrón plato con una puñetera trucha! Si no puedo dibujar un maricón pez, ¿qué carajo hago aquí? ¿Qué coño he estado haciendo por tres años, si ni siquiera puedo dibujar una cabrona resbalosa y escamosa truchita? Tres puñeteros años trabajando como un esclavo, aprendiendo y adquiriendo... ¿cómo es que él dice? –Y por segunda vez ese día, Lorenzo abasteció de aire sus pulmones, bajó el tono de voz e imitó a Maestro Leonardo–. ¡Disciplina! ¡Disciplina! ¡Disciplina! –Lorenzo soltó a Marco y agarró el cubo que Fray Marcelino se puso en la cabeza–. ¡Disci-puñetera-plina! –añadió, tirando el cubo de un lado al otro del comedor–. ¡Déjense de mariconadas y pónganse a trabajar, carajo!

–¡El maestro va a saber lo que pasó! –dijo Antonio.

Le replicó Lorenzo:

–¡No a menos que tú abras la boca! ¡Así que cállate y ayúdame a levantar esta mierda! ¡Marco, ponte a recoger, cabrón, que yo arreglo el plato y la trucha!

–¿Y si viene alguien? –preguntó Marco, con la escoba en mano.

–¡Tranca la puerta con una tabla! ¡Qué no entre nadie, lameculos!

–¡Qué pena que Salaí se quedó en casa! –dijo Antonio, sollozando.

–¿Por qué carajo? –preguntó Lorenzo.

–¡Para decir que fue él! –respondió Antonio.

Era demasiado, más de lo que el amable y gentil Lorenzo pudo soportar. Primero agarró a Antonio y le dio un cantazo por la cabeza que le desorbitó los ojos. Luego le metió una patada a Marco por el trasero que por poco se le salen los mojones por la boca. Les dijo:

–¡Si ustedes creen que mi padre está pagando dinero para que yo tenga que aguantar a un par de retrasados comemierdas como ustedes, se equivocan! ¡Pónganse a trabajar antes de que les meta una brocha por el culo a los dos! ¡Maricones!

Con esa cariñosa exhortación, Antonio y Marco, por primera vez, hicieron lo que les dijo su compañero, quizás pensando en las palabras de Maestro Leonardo, quien se pasaba repitiendo: «La necesidad es el tema y la inventora de la vida».

❁

Muchas veces el temor obliga a los hombres a realizar lo imposible y Lorenzo, Antonio y Marco tuvieron la buena suerte que, ese día, su amo ni se paseó por el refectorio.

Eran más de las tres de la tarde cuando Leonardo abrió los ojos, y cuando lo hizo, el prodigioso artista despertó con náuseas y dolor de cabeza.

Al dormitorio no le cabían más papeles, dibujos ni prototipos de aparatos mecanizados. Entre ellos, se encontraba la cama que era ancha, de patas talladas, con un dosel de seda, una mesa que hacía de escritorio, y una ventanilla que abría al patio interior (convertido en armería), y que, a cierta hora del día, bañaba la habitación con luz. A su lado, Leonardo encontró a Salaí, vestidito y dormidito, como un angelito de la guarda.

Dijo Leonardo, después de darle un leve empujón al niño:

–¿Qué haces aquí?

Salaí estiró su cuerpo, bostezo, y dijo:

–Velándolo... creí que estaba muerto.

–¿Los otros?

El chico encogió los hombros y Leonardo pensó que los pupilos salieron a caminar por el pueblo. Mientras tanto, el hechizo musical y constante del salpicado de la lluvia contra la ventana, le hizo difícil levantarse de la cama. Dijo Leonardo:

–¿Y tú, piensas quedarte ahí todo el día?

Respondió el chico:

–Los sirvientes tienen derecho a descansar.

–¡Ya, por Dios! ¡Déjate de tonterías! –le dijo Leonardo, molesto.

–¿Tonterías? ¿Es una tontería saber que sólo soy un criado? ¿Es una tontería saber que no me quiere? –le contestó Salaí, saltando de la cama.

–¡Seguro que te quiero! ¿Cómo no te voy a querer? ¡Es imposible no quererte! ¿Qué te pasa?

Salaí sintió un gran deseo de reír, risa que hubiera expuesto su alivio, su alegría. Dijo el chico:

–¿Y por qué no me contestó la otra noche? ¿Le avergüenza decir que me quiere? ¿Por qué le dijo a Lucca que yo era su criado?

Frustrado, Leonardo se le quedó mirando al muchacho. ¿Cómo podía hacerle entender lo difícil que era para él expresar sus sentimientos más íntimos? ¿Cómo explicarle a Salaí, lo importante que era mantener ciertas apariencias, por más doloroso que resultara?

–¿Me quiere o no? –le preguntó Salaí bajando la mirada, temiendo la respuesta.

–No puedo ni empezar a decirte cuánto te amo –le respondió Leonardo.

–¿Por qué no trata? –le preguntó el chico, acercándosele y permitiendo que Leonardo lo tomara en sus brazos; por primera vez en mucho tiempo Salaí se sintió feliz.

¿Y el Maestro? No pudo evitar preguntarse ¿por qué llevó al chico a vivir consigo? ¿Por pena al huérfano que le trató de robar? O quizás fue que se dio cuenta que detrás del carapacho de pelo enmarañado, cara sucia y cuerpito escuálido; debajo de los trapos asquerosos, Leonardo vio una joya que, con el tiempo, convirtió en su amante.

La transformación, de aquella «presa de patíbulo», con la cabeza llena de piojos y un sinnúmero de padecimientos, a «monaguillo», tomó tiempo y mucha paciencia.

Maquiavelo hubiera dicho que la única manera de cambiar a un muchacho como Giacomo, quien nació en un cuartucho infestado de ratas y sabandijas por donde se arrastró en la mierda hasta que salió al mundo a mendigar y a robar, era darle a conocer personalmente al Creador. Nada lo iba a cambiar; ni casa, ni comida, ni ropa nueva, ni dulces palabras, ni el miedo al infierno; igual que el ladrón de su padre o la escoria humana que Leonardo esquivaba y repudiaba cuando caminaba por las gloriosas calles de la ciudad. ¿No era el mundo un círculo vicioso de decadencia y debilidad humana? ¿Cuándo iba a entender Leonardo esa simple realidad? El Mal engendraba el Mal.

Con los años, el pequeño, frágil, tímido, astuto, pícaro y travieso Giacomo floreció y adquirió la apariencia de un príncipe, aunque su vocabulario y su manera de ser mantenían un pie en la cloaca. Sin embargo, cuando Giacomo miraba al Maestro con aquellos grandes ojos azules, lo convencía de cualquier cosa, y le derretía el corazón.

Giacomo el experimento; Giacomo la aventura. ¿Buen chico o simplemente mejor ladrón y mentiroso que antes?

Otra cosa. ¿Por qué Salaí? ¿Qué buscaba Leonardo en el muchacho? ¿Un hijo?

En parte, él representaba un padre para sus alumnos; no un amante, no un maestro, sino una persona que podía brindarles el cariño y la comprensión que tanto anhelaban aquellos chicos que le soltaban en la puerta; muchachos que sufrían de la misma indiferencia de sus padres que sufrió Leonardo con el suyo.

Pero hacer de padre de su amante, o tener a su amante actuando de hijo, era una situación confusa que requería mucha sensibilidad por un lado, y disciplina y respeto por el otro.

¿Se rebelaría Salaí como se rebeló Leonardo con Ser Piero, al punto que el futuro Gran Maestro se convirtió en un notorio aventurero con amoríos que escandalizaron a Florencia? ¿Y qué si en vez de imitar a Leonardo, Salaí encontraba una chica, y se convertía, de todas las cosas, en hombre de familia?

Eso le sucedió a Benedetto, a quien Leonardo todavía añoraba. Antes de Salaí, antes de Lorenzo, Marco y Antonio, estuvo Benedetto; un hijo de campesinos que vivió con el maestro más de tres años, tratando de dominar con práctica y disciplina lo que el talento le negaba. Al morir su padre, el chico regresó a su casa para cuidar a su madre y no pasó un año cuando Leonardo recibió noticia que se casó.

¿Será ese el futuro de Salaí? ¿Pueden los años mitigar las contradicciones innatas en una persona? Sin duda, las incompatible características del chico... el ser travieso, mentiroso, inocente y cariñoso, todo a la vez, hacían de su Giacomo un ser muy especial.

Leonardo recordó aquella noche que estuvo trabajando hasta muy tarde, cuando el chico se le acercó por detrás y le dio un abrazo. «¿Qué haces?» le preguntó el Maestro. Salaí le contestó con una sonrisa que Leonardo jamás pudo resistir.

Para Leonardo da Vinci, el amor era un estimulante que inspiraba su genio. Sentado en la cama y con su amante dormido a su lado, él alcanzó su libreta y empezó a dibujar. Qué feliz hubiera sido poder hacer eso todos los días; quedarse en su casa tranquilo, dibujando o trabajando en su laboratorio, investigando e inventando todo aquello que le permitiera el intelecto, sin tener la desdicha de depender de príncipes ni de duques de ninguna índole.

–Salaí.

El chico se volvió para mirar a su amo.

–¿Qué te parece? –le preguntó Leonardo, enseñándole el dibujo de un anciano–. Así me veré cuando sea viejo.

–No creo –le dijo Salaí.

–¿Por qué no? –preguntó el Maestro.

Salaí se sentó a su lado y señaló las razones una a una:

–Su nariz es muy perfilada. Este viejo tiene una nariz ancha y ordinaria. Lo mismo con los labios. Usted tiene labios delgados y la caricatura, no. ¿Qué pasa, Maestro, no se ha visto en un espejo? Además, yo nunca podría enamorarme de un hombre tan feo.

Leonardo se echó a reír.

–Maestro, ¿cuántos años tenía usted cuando hizo el amor por primera vez?

Leonardo besó a Salaí en la frente, se trasladó al pasado, y dijo:

–Tu edad.

–¿Quién fue su primer amante?

–Mi tío.

–¿Lo quería?

–Mucho –contestó Leonardo, con una mirada que indicaba otros tiempos–. Él fue mi mejor amigo.

–¿Quién más?

–Mi maestro.

Salaí se enderezó, se arrodilló frente a su amo, y dijo:

–¡Su maestro! ¿Verrocchio?

Salaí le causó otra risa a Leonardo. Dijo el Maestro:

–¿Te sorprende?

–Es que...

–No me quitaba las manos de encima –añadió Leonardo–. No era bien parecido, pero tampoco era feo. Era un tipo grande y fuerte. Un hombre, como te digo, interesante. Recuerdo como ayer la primera vez que me acosté con él. Quería que posara para el «David».

Caricatura de un anciano

–¿La estatuilla de bronce?

–Yo tendría quince años. Me ordenó ponerme taparrabos y sandalias; comenzó a moldear el barro, y de vez en cuando, se llegaba donde mí, y me arreglaba el pelo, o el paño, que era lo único que tenía puesto. La segunda vez que lo hizo, bueno, no lo pude evitar, y el paño empezó a cobrar vida. Maestro Verrocchio vio lo que pasaba, se lavó las manos, cerró la puerta y el resto...

–¿Llegó a quererlo? –de nuevo, la curiosidad de Salaí.

Leonardo hizo una pausa, y le dijo:

–No, nunca lo quise. Fuimos muy buenos amigos, pero no puedo decir que lo amé.

–¿Y él a usted?

–Se pasaba dibujándome. Los artistas tenemos la tendencia de enamorarnos de nuestras creaciones.

–Usted hace lo mismo conmigo.

Leonardo no respondió, sino que tomó al chico en sus brazos y le dio un beso.

–¿Alguna vez se acostó con una chica? –le preguntó Salaí.

–No.

–¿Por qué?

–No me interesa.

–Casi todos los hombres se acuestan con mujeres.

Leonardo trazó los labios de Salaí con su dedo, y dijo:

–Nadie ve el mundo como yo veo el mundo. ¿Y tú? ¿Te gustaría acostarte con una chica?

–Quién sabe, algún día –contestó Salaí, con su típica sonrisa picaresca–. Quizás... quizás me case y tenga hijos.

–Después que salgan tan bellos como tú –le dijo el Maestro, llevando el chico hacia él. En eso, oyó pasos y voces en el pasillo–. ¿Lorenzo?

–¿Sí, amo? –respondió el muchacho, de lejos.

–¡Entren aquí! –les ordenó el Maestro.

Salaí se echó a un lado, se tapó hasta el cuello con las cubiertas, y Leonardo se puso las calzas.

Uno a uno, Lorenzo, Antonio y Marco desfilaron por la puerta. Preguntó el maestro:

–¿Dónde estaban?

Los chicos se miraron el uno al otro.

–En el convento –le dijo Lorenzo.

–¿Qué le pasó a tu camisa? –le preguntó Leonardo a Antonio.

El chico fijó la vista en la enorme mancha roja de su camisa blanca, y luego de una pausa, dijo:

–Se manchó.

Marco por poco se desmaya. Empezó a sudar, cuando el maestro les ordenó que fueran en busca de Sofía, para que les preparara algo de comer.

De la misma manera en que entraron los muchachos, salieron de la habitación.

Esa noche, Marco tuvo una pesadilla; se vio colgando en el medio de la plaza, acusado de vandalismo. Tuvo suerte porque, por lo menos, él pudo cerrar los ojos un par de horas mientras que Lorenzo y Antonio estuvieron desvelados toda la noche.

Amor al son de guerra VIII

Pobre Ludovico.

Ascanio Cardenal Sforza regresó de la Santa Sede con alarmantes noticias para su hermano, Ludovico, quien parecía estar distraído y no muy preocupado. El Moro escuchó a su eminente pariente con cierto desinterés porque, según él, su ejercito era el más poderoso, el mejor entrenado, equipado y alimentado del continente. Bajo el mando del general más hábil de Italia, el legendario Galeazzo di San Severino, esas quince mil tropas milanesas, incluyendo mil lanceros, formaban una defensa impenetrable a las afueras de la ciudad; sólo un loco intentaría atacar a Milán.

–Por ahora –advirtió Bernardino.

–Estoy de acuerdo –interpuso su Eminencia–. Sin embargo, no podemos permitir que Alejandro tome la ofensiva. Debemos aprovechar que viaja con sólo unas doscientas tropas y los guardaespaldas de César.

–Lo que me sorprende –añadió el Consejero–, porque Su Santidad nunca se aventura fuera de los portones de la Santa Sede sin la mitad de su ejército.

–Eso es muy cierto, pero, se supone que Alejandro viene a mediar la paz. Si moviliza el ejercito, provocaría sospecha, ¿no cree?

–Señores, sabemos que el Papa favorece a Luis de Francia. Por lo tanto, hay que pensar que este viaje de él, aparentemente sin sus tropas, no es otra cosa que un engaño. En otras palabras, todo puede ser una trampa –dijo el Moro.

Respondió Bernardino:

–No sé cómo. ¿Qué pueden hacer doscientos mercenarios contra el ejercito más imponente de Italia?

–Sí, entiendo, pero es que no tiene sentido; está corriendo un gran riesgo –le dijo Ludovico, y su Eminencia estaba de acuerdo–. Imagínense, el Papa Alejandro y su bastardo, juntos y prácticamente indefensos. Cae uno, caen los dos.

Respondió su hermano:

–Es que su arrogancia es tal que piensan que nadie se atrevería atacar la caravana del Papa. Ahora bien, donde, a nadie le importa César... todo el mundo lo odia... encarcelar a Su Santidad puede provocar una alianza entre España y Francia, contra Milán.

–Es posible –le contestó Ludovico–, pero sé que nadie, no importa quien, se atreverá a atacar a Milán mientras Alejandro se pudre en un calabozo. Y hasta que ese gusano no desista públicamente y por escrito, su intención de entregarle mi ciudad a los franceses, ¡no será puesto en libertad!

Pobre Ludovico.

Ni la inestabilidad política, ni la posibilidad de que el Rey de Francia le tocara a la puerta, le sofocó la pasión y el deseo ferviente que él sentía por la joven Beatrice.

Una pena que la única preocupación de la niña, en ese momento, era el baile de máscaras (considerado el evento social más importante del año), y no la ansiedad amorosa de su marido.

Era bastante temprano en la noche y la pareja estaba en su lecho de cojines de plumas de avestruz del oriente, bajo un dosel enorme, bordado con hilo dorado de seda; ella vestida en su bata de noche, lo que le causó mucha consternación a su esposo; él, desnudo y desesperado por brincarle encima a su Princesa.

Le dijo Beatrice al Moro:

–¿Por qué cancelaste el monumento, Ludovico? ¡Ahora no me trae el vestido que me prometió!

Le respondió Ludovico con una voz suave y monótona:

–Para que entiendas, mi amor, yo no cancelé nada. No te preocupes por Maestro Leonardo.

–¡Qué no me preocupe! ¿Cómo no me voy a preocupar? Todo el mundo está pendiente de lo que me voy a poner para el baile. ¿Cómo es posible qué no te des cuenta?

–Tienes razón, querida –le replicó Ludovico–. Es que... bueno, sabes... Luis de Francia se me quiere quedar con Milán y...

–Yo no sé dónde tienes metida la cabeza. A todo esto, el maestro Leonardo no da la cara y yo sé que es porque le cancelaste el monumento.

–¡Te digo que no cancelé nada!

–¡No va a venir, ya verás! –le dijo Beatrice, quien permaneció tan firme e inmóvil como la Torre de Filarete.

–Sí vendrá. No pongas esa cara, amorcito.

–Pero, ¿y si no viene, qué me hago? –insistió la princesa–. ¡Todos mis amigos, la Corte completa se reirá de mí!

Ludovico se dio una vuelta, se puso de pie en la cama, y le dijo:

–¡Qué rayos sé yo! ¿Qué pasa si hay un terremoto y nos traga la tierra? Son muchas las cosas que pueden suceder, Beatrice, excepto que Maestro Leonardo no cumpla contigo. Confía en mí, querida.

Dando por terminada la discusión, Ludovico se le sentó al lado, levantó la cubierta y trató de abrirle las piernas a la Princesa.

–¡Qué no! –dijo la niña, echando a un lado la atrevida mano del Moro.

–¿Pero... qué te pasa?

–Estoy cansada, Ludovico. Cúbrete, por favor, que te ves ridículo.

Frustrado, Ludovico se acostó boca arriba, con los dedos entrelazados detrás de la cabeza. ¿Por qué la encontraba tan irresistible? ¿Por ser tan joven? ¿Por su precioso pelo y los seductores labios? O quizás era por su deliciosa fragancia. De todas las mujeres, incluyendo a Cecilia, Beatrice era la única que cuando se lo proponía, le trastornaba el corazón.

Él pudo ser su padre, aunque pudo ser padre de casi todas las mujeres que quiso. Sabe Dios cuántos hijos bastardos tenía regados por Italia (y Ludovico quería que se quedara así, con Dios sabiendo y con el resto de la gente, especialmente su Princesa, sin conocer de sus amoríos). Quizás la diferencia en edad tenía algo que ver con la reticencia de Beatrice. Pero, ¿por qué? A Cecilia nunca le importó la diferencia en edad.

Cecilia, aunque casi tan joven como Beatrice, era muy diferente a ella. Ludovico la conoció cuando tenía apenas doce años. Un año más tarde, la hizo su amante. Ah, nada comparaba con una chica en el momento en que florece y se convierte en mujer. ¡Nada!

Contrario a la bella transformación a mujer de Cecilia, Beatrice seguía enamorada de las joyas, de los juegos, de los bailes de máscaras, de los dulces, y de todo lo que representaban sus años. Ella se comportaba, no como la esposa del Duque de Milán, sino como lo que era, una adolescente. Eso sacaba a Ludovico de quicio; paradójicamente era lo que él encontraba tan seductor. Recordó su preocupación durante la noche de bodas. Con sólo catorce años, Beatrice le demostró que aunque joven, gozaba de una curiosidad y un apetito voraz para hacer el amor, tan así, que lo tumbó de la cama tres veces. Desgraciadamente, desde entonces, Beatrice sólo se le entregaba a su esposo una o dos veces al mes, como mucho, sin importarle cuántos regalos, ruegos y promesas le hacía el desdichado Duque de Milán.

Ludovico pudo poseerla a la fuerza porque, además de ser el regente de la ciudad, él era su marido y podía hacer lo que le diera la gana con ella; sin embargo, su orgullo no se lo permitió.

¡Ah, Cecilia, Cecilia!

–Beatrice...

–¿Qué quieres ahora? –le contestó la niña, dándole la espalda, y acurrucada a su almohada.

–¿Por qué eres tan... tan difícil?

La Princesa se dio vueltas, miró fijamente a su marido, y dijo:

–¡Yo! ¿Difícil? ¿Crees que soy difícil? ¿Es que pretendes que me haga la loca, como si no pasara nada?

–Ya te dije, Maestro Leonardo...

–¡No estoy hablando de Maestro Leonardo, Ludovico, por amor a Dios!

–¿No acabas de decir que... ?

Interrumpió la Princesa:

¡De nada te vale negarlo! ¡Sé que mantienes a esa puta, a esa vaca ramera, a ese coño de bruja, aquí en el castillo! ¡Y no te hagas el tonto! Me tratas como si fuera una niña. ¿Cómo te atreves? ¡No te lo permito! Ese degenerado, Bernardino da Corte, ignora todo lo que le digo. Peor todavía, ¡no hace lo que tú dices, no le da la más mínima importancia! ¡Él sabe lo despreciable que es para mí esa mujer!

Ludovico trató de besar a la princesa, y dijo:

–Cecilia salió de la ciudad el mismo día que lo ordenaste.

–¡Mientes! –gritó Beatrice, dejando el lecho y llegándose hasta el otro lado de la habitación, de donde señalaba amenazadoramente a su marido–. ¡Ten la bondad de tener un poco más de dignidad! ¡Esa puta sigue aquí, bajo la protección de ese sinvergüenza!

–Estás equivocada, amor mío.

–¡Este sitio es un laberinto de pasadizos secretos, por donde se pasea la sucia! ¡Eso es una falta de respeto!

–Querida, por favor, habla de otra cosa.

–Esto es absurdo. ¡Qué el propio Duque de Milán no sepa lo que su jefe de seguridad hace debajo de sus propias narices! ¡Qué el Duque de Milán no se dé cuenta cuando su consejero le miente! Esto ya es intolerable. ¡Odio a ese hombre!

Ludovico se sentó al borde de la cama, y con mucha paciencia, dijo:

–Déjame explicarte algo que... lo más seguro desconoces. Bernardino me ha salvado varias veces... de mí mismo, querida. Es gracias a Bernardino da Corte que puedo mantener a mis enemigos al otro lado de las murallas de la ciudad.

A lo que Beatrice contestó:

–¡Pero sigue siendo un macarra!

¡Cecilia, Cecilia, Cecilia!

–Beatrice...

–Déjame tranquila –le dijo Beatrice, y fue tal su indiferencia y su crueldad, que regresó a la cama y no tardó ni cinco minutos en quedarse dormida.

¡Cecilia, Cecilia, Cecilia!

❁

La mañana siguiente, a eso de las ocho, Leonardo separó dos disfraces de la Fiesta del Paraíso, que colgaban de percheros en su almacén, y los puso a un lado para enviar por ellos más tarde, ya que no era prudente llevarlos al refectorio donde se podían manchar de pintura.

Al llegar al convento, no hizo Leonardo más que adentrarse en el comedor, y dijo:

–¿Qué pasó aquí?

Como no le hizo la pregunta a alguien en particular, ningún «alguien» respondió, aunque Lorenzo, Antonio y Marco se distanciaron un poco del Maestro, mientras éste casualmente subió al andamio. Ellos miraban de reojo a Salaí y a su amo; disimulaban, hacían señas, murmuraban, y, al parecer, estaban muy preocupados.

–Lorenzo... –dijo el Maestro, al tirar de la cuerda que sostenía la lona cubriendo el fresco.

El muchacho y sus compinches tuvieron tanto miedo que pensaron echar a correr. Lorenzo no se atrevió subir al andamio, en caso de que el maestro Leonardo lo arrojara de cabeza. Dijo Lorenzo:

–¿Maestro... ?

–El plato y la trucha... los dibujaste de nuevo.

Pasaron unos segundos que parecieron una eternidad. Respondió Lorenzo:

–¡Quién dijo! Digo...

–¿Por qué? –le preguntó Leonardo desde lo alto de la plataforma.

Lorenzo pensó y calculó tres veces cada excusa y explicación posible, y dijo:

–No... no me gustaba... como se veía.

Le dijo Leonardo:

–Ya entiendo. Tu trucha es mejor que la mía.

Una pena que el maestro Leonardo estaba a una distancia del chico y no se dio cuenta como los cachetes de Lorenzo le prendieron fuego. Dijo el muchacho:

–¡Ah, no, no, no, mi señor, seguro que no! ¡Eso es imposible!

–¿Entonces... ?

Con una mirada a Antonio y otra a Marco, Lorenzo dijo:

–Bueno, Maestro, como usted comprende...

La explicación no tuvo sentido, y después de titubear diez minutos, el pobre muchacho hizo lo único que pudo; se tiró de rodillas, y confesó que se vio obligado a pintar la trucha y el plato de nuevo, cuando una brocha enorme, que chorreaba pintura roja, como cuando sacrifican un cabro, le dio a la...

–¡Fue un accidente! –gritó Antonio–. ¡Perdón! O, Maestro, ¡le ruego me perdone!

El llanto de Marco fue tan patético como el de Antonio, y también se tiró de rodillas. Dijo Marco:

–¡Sí, fue un accidente, lo juro! ¡No lo hicimos adrede!

Leonardo observó sus estudiantes desde lo alto, y con mucha calma, desmontó el andamio, se llegó hasta ellos, y dijo:

–¿Una brocha con pintura roja? Y ¿cómo fue posible que esa brocha tan malvada dio con la pared? ¿Cobró vida de repente... quizás consecuencia de un hechizo? ¿O es que alguien abrió las puertas y una violenta ráfaga la levantó y la estrelló contra la pintura? Digo, también es posible que el refectorio esté embrujado y un travieso duendecillo hizo de las suyas. –El tono de voz y la sonrisa del Maestro confundió a los chicos, incluyendo a Salaí; pensaron que era una distracción para luego él arrancarles las entrañas–. Vamos a ver. Llegaron al comedor, y como no tenían qué hacer, se aburrieron. Imagino que se pusieron a perder el tiempo, a perseguirse el uno al otro, y otras bribonadas. Marco se subió al andamio, y le tiró la brocha a Antonio. Antonio le devolvió el tiro, pero en vez de darle a Marco hizo blanco en la pared, y lo que comenzó como un inocente juego entre una partida de manganzones, terminó en un desastre. A Marco le entró el pánico y al tratar de desmontar el andamio a toda prisa, se le enganchó la chaqueta en la barandilla, y la plataforma se vino al piso.

–¡El hijo de puta me manchó la camisa que me regaló mi madre! –protestó Antonio, bebiéndose las lágrimas–. ¡No fue mi intención darle a la pared! ¡Se lo juro!

Le dijo el Maestro:

–Lo sé, no tiene sentido que ustedes arruinen algo que les ha tomado tanto sacrificio. Pero, no me digan que fue un accidente; se pusieron a hacer payasadas, algo muy infantil que demuestra muy poca disciplina.

Interpuso Marco:

–La verdad es... no le tiré la brocha a Antonio. Se la tiré a Lorenzo.

–Pues tienes muy mala puntería –le replicó el Maestro.

–¿Quién le dijo lo que pasó? –preguntó Antonio.

Respondió Leonardo:

–Primero, la mancha en tu camisa, y segundo, el desgarre del chaleco de Marco; además, movieron el andamio un poco a la derecha y reforzaron la base... ¿o es que ustedes se creen que después de estar subiendo y bajando esa cosa por tres años, no me voy a dar cuenta si la mueven, aunque sea un poco?

–¿Y el plato? –le preguntó Lorenzo.

El Maestro le acarició la mejilla, y dijo:

–Triste será el día que yo no me dé cuenta de la diferencia entre lo que pinta el alumno y lo que pinta el maestro.

–Y... ¿y entonces no está enojado con nosotros? –le preguntó Marco.

–¿Sueno enojado?

Los chicos indicaron que no.

–¿Debo estarlo?

–¡No! ¡Por favor, no, Maestro! –dijeron los tres, en perfecta armonía.

Añadió Leonardo:

–Después de todo, arreglaron la pintura, levantaron el andamio y limpiaron el comedor. Oye, Salaí, qué suerte que no estuviste aquí.

–¡Lo sé! –contestó el chico, a carcajadas–, ¡me hubieran echado la culpa!

Lorenzo, Antonio y Marco se miraron el uno al otro, cuando el Maestro les recordó que la pintura no estaba terminada. Les dijo:

–Bueno, ya hemos perdido demasiado tiempo. Lorenzo, abre las ventanas. Marco, prepara un poco de amarillo. Antonio, busca media docena de huevos.

–Sí, Maestro –le respondió Antonio, saliendo a toda prisa a buscar a Fray Bartolino, el encargado de las gallinas.

Lorenzo se trepó en una mesa, abrió las ventanas y permitió que la claridad y la brisa bendijeran el comedor.

–Maestro, se nos acabó el amarillo –dijo Marco.

–Salaí, ve donde Lucca. Él debe estar despierto –le dijo el Maestro.

–¡Si no lo mató la mujer! –respondió el chico desde la puerta.

Añadió el Maestro:

–¡Tres sacos... corre, que necesito retocar los tapices y no quiero perder más tiempo! ¡Regresa enseguida!, ¿oíste? Marco, ve con Antonio, recojan los trajes para Beatrice, y me los llevan al castillo. Los estaré esperando, así que no tarden.

–Sí, Maestro –contestó Marco.

–Entre tanto –le dijo Leonardo a Lorenzo–, quiero ver que se te ocurre con la ventana detrás de la figura del Cristo. La vas a hacer tú solito.

–Como usted diga, Maestro– dijo Lorenzo, sintiéndose muy orgulloso.

–Y cuando llegue Salaí, dile que me espere. Por cierto –y Leonardo le dijo al oído–, pídele su opinión. Pregúntale qué cambios él le haría al mantel... no te preocupes, no vamos a cambiar nada... quiero ver si se entusiasma con algo.

–Sí, Maestro.

Leonardo le dio un beso en la mejilla a Lorenzo y a Marco, y salió rumbo a la ciudadela, dejando a los muchachos mirándose el uno al otro.

Le dijo Lorenzo a Marco, encogiendo los hombros:

–¿Qué quieres que te diga? El hombre está feliz.

❁

Eran las diez de la mañana. Ludovico y Beatrice paseaban por los jardines del fuerte, acompañados por damas de honor y un paje muy pálido, que los protegía del sol con un enorme parasol, porque aunque temprano, el calor era insoportable.

–¿Ves lo qué te dije, amorcito? Mira quien viene por ahí –le dijo el Moro a su Princesa, al ver a Maestro Leonardo en la distancia, acompañado por dos de sus discípulos, empujando una carretilla con las prendas de vestir.

–¡Maestro! No sabe lo que me alegro de verlo –le dijo Ludovico.

Leonardo le respondió con varias reverencias.

Le dijo Beatrice:

–¡Creí que se olvidó de mí!

Leonardo ofreció una reverencia, y dijo:

–Eso es imposible, Vuestra Merced.

–Maestro, ¿no puede hacer algo con este calor? –le preguntó Beatrice.

–¡Seguro que puede! –interpuso el Moro, con una carcajada–. ¡Todo el mundo se queja del clima, pero sólo el gran Leonardo cambia verano por primavera! ¿Y qué trae ahí, Maestro, el hocico?

–¿Hocico? –preguntó Maestro Leonardo.

–Del caballo –aclaró el Moro.

Le respondió Leonardo:

–No, Excelencia. Son los trajes que le prometí a vuestra señora.

–¡Maestro, usted es una maravilla! –le dijo Beatrice, tratando de toda forma de mantener su porte aristocrático, aunque no pudo resistir saltar como una chiquilla que acababa de recibir un regalo.

–Querida, ¿por qué no le indicas a estos jóvenes donde soltar su carga? –le dijo Ludovico a la Princesa.

–Lo que usted diga, Excelencia –le respondió Beatrice, besando a su marido.

Ludovico esperó a que Beatrice y su cortejo, con Antonio y Marco, entraran al castillo, y dijo:

–A todo esto, Maestro, ¿cómo va el fresco del convento?

–Hemos adelantado muchísimo –le respondió Leonardo, que fue más o menos lo mismo que le dijo el día que el Moro canceló la estatua del caballo.

–Le tengo una sorpresa. Su Santidad está en ruta a Milán.

Ludovico y el Maestro subieron la escalinata, hacia los apartamientos de la Princesa.

–¿El Papa Alejandro? –preguntó Leonardo, curioso.

–¿Conoce otro? –le contestó Ludovico–. A Bernardino se le ocurrió develar el fresco en su presencia. ¿Qué le parece, eh? Casi toda la Curia va a estar presente, Maestro. Será un gran honor para usted... develar esa obra maestra en presencia del Papa.

–Sí, naturalmente. Lo único es que, pues, como sabe, falta terminarlo.

–Tiene hasta el domingo –le dijo Ludovico, mitigando su manera brusca con una sonrisa.

Llegaron al pasillo, donde Antonio y Marco esperaban a Leonardo. Preguntó Leonardo al Moro:

–¿Este domingo?

–En cinco días –le contestó el Duque–. Vamos a recibir a Su Santidad... como se merece, Maestro.

Seguidamente, Ludovico se retiró a sus habitaciones, y dejó a Leonardo preguntándose como iba a terminar el fresco.

–Regresen al convento –les dijo a los chicos–. Tengo que atender a Beatrice.

Leonardo encontró a la Princesa examinando un disfraz estrambótico con cientos de pétalos de rosa, pegados a un vestido de seda, cuya fragancia floral sorprendió a los presentes. El disfraz llevaba un sombrero enorme (después de todo, fue diseño del gran Leonardo) fabricado de papel maché, que parecía una rosa en plena floración. Menos mal que el sombrero era liviano, porque, según algunos cortesanos, aunque precioso, pudo servir como instrumento de tortura.

Le preguntó Beatrice:

–Bueno, Maestro, ¿y para mi marido, qué?

Inmediatamente, Leonardo le enseño un disfraz de terciopelo, pesado, grueso y caluroso, de color gris oscuro, con círculos amarillos alrededor.

–¿Qué se supone que sea? –preguntó Beatrice.

–Una abeja –respondió Leonardo.

–¡Y el sombrero tiene antenas! ¡Qué ingenioso, Maestro! –le dijo la Princesa.

Tanto le encantó el disfraz de abeja, que Beatrice envió por su esposo.

Al ver el disfraz, Ludovico dijo:

–Ni lo pienses, querida.

–¿Pero por qué? –le preguntó su princesa, haciendo pucheros.

–¡Nunca! No pienso hacer el ridículo. –le dijo Ludovico.

–Por favor –suplicó Beatrice en una vocecita suave, mientras le acariciaba la barbilla–. ¡Nos vamos a divertir tanto! ¡A la gente le va a encantar!

–¡No!

–¡No seas así! –La Princesa parpadeó varias veces, hasta que finalmente una lágrima se le corrió por la mejilla–. Si no te lo pones, voy a estar... voy a ponerme tan y tan... –Ella pensó decirle que se iba a poner furiosa y que lo sacaría de la cama a patadas por seis meses, cuando decidió cambiar de táctica, advirtiéndole que sería la Princesa más infeliz del mundo si él no se vestía de «abejita»; palabras que acompañó con un parpadeo, y una humilde bajada de mirada.

–¿Idea suya, Maestro? –preguntó el Moro.

La sonrisa del Maestro le dio al Moro a entender otra cosa.

–No culpes al Maestro, amorcito –le dijo Beatrice, en una voz infantil–. Fui yo. No te me enojes, por favor.

Ludovico se le quedó mirando a Beatrice, soltó una risa, tomó la princesa en sus brazos, y le dijo:

–Yo no puedo enojarme contigo.

Se suponía que Salaí ya hubiese regresado al convento con los sacos de pigmento amarillo, pero como de costumbre, se entretuvo con el vecino del señor Lucca.

–Oye, ¿tienes prisa? –le preguntó Tomasino.

Le dijo Salaí:

–Un poco. ¿Por qué?

Con una sonrisa en los labios, y una bolsa de dulces en la mano, el confitero le respondió:

–Es que tengo el mismo problema de siempre. ¿Qué tal... otra entrega?

Preguntó el chico, con un poco de duda:

–¿Al castillo? No sé... están esperando que les lleve el pigmento.

–Van tener que esperar un rato, porque Lucca salió no hace ni diez minutos –le dijo Tomasino, señalando el letrero en la puerta del vecino que leía: «Vuelvo enseguida»–. Mira, llevas la caja de dulces, me traes el dinero, y estarás de vuelta... vamos a decir... en media hora; te digo que estarás de regreso antes que Lucca. Aquí tienes tu incentivo –añadió el confitero, entregándole una bolsa de confites al chico–. Lo creas o no, me estás ayudando a ser famoso. ¡Si supieras! Ayer se apareció una doña con sus tres hijas pequeñas y quería una caja completa de confites de anís. ¿Sabes lo que significa eso? Se está regando la voz. ¡La gente sabe que los dulces de Beatrice salen de aquí! ¡Dentro de poco, no habrán más dulces, que no sean los de Tomasino!

–¡Vas a ser más rico que Lucca! –le dijo Salaí riendo, echándose una confitura en la boca.

El niño no tardó ni quince minutos presentarse frente al portón principal del castillo, con la suerte de que el centinela lo reconoció.

El mismo recluta de antes, lo llevó hasta el despacho de su Excelencia, Bernardino da Corte, al mismo tiempo que, al otro lado de la ciudadela, Maestro Leonardo regresaba al convento.

–¿Más dulces para Beatrice? –preguntó su Excelencia, despachando la escolta, y cerrando la puerta de su despacho.

Salaí ofreció sus reverencias.

Bernardino puso la cajita de dulces sobre su escritorio y le ordenó al muchacho que se le acercara, hasta que Salaí le pudo oler su acre aliento. Dijo Bernardino:

–¡Qué princesa más golosa! Déjame preguntarte algo... –le dijo Bernardino con una voz suave, a la vez que le acariciaba la cara–. ¿Por casualidad sabes quién soy? Yo te puedo hacer feliz; te puedo dar lo que tú quieras.

Salaí trató de sonreír pero no pudo. Se sintió incómodo por la manera en que el hombre lo miraba.

Añadió Bernardino:

–¿Nunca te han dicho lo bello que eres? Date una vuelta, vamos... –Bernardino examinó cuidadosamente al niño, se lo pegó de frente, le apretó las nalgas, le metió la mano dentro de las calzas, y rebuscó hasta que encontró lo que buscaba–. Dime, precioso, ¿te gusta el dinero?

A Salaí le gustaba el dinero como a todo el mundo, pero su interés por el dinero no le quitó el asco que sintió por el hombre que le estaba lamiendo la tetilla.

–Mmm, déjame verlo, Giacomo. ¿Tú nombre es Giacomo, no? ¿Ves? Me acuerdo de ti –le dijo Bernardino, con una voz que parecía del otro mundo.

Salaí sintió que el corazón se le iba a salir por la boca. De pronto, se dio cuenta que él podía desaparecer en cualquier momento y nadie se hubiera enterado, ni Tomasino, ni Maestro Leonardo. Le dijo Salaí:

–¡Vuestra merced!

–¿Sí, querido? –dijo Bernardino, tratando de bajarle las calzas.

Salaí dio un brinco hacia atrás, y suplicó que lo dejaran ir.
–¡Por favor, se lo ruego, mi señor!

–No resistas, Giacomo, de nada te vale.

Quizás. Pero Salaí hizo lo que pudo. Le dio un empujón a Bernardino con toda su fuerza, y al retroceder, tropezó y cayó al suelo. Trató de pedir auxilio, cuando Bernardino lo agarró por el cuello, le cubrió la boca con la mano, y lo levantó con tanta violencia, que por poco el chico se desmaya.

Aturdido al punto que las paredes parecían dar vuelta, y temblando de miedo, Salaí alcanzó un candelabro y se lo reventó en la cabeza al Consejero del Duque.

Bernardino cayó de espaldas, aguantándose la cabeza y un poco de sangre le bajó por la frente. Salaí aprovechó y salió corriendo, con suerte que no tropezó con nadie en el pasillo.

Aterrorizado, el muchacho subió las escaleras, hasta el tercer piso, atravesó lo ancho del castillo, y terminó en un corredor sin salida, cuando sonaron la alarma y docenas de soldados salieron en su busca.

Estaba acorralado. Su única salvación era una habitación inmediatamente a su derecha, que, con suerte, tendría una ventana por donde él se podía tirar, aunque le costara la vida.

La habitación, por cierto, era muy elegante, con un diván rojo cubierto con cojines de terciopelo, una mesita de vestir, un espejo muy grande en su marco tallado, y una princesa luciendo un disfraz cubierto de pétalos de rosa.

Al ver a la Princesa, Salaí quedó paralizado.

Beatrice vio el reflejo del chico en el espejo, y dijo:

–¿Quién eres? ¿Qué haces aquí?

Con sus brazos extendidos en súplica y con el pánico reflejado en su mirada, el chico cayó de rodillas frente a Beatrice. Dijo:

–¡Vine a traerle los dulces, Vuestra Majestad, pero un hombre trató... me trató... me trató de violar! ¡Piedad! ¡Me van a matar!

–¡Violar! ¿Quién? –le respondió Beatrice, dejando caer el traje al piso–. Yo te conozco... ¿Dónde te he visto antes?

Él estuvo a punto de confesar que era estudiante de Maestro Leonardo, cuando un grupo de soldados dio en la puerta.

Beatrice agarró a Salaí por la mano, lo llevó hasta el diván, y le dijo:

–¡Escóndete, rápido!

Salaí se deslizó debajo del mueble, y Beatrice lo cubrió con el disfraz para que no se viera nada justo cuando los soldados, dirigidos por Bernardino y Ludovico, entraron a toda prisa.

–¡Mi amor! –le dijo Ludovico, muy nervioso.

–¿Qué pasa, Ludovico? ¿Por qué tanto alboroto? Me estaba probando el traje.

Desde su escondite, Salaí oyó cuando el Duque le dijo a la Princesa del peligroso intruso en el palacio; del desalmado que atacó a Bernardino, antes de escapar.

–¡Sí, un bandido, mi señora! –dijo Bernardino.

–¿Y qué le pasó a usted en la cabeza? –le preguntó Beatrice al Consejero.

–Beatrice, ¿no te acabo de decir que por poco lo mata? –interpuso Ludovico.

–Bueno, aquí no hay nadie y tengo mucho que hacer. Quiero estar sola, así que, por favor, se me sale todo el mundo.

–¿Estás segura, mi amor?

–Sí. Pon un guardia en la puerta si quieres, Ludovico. Pero se me van. Vamos, ¡todo el mundo, fuera!

Salaí oyó el correcorre, el traqueteo de las armaduras, el pisoteo de botas, y la puerta cuando cerró con un gran estrépito.

Beatrice aseguró la puerta con el pasador, y ayudó a Salaí a levantarse del suelo. Le dijo:

–No tienes cara de desalmado.

Era tanto y tanto el miedo del muchacho, que no pudo hacer otra cosa que echarse a llorar. De el Moro averiguar su relación con Maestro Leonardo, era posible que el propio Maestro, así como Lorenzo, Antonio y Marco terminaran en un calabozo; ¡todo porque él no hizo lo que le dijo su amo!

–No llores, por favor. No te apures, yo te sacaré de este lío. Te lo prometo –le dijo Beatrice, secándole las lágrimas–. ¿Cómo te llamas?

–Giacomo.

Beatrice le echó el pelo para un lado.

–¿Nunca te han dicho que tienes una cara muy simpática?

Salaí estaba tan y tan aturdido que no se dio cuenta que primero, ella lo besó en la mejilla, un beso dulce, de cariño, como el de una hermana. Seguidamente, le dio otro beso, pero en la nuca; algo que las hermanas no suelen hacer, a menos que pertenezcan a culturas menos adelantadas. Entonces ella decidió por un beso en los labios; otro, y otro, uno más apasionado que el anterior, hasta que le metió la lengua en la boca, le soltó la camisa y comenzó a lamerle las tetillas; primero la de la derecha, y después la de la izquierda. Todo ese estímulo erótico la llevó a bajarle las calzas a Salaí antes de saborear lo mismo que Bernardino. Segundos más tarde, la Princesa se levantó la falda, se acostó en el diván, se desplegó totalmente, y se tiró al muchacho encima, aguantándolo entre las piernas y pidiéndole que no desistiera.

Pobre Salaí.

Qué hubiera dicho Maestro Leonardo, de verlo follando a Beatrice... a la esposa del Duque de Milán, a la niña del Moro... de frente, por detrás, y hasta por la boca. ¿Qué hubieran dicho sus colegas? ¿Qué hubiera dicho Fray Bandello, Sofía, Tomasino, y el señor Lucca? ¡Qué!

Beatrice se desgarró la blusa, se desnudó el pecho, y le rogó al muchacho que le mamara las tetas. Y así estuvieron sobre el diván; la Princesa con una pierna en el suelo, y la otra levantada apuntando al techo; Salaí dentro de ella, mientras ella le empujaba la cara entre las tetas, gimiendo, lloriqueando y rogándole más, cuando todas las estrellas del universo salieron a la misma vez y la Princesa Beatrice se rindió al placer.

Con el cerebro hecho confite de anís y más asustado que un ratón en la casa del gato, el chico trató de zafarse pero Beatrice tenía piernas como abrazaderas.

Nadie sabe cuanto duró aquella orgía, pero sí cuando tuvo fin. Fue en el momento que cuatro soldados tumbaron la puerta y el Moro de Milán quedó atónito ante el despliegue erótico a media mañana. A todo esto, ¡estaban tirándose a su adorada niña!

Salaí hizo como pudo para huir, pero no sólo Beatrice no lo soltaba, sino que empezó a gritar, y a gritar, y a gritar histéricamente: «¡Me han violado!»

Los soldados agarraron a Salaí por la nuca, lo separaron violentamente de Beatrice, le apretaron la garganta, listos para quitarle la vida, y le torcieron el brazo al extremo que le sacaron el hombro de sitio. Fue tanto y tanto el dolor, que el niño por poco se desmaya.

Entre tanto, el Duque consolaba a su Princesa, en sus brazos.

–¡Usted! –le gritó Beatrice a Bernardino–. ¡Esto es lo que usted llama seguridad! ¡Violada en mis propias habitaciones!

–¡Mátenlo! –ordenó el Moro.

–¡Un momento! –interpuso Bernardino, justo cuando el soldado le iba a cortar el cuello al pobre Salaí.

–¡Qué lo maten! –le gritó Ludovico, al ver que Bernardino le aguantó la mano al soldado.

Dijo el Consejero:

–¡Excelencia, le ruego, deme un momento con este canalla! ¡Por favor, Vuestra Merced!

Ludovico cerró los ojos por un segundo, sus facciones rígidas, su expresión despiadada e implacable. ¡Quería, exigía justicia en ese instante!

Añadió Bernardino:

–Necesitamos saber de donde salió este miserable y si tiene algún cómplice, aquí en el castillo.

Conociendo la inflexibilidad cruel de su Consejero, el Moro dio el visto bueno y los soldados arrastraron al chico hasta el despacho de Bernardino, donde lo ataron a una silla.

–Ahora sí que lo has cagado todo, Giacomo.

–Por Dios, mi señor, ¡no me haga daño! –rogó Salaí, llorando sin consuelo.

Bernardino sacó un puñal, se le acercó, y le dijo:

–¿Hacerte daño, yo? Seguro que no te voy a hacer daño, Giacomo. Yo le dejo eso a los expertos, me entiendes, a gente que sí sabe hacer sufrir. Dime, Giacomo –y el consejero se agachó al lado de Salaí–, ¿verdad que fue Beatrice? Tú entraste en su despacho, ella te vio, te ayudó a esconderte, y en cuanto pudo, te agarró la polla. ¿Verdad que fue eso lo que pasó, mi lindo? –Con el dedo, Bernardino haló parte de las calzas del muchacho, y le dio un tajo, cortando y desgarrando la tela hasta dejar al pobre vestido sólo con zapatos y camisa–. Mmm, qué cosa más rica. –Bernardino acarició al niño entre las piernas–. No puedo culpar a Beatrice. ¡Ah, pero... pero se ve agotado! ¿Te hizo trabajar de más, la putita, eh Giacomo? No me digas que no puedes levantarlo para mí. –Bernardino soltó una risa–. Dime, mi niño, ¿dónde vives? –El Consejero del Duque le apartó los muslos y le empezó a pasar la lengua entre las piernas, tratando como pudo, de que el chico se estimulara un poco. De todas maneras, a Bernardino le importaba muy poco lo que sentía Salaí, y empezó a comerle la polla, a la vez que le daba bofetadas en la cara–. Te hice una pregunta, mi lindo. ¿Dónde vives? –Bernardino repitió la dosis de golpes, hasta que el niño empezó a sangrar por la boca y por la nariz–. ¿Dónde vives, Giacomo? –En vez de darle una bofetada, Bernardino decidió darle un puño en la cara, que por poco le rompe la mandíbula–. Tan lindo que eres, y tan feo que vas a quedar. –Bernardino levantó a Salaí de la silla, lo dobló sobre su escritorio, y exploró el ano del niño. –¿Cómo? ¿Jesús, será posible? ¡Esto es extraordinario, sí lo es! ¡Giacomo! ¿Es qué le perteneces a otro? ¡Sí, definitivamente! ¿Y por qué no? Eres demasiado bello para no tener amante, ¿eh, Giacomo? Dime, ¿cómo se llama tu amiguito?

Bernardino sujetaba a Salaí, apretándole la cara contra la mesa, cuando el Consejero se bajó las calzas y montó a Giacomo Caprotti, mejor conocido como Salaí.

Media hora más tarde, con el niño bañado en sangre, Bernardino se llegó hasta la puerta y dejó entrar a los soldados, quienes encontraron a Salaí tirado en el piso, e inconsciente. Así mismo lo levantaron y lo arrastraron hasta el calabozo.

Dijo Bernardino desde la puerta de su despacho:

–Sin lugar a dudas que valió la pena. Sí señor, que valió la pena.

❂

Livy
IX

Leonardo estaba furioso. Eran las tres y media de la tarde y Salaí no aparecía. Peor aún, el Moro le dio órdenes de terminar el fresco. Aunque le faltaba poco, el Maestro tenía que concentrarse en la cara del Judas y no podía darse el lujo de perder tiempo.

–¿Dónde está ese delincuente? –les gritó Leonardo a los otros chicos–. ¡Deja de mezclar! ¡No puedo hacer nada sin el amarillo para los tapices!

–Quizás le pasó algo, Maestro –le dijo Lorenzo.

Leonardo se le acercó al muchacho, y en voz baja, y en un tono preocupado, le respondió:

–Será mejor.

Él no podía explicar la inquietud que sentía. Sí, seguro, Salaí era despistado, y más que eso, era tan desconsiderado como la mayoría de los chicos de su edad. Siempre tardaba una hora haciendo algo que Antonio o Marco terminaban en tres minutos. Sin embargo...

El Maestro estaba a punto de enviar a Marco y a Antonio a buscar a Salaí, cuando un desconocido... muy raro, por cierto... entró en el comedor.

–¿Qué quiere? –le preguntó Leonardo de mala manera–. ¡No puede estar aquí, váyase y no moleste!

–Si me permite, Vuestra Merced. ¿Se encuentra Salaí? –preguntó Tomasino, quitándose el sombrero de papel, y adentrándose en el comedor.

Leonardo se llegó hasta el confitero, y en un tono muy poco amigable, le preguntó:

–¿Qué quiere con Salaí?

–Mi dinero, Vuestra Merced. ¿Es usted el maestro da Vinci?

Leonardo se le quedó mirando a Tomasino, y el confitero se vio obligado a explicar que Salaí salió a entregar unos dulces a la ciudadela. Dijo Tomasino:

–Pensé que se le olvidó. Eso pasa, Vuestra Merced, y créame que no estoy diciendo que lo hizo adrede.

Leonardo sintió ganas de colgar al hombrecillo del andamio.

–¿Qué rayos hace Salaí entregando dulces? ¿A quién?

–A Beatrice –le respondió Tomasino.

–Oiga lo que le voy a decir –le dijo Leonardo, luego de una larga pausa–. ¡Ruegue a Dios que no le haya pasado nada a Salaí!

Así mismo, Leonardo dio órdenes de que los chicos regresaran a la casa, agarró al confitero por la camisa, y lo arrastró hasta la calle.

Eran pasadas las cuatro cuando Leonardo se presentó en la entrada de la ciudadela. Como de costumbre, el centinela levantó el rastrillo, para dejarlo entrar.

–Por casualidad –le preguntó al guardia–, ¿no ha visto a uno de mis estudiantes... es un chico rubio, con calzas color rosa?

–¿Estudiante suyo, Maestro? –le cuestionó el hombre. Él no sólo lo vio, sino que lo persiguió por los alrededores del fuerte. Pero, como no era su lugar decir más, el hombre simplemente encogió los hombros y le sugirió al Maestro que de necesitar más información, por favor le preguntara a su excelencia, Bernardino da Corte–. Segunda escalera a la izquierda, segundo piso, la primera puerta a la derecha.

El Maestro sabía perfectamente dónde encontrar al Consejero del Duque.

En ese momento, Bernardino examinaba la caja de confites y sus doce pedacitos de dulce, todos cubiertos con una superficie lisa y lustrosa, que él cambió por doce pedacitos idénticos, colocando los de la caja, en su monedero.

Bernardino guardó la caja de dulces en su escritorio, y oyó que tocaron a la puerta. Dijo Bernardino:

–¡Quién es! ¡Diga!

Inmediatamente entró el centinela estacionado en el corredor, y le dijo:

–El Maestro Leonardo.

–¿Qué quiere?

–Hablar con Vuestra Merced.

Bernardino se sentó en su escritorio, y dijo:

–¿De qué?

El centinela encogió los hombros y Bernardino le hizo seña de que dejara pasar al gran Leonardo.

–Vuestra merced –dijo Leonardo, con la habitual reverencia.

–Maestro –dijo Bernardino, con su acostumbrado cinismo, enmascarado por amabilidad.

Le dijo Leonardo:

–Lamento molestarlo, Excelencia, pero se trata de uno de mis estudiantes.

–¿Estudiante?

Con manos temblorosas, el Maestro miró fijamente al Consejero del Duque, y le dijo:

–Entiendo que vino a hacer una entrega... dulces para la princesa.

Lentamente, mientras Leonardo describía una docena de equívocos que hicieron posible que Salaí fuera al castillo, a la vez que el gran da Vinci gesticulaba nerviosamente con las manos y hablaba babosadas de su «aprendiz»; mientras palabras que no significaban nada brotaban de la boca del artista, el rostro de Bernardino da Corte se iluminó, su mirada cobró vida, y sus ojos brillaron al caer en cuenta que aquel chico tan bello, el Giacomo, el niño de quien él disfrutó como le dio la gana era nada más y nada menos que el amante del gran Leonardo da Vinci.

Poco a poco, la indiferente sonrisa de Bernardino da Corte se convirtió en una manifestación de placer tan y tan intensa, en una exaltación sensual tan potente, en una euforia orgásmica tan completa que juró que olía la seductora fragancia de los rizos del niño, en el momento que lo penetró. Bernardino sintió toda fibra de su cuerpo estremecerse; como si estuviera reviviendo todo su placer, antes de enviar la criatura al patíbulo.

–¿Qué ese muchacho era su... estudiante?

–Es... –le contestó el Maestro–, él es mi estudiante.

Bernardino dejó el escritorio, buscó una silla y se la ofreció a Leonardo.

–¿Por qué no toma asiento, Maestro?

–Le agradezco la gentileza, pero me urge...

–Para empezar, siento mucho que ese degenerado sea uno de sus chicos.

No fue la palabra «degenerado» lo que hizo que le temblaran las rodillas a Leonardo, sino que Bernardino también dijo que arrestaron a Salaí por violar a la Princesa Beatrice.

Maestro Leonardo sintió que le arrancaban el alma; tenía los ojos abiertos, pero el despacho estaba envuelto en una tenebrosidad que lo cegaba todo; sabía que le estaban hablando, pero las palabras no hacían sentido.

–Siéntese, Maestro.

Alguien lo llevó a la silla, y justo a tiempo, porque el cuarto empezó a girar, lo que le causó tantas náuseas, que estuvo a punto de vomitar.

La idea de que Salaí era culpable de violar a nadie era absurda, ¡imposible! ¡El sicario del Moro era un mentiroso! Dijo Leonardo:

–Es... ¡tiene que haber un error, Excelencia! ¡Salaí tiene catorce años! ¡Es un chico... fue en busca de provisiones al otro lado del pueblo!

Replicó Bernardino:

–Sí, es un chico... muy bien parecido, por cierto. Tiene rizos rubios, ojos azules, una boquita exquisita, y llevaba puesto calzas color rosa, una camisa blanca, una chaqueta color marrón, y una gorra colorada, lo más simpática. Él me dijo que su nombre es Giacomo.

–¡Sí, ese es Salaí! Excelencia, Salaí es... es incapaz... –empezó a decir Leonardo, cuando le faltó aire y sintió que se sofocaba.

–Maestro, hágame el favor –interpuso Bernardino en un tono terriblemente condescendiente–, no me diga que es incapaz de nada o que no fue posible. No me diga que no sucedió. Yo lo presencié, lo vi con mis propios ojos. Tumbamos la puerta y entramos al despacho de Beatrice, donde encontramos a su queridísimo pequeño gozando de ella. –Bernardino, un hombre que casi nunca sonreía, soltó una carcajada y por poco pierde la compostura–. Le juro que jamás olvidaré la cara del Moro. ¡Nada le faltó para botar espuma por la boca! Naturalmente, él... me refiero al Moro... él no sabe que ese muchacho era uno de los suyos, y le sugiero que no se lo diga... es mejor que el Moro no se entere, no vaya a ser que lo quiera ahorcar a usted también.

–¡Ahorcar!

–Sí. ¿Por qué? ¿O es que usted piensa que el Moro puede hacer otra cosa con la persona que se folló... supuestamente a la fuerza... a su joven y amada niña? Diga usted, Maestro, ¿qué tipo de condena recomienda para Giacomo? ¿Exilio? ¿Latigazos en el medio de la plaza? A todo esto, no quiero pensar que Beatrice se preñe, Maestro. Eso lo complicaría todo. Como sea, al Giacomo lo van a torturar en la rueda, lo ahorcaran, lo picaran en pedazos y sus restos acabaran en el río.

Leonardo escondió la cara en sus manos y lloró sin consuelo. Fue una escena que Bernardino presenció una de tantas veces; la expresión del sufrimiento y la agonía de la negación.

Le dijo Leonardo:

–¡No, no puede ser! –Bernardino da Corte pareció ponerse más alto, más ancho, más poderoso que nunca, mientras Leonardo se sentía como un gusano viejo e impotente–. ¡Tiene que ser un error!

–No lo creo –dijo Bernardino. Él abrió la gaveta y le enseñó la cajita de dulces que le entregó Giacomo.

Leonardo se tiró de rodillas, y dijo:

–¡Vuestra merced, por la gloria de Jesús, no permita que... !

–¡Vamos, hombre, levántese! ¡Tenga un poco de dignidad, carajo!

Mientras el desconsolado Leonardo consideraba la posibilidad de perder a su niño, el Moro consolaba a su Princesa, quien trataba de recuperarse del trauma rodeada de sus damas, disfrutando sus dulces y descansando en su cama.

Le dijo Ludovico:

–No sabes lo que siento haberte dejado sola. ¿No crees que debemos cancelar el baile de máscaras?

Con su cabeza, Beatrice le indicó «No.»

–Pero amorcito, no estás en condición...

La Princesa abrió los ojos, se sentó en la cama, y le dijo:

–No te preocupes por mí, Ludovico. Eso sí, ¡quiero a Bernardino da Corte fuera de todo esto! ¿Me entiendes? Si no te deshaces de ese hombre, me regreso a Ferrara. ¡No aguanto más!

–Si me permiten... –les dijo Ludovico a las damas de Beatrice, para que salieran de la habitación.

–¡No me estás escuchando, Ludovico! –añadió Beatrice–. ¡No lo quiero en la Corte!

–Amorcito mío, eso no es tan fácil como tú te crees –le dijo Ludovico.

–¿Por qué no?

Armándose de toda la paciencia posible, Ludovico le explicó a la Princesa la peligrosa situación que se desarrollaba en Italia, con la alianza del Rey de Francia y la Santa Sede, cuando el Santo Padre estaba de camino a Milán para, supuestamente, mediar entre Ludovico y Luis de Francia. Era una trampa contra el Moro por parte de Alejandro, quien, en cualquier momento podía dar el visto bueno para que Francia invadiera a Milán. Por lo tanto, sería un acto de locura de parte de Ludovico, deshacerse de su jefe de seguridad. Dijo el Moro:

–¡Estoy rodeado de enemigos, mi amor!

–Yo no soy tu enemiga, Ludovico –le contestó la Princesa.

–Lo sé, amorcito, lo sé. Mira, te prometo que habrá cambios, pero esos cambios tienen que esperar a que las aguas de la política se calmen un poco.

❁

Ya hubiera querido el pobre Salaí estar en su cama, como lo estaba la Princesa; tranquilo después de disfrutar el rico guisado de Sofía; rodeado de sus amigos y de Maestro Leonardo, y no en el apestoso, oscuro calabozo en las entrañas de una cueva de paredes de piedra, cubiertas de hongo y goteras, accesible solamente por una escalera muy empinada y resbaladiza, donde la peste de los cadáveres podridos lo envenenaba todo y un cabo de vela temía alumbrar más de lo necesario, por miedo a que se dieran al descubierto las atrocidades que allí se daban.

Salaí y otros trece desgraciados esperaban su turno mientras Augusto y Franco, dos ex miembros de la Orden Franciscana, y más recientemente, miembros de la inquisición, practicaban con excesivo afán su vocación sobre otro prisionero, atado a la rueda.

Franco era un tipo grande, de cara ancha, nariz larga y muy poco cuello. Por eso de chico, le llamaron «jirafa». Otro rasgo del hombre, eran sus enormes manos, con poderosos dedos que podían apretar la cabeza de un hombre/mujer/niño hasta que se le brotaran los ojos, antes de que le explotara el cerebro. Al verdugo le gustaba hablar despacio, y su voz era de tono agudo; todo lo contrario a su colega Augusto, quien era más ordinario y bruto de apariencia, y quien tenía una voz profunda.

Él era mucho más pequeño de estatura que Franco, tenía la nariz chata, el rostro marcado por la varicela y ojos muy pequeños que lo veían todo.

Estos dos individuos vestían con calzas negras ajustadas por un cinturón ancho de cuero negro, y como el calabozo estaba (aparentemente) tan cerca del aposento de Lucifer, ellos no usaban camisas y se afeitaban la cabeza para evitar los piojos.

Aquella cámara de horrores donde laboraban Augusto y Franco estaba equipada con los últimos instrumentos de tortura; una rueda, cadenas imposiblemente anchas con esposas y grilletes para colgar de las paredes a quien fuera necesario y dos jaulas de acero que colgaban del techo (una ocupada por un cadáver porque ni Augusto ni Franco se tomaron la molestia de ver, después de seis meses sin darle de comer, si el prisionero seguía vivo).

Además, usaban un cono de acero para clavar a las víctimas (para una tortura lenta); hachas, cuchillos para desollar, ganchos para colgar, serruchos para cortar extremidades, piedras para afilar, tornillos de banco, espigas de acero, hierros para quemar, sogas para ahorcar, tenazas y enormes agujas; cada uno de esos instrumentos debidamente colocado en los anaqueles que se encontraban contra la pared.

Sin embargo, como todo calabozo, el del Duque de Milán tenía manchas de sangre dondequiera y pedazos de pellejo y huesos humanos por el suelo. A la derecha de la escalera se encontraba un montón de trozos de cuerpos, mientras que a la izquierda, estaban aquéllos reservados para los estudios anatómicos del maestro Leonardo da Vinci.

Le preguntó Franco a su colega dándole una vuelta a la manivela de la rueda:

–¿Terminaste de leer a Livy?

–¿Con qué tiempo? Si no puedo hacer nada, excepto degollar, ahorcar y despellejar –le replicó Augusto, afilando un gancho para empezar a despellejar al individuo de la rueda.

La técnica requería cuidado y un poco de talento, para no quitarle la vida a la persona, ya que ése no era el propósito de la tortura. Despellejar también era un proceso que derramaba mucha sangre porque los pequeños ganchos arrancaban trozos de piel poco a poco, lo que, por lo general, hacía que la víctima gritara como si una daga mohosa le estuviera perforando el corazón–. A todo esto –añadió–, ¿no se supone que tu primo venga a darnos una mano?

–Su Excelencia, Bernardino le dijo que no hay dinero para contratar a otra persona –le contestó su colega.

–Como siempre. Quieren que uno trabaje gratis.

–No sé qué te vas a hacer, recuerda que yo voy para Venecia con la mujer, el mes que viene –le dijo Franco, dándole otra vuelta a la manivela con un movimiento del brazo, que parecía estar suspendido en el aire.

Le replicó Augusto:

–Pues es mejor que se busquen a alguien, porque lo que soy yo, así nada más, empaco mis herramientas, y hasta luego. Yo no soy esclavo de nadie. ¡Y si se dijera que nos pagan bien!

–El Moro es un hombre bueno –afirmó Franco.

–¡Bueno es el pan! Nos pagan una mierda.

De pronto, la puerta en lo alto de la escalera se abrió, permitiendo que la luz del día llegara hasta las profundidades del calabozo. Franco y Augusto vieron a Leonardo bajando los traicioneros escalones a toda prisa.

–¡Cuidado, Maestro! –le gritó Franco, en el momento en que Leonardo, quien estaba bastante aturdido, resbaló, y si no se aguanta, se rompe la nuca, de la caída.

Franco soltó la manivela, y Augusto dejó de trabajar en el prisionero, colocando sus instrumentos de tormento sobre una mesa a su lado.

–¿No es un poco tarde para estar por aquí, Maestro? –le preguntó Augusto.

–Íbamos a salir a comer algo –dijo el colega.

Le preguntó Leonardo:

–¿Dónde está el niño?

Augusto miró a Franco, con duda, y respondió:

–¿El niño? ¿Qué niño? ¡Ah, usted habla del muchacho que trajeron esta tarde! ¿Qué pasa Maestro, piensa dibujarle las entrañas? –De vez en cuando Augusto y Franco sugerían candidatos para los experimentos del maestro Leonardo–. Es más joven que los demás, seguro que sí, ¿eh, Maestro? Estoy seguro que ya usted está harto de rajar brujas y tirapeos, ¿eh? ¡Ja, ja, ja, seguro que sí! Seguro que éste le va a gustar, está para comérselo vivo. ¿Qué le pasa, Maestro? Usted parece que tuviera gripe. ¿No se siente bien?

–¿Dónde está?

–En una jaula, adentro. Lo único... –Augusto le dio una mirada a su compañero–, tenemos órdenes de su Excelencia Bernardino de no dejar pasar a nadie... hasta que terminemos con él, naturalmente. Usted sabe como son las cosas, ¿no?

–¡Es uno de mis chicos, uno de mis estudiantes! –les dijo Leonardo, aguantando las lágrimas.

–¿Cómo? ¿En serio? –Augusto se rascó la barba con una navaja enorme–. ¡Dios querido, entonces cometieron un error! ¿Oíste, Franco?

–¡Sí, oí! –dijo Franco–. ¡Eso es terrible!

–¡Sí lo es! –le gritó Leonardo–. ¡Es un error y una injusticia!

Franco y Augusto se miraron el uno al otro, preguntándose cómo pudo ser que un estudiante de Maestro Leonardo terminara en el calabozo.

Le dijo Franco:

–La verdad es, Maestro, y odio tener que decir esto, pero estamos cortos de personal adiestrado. Estos nuevos reclutas, gran parte de ellos son unos brutos, vienen del campo, y todo lo que quieren hacer es ponerse un casco y andar por el pueblo dándole golpes a la gente por la cabeza, y lucir sus espadas y sus botas, abusando de todo el mundo y arrestando a cualquiera por cualquier cosa.

–¡Por favor, les ruego, ayúdenme a sacarlo de aquí! –les dijo Leonardo a los verdugos.

–Uy, Maestro, no podemos hacer eso –dijo Augusto.

–¿Por qué no? –le gritó Leonardo, entre lágrimas.

–Porque no. Usted bien sabe que a menos que tengamos una orden escrita del Duque o de su Excelencia, Bernardino da Corte...

–¿Cuánto quieren, eh? ¡Díganme!

–No se trata de dinero, a nosotros nos encantaría ayudarlo –dijo Franco.

–Pero no podemos –añadió Augusto.

–¿Qué le diríamos al Moro? –le preguntó Franco.

–¡Qué se escapó! –le replicó Leonardo.

–¿Escapó? ¡Ja, ja, ja! Ay, Maestro, por favor. Escaparse de aquí es imposible –le dijo Augusto, riendo a carcajadas.

–¿Un chiquillo como ése... escapársenos? –Franco también se reía–. Y supongamos que se pudiera llegar a... a un arreglo, Maestro. Cazarían al muchacho, a usted y a nosotros también, como ratas. Usted no pretende que nos corten la cabeza, ¿eh?

Con mucha delicadeza, Augusto llevó a Leonardo hasta la escalera, y dijo:

–Estoy seguro de que no.

Añadió Franco:

–Ahora sí, como nosotros lo apreciamos mucho, Maestro, en consideración, ya que parece que a usted le importa tanto, le doy mi palabra que el muchacho no va a sentir nada... antes que lo ahorquemos. Su muerte será rápida, no sentirá dolor. ¿Qué le parece?

–¡Quiero que lo dejen ir, eso es lo que quiero!

A Franco y Augusto les dio pena el maestro Leonardo. Estaban seguros de que al chico, como a otros, lo arrestaron por error, algo que ocurría bastante a menudo y causaba muchos dolores de cabeza porque, cuando se venían a dar cuenta, ya era muy tarde. Con todo y eso, no permitieron que Leonardo viera el muchacho, y terminaron pidiéndole que se marchara.

Leonardo insistió, ofreciéndoles oro, mucho oro, a cambio de su niño. Le dijo Franco:

–Maestro, por favor, que nos está complicando la vida. –No era la primera vez que alguien trataba de sobornarlos y ellos sabían de otros que se dejaron tentar, y terminaron con una soga al cuello–. Quizás es mejor que salga de aquí.

–Si desea –interpuso Augusto, ayudando a Leonardo en la escalera–, tráigale algo para que se cubra de noche, y ropa. No sé por qué, el muchacho está casi desnudo. A mí no me gusta ahorcar a gente mal vestida. Recuerde que el pueblo completo ve el cumplimiento de la sentencia.

–Esa es una excelente idea –le dijo Franco–. Otra cosa, tenemos tanto trabajo que no sé cuándo vamos a poder atender a ese pobre, y puede que esté en la jaula hasta el mes que viene.

–¡Salaí! –gritó el gran da Vinci.

–Ya, ya, basta, Maestro, por favor. Vamos, váyase para su casa, que aquí no va a resolver nada –le dijo Augusto.

Lentamente, con las lágrimas empapándole el rostro, Leonardo da Vinci subió la escalinata, mientras los verdugos lo seguían con la vista.

–¿Qué te parece eso, eh? –dijo Augusto cuando vio que la puerta cerró.

–No me sorprende. Ahora, yo nunca he visto a Maestro Leonardo tan afectado –observó Franco.

–No lo puedes culpar –dijo Augusto.

–Seguro que no –dijo el otro–. Me imagino que yo estaría igual si a mi chico lo condenaran de muerte. Sólo espero que el Moro no quiera que hagamos nada especial, después de todo, le dije al Maestro...

–Recuerda que es el Moro el que paga tu salario, no el maestro Leonardo –le recordó Augusto.

Seguidamente, los hombres continuaron su tarea, despellejando al pobre infeliz de la rueda, quien casi no daba señales de vida.

–¿Qué pasa? –preguntó Augusto, al ver que su colega no le daba vueltas a la manivela.

Franco movió la cabeza de lado a lado, y dijo:

–Se me ocurre una cosa. Sabes...

No pudo continuar porque, una vez más, oyeron el chillido de la puerta, y al levantar la mirada, vieron a Bernardino bajando la escalera, con mucho cuidado.

–¿Cómo carajo pretenden que aquí se trabaje cuando siguen interrumpiéndonos? –pensó Augusto.

–¿Bueno, y qué? –les preguntó el asesor del Duque, señalando al hombre de la rueda.

Respondió Franco:

–Nada, Vuestra Merced. Lo único que hemos podido averiguar es que se llama Clodilio, y nació en Padua. No ha mencionado a Roma, ni a la Santa Sede, ni a santos, ni nada que remotamente pueda interpretarse como «política apostólica».

Franco y Augusto se movieron a un lado para que Bernardino se le acercara al montón de huesos desnudos y sangrientos que casi ni recordaba a un miembro de la raza humana.

–Parece que está muerto –dijo Bernardino, acariciando el supuesto espía con bofetadas y pellizcos en las costillas.

–Le aseguro que está vivo –interpuso Franco, con toda la confianza de un maestro del arte de la tortura.

–Sin lugar a duda, Excelencia –añadió su colega con una mirada pensativa–. Puede que no esté muy vivo, pero ciertamente permanece entre nosotros.

–Échale agua en la cara –dijo Bernardino, sin estar convencido que el prisionero estaba vivo.

–Me disculpa, Excelencia –le dijo Franco, al mismo tiempo que evitó que Bernardino cogiera el cucharón del cubo de agua–. Eso no hace otra cosa que darle un baño y mojar el piso, y eso es un peligro.

–Sí, lo es, Vuestra Merced –interpuso Augusto–. Yo resbalé el año pasado y me rompí la cadera. No es necesario, créame. Tenemos otros recursos.

–Si me permite, Excelencia –le dijo Franco, esperando que Bernardino se moviera a un lado. Inmediatamente, le cubrió la boca y la nariz al prisionero, lo que resultó en un grito ahogado, acompañado por un vómito de bilis.

–Lo vas a matar –dijo Bernardino, un tanto alarmado.

–Con todo el respeto que se merece Vuestra Merced –interpuso Augusto–. Mi colega sabe lo que hace. En más de veinte años nunca ha matado a nadie que no tuviera que morir. Como puede observar, está forzando al prisionero a que respire. Eso es todo.

Franco se alejó de la rueda, regresó donde Bernardino, y dijo:

–Hacemos lo que nos indica Vuestra Merced. Es más, a veces me maravillo de nuestra ingeniosidad. Como puede ver, este individuo no es lo que yo llamo robusto. Hemos sido firmes, al mismo tiempo que hemos mantenido el daño a un nivel razonable, para no transportarlo al más allá. Usted me comprende, ¿verdad? Y otra cosa, después de hoy, este hombre no va a servir para nada, y va a usar su nueva condición de inválido y mutilado para mendigar por las calles. Mi humilde opinión es que ya tenemos demasiados inválidos arrastrándose por ahí.

–Lo quiero vivo –le dijo Bernardino.

–Vuestra Merced sabe que nosotros siempre tratamos de complacerle –interpuso Augusto–. Pero recuerde que no hay gran diferencia entre extraerle información a una persona y extraerle la vida.

Le dijo Franco:

–El colega tiene razón, mi señor, aunque estamos sólo para servirle.

–Hacemos nuestro deber –reiteró Augusto.

–Hagan lo que puedan. Por cierto, ¿han visto a Maestro Leonardo?

–Sí, Excelencia –le respondió Augusto–. Estaba muy alterado. Dijo que el chico ese que trajeron es uno de sus estudiantes.

–Era. Él «era» algo, aunque no sé si «era» un estudiante –Y Bernardino empezó a subir la escalera–. ¿No lo dejaron ver al muchacho, verdad?

–¡Ah, no, no mi señor! Sabemos muy bien lo que usted espera de nosotros, sí que lo sabemos –le respondió Franco.

–Excelente trabajo, ambos. Continúen, por favor –les dijo Bernardino, ya desde lo alto de escalera, a la vez que cerró la puerta y salió al patio del castillo.

–¿Sabes una cosa, Franco? –le dijo Augusto, agarrando los ganchos de la mesa–. Bernardino da Corte... no es tan antipático como dice la gente. ¿No crees?

El espectáculo X

Leonardo no logró nada; su desesperanza se hizo más aguda aún, porque el artista se dio cuenta que su influencia y autoridad en la corte de Ludovico estaban circunscritas a escoger colores, telas y a pintar paredes.

Esa noche la pasó sentado, mirando por la ventana, tratando de vislumbrar lo sucedido, ¡porque nada hacía sentido! ¡Sí estaba dispuesto a hacer cualquier cosa para salvar a Salaí!

El crimen del que acusaban al chico era tan horroroso que Leonardo no dudó, ni por un momento, de la inocencia del niño y ni Bernardino da Corte, ni el Moro lo podían convencer de lo contrario, a pesar de que, supuestamente, el Moro presenció el hecho. ¡La acusación era falsa y absurda; era una conspiración diabólica producto de una mente enfermiza! Pero, ¿a razón de qué? ¿Por qué hacerle daño a una persona... a un niño que nunca habían visto? ¿Por qué la misteriosa, ambigua y pavorosa advertencia de Bernardino que Leonardo no hablara con el Moro? ¿A qué le temía el Consejero del Duque? Quizás arrestar a Salaí fue su idea para desquitarse con Leonardo. ¿Por qué? ¡Por qué!

Leonardo sintió la fatiga apoderando su cuerpo; no sólo no durmió en toda la noche, sino que estuvo todo el día sin comer.

Estaba desesperado, y esa desesperación la acompañaba una angustiosa sensación de impotencia.

Se acordó cuando tenía diecisiete años, la vez que él y dos amigos pasaron la noche en un calabozo, en una celda sucia, infestada de ratas y sabandijas, después que las autoridades de

Florencia los arrestaran por comportarse como muchachos; cargos injustos que él nunca le perdonó a su ciudad natal. Nunca olvidó el bochorno ni la humillación del encarcelamiento, que fue la razón que lo motivó a abandonar a Florencia, y a buscar una nueva vida en Milán.

Leonardo llevaba once años trabajando para el Moro; conoció personalmente su gentileza, su modestia y su generosidad, además de que era un hombre bondadoso con el bienestar del pueblo siempre presente. A Ludovico le repugnaba la injusticia; el ser justo y ecuánime eran características de su persona porque él era un hombre de Dios, y un hombre de Dios cree en hacerle bien al prójimo y al desafortunado; un hombre de Dios es incapaz de matar a un niño.

–¿Maestro?

Leonardo no se dio cuenta cuando Lorenzo, Antonio y Marco entraron en la habitación. Ellos tampoco habían dormido y Marco no paró de llorar toda la noche.

Sus miradas le hicieron más difícil a Leonardo explicarles lo que sucedía; como Salaí, ellos también dependían de su amo.

Uno a uno los pupilos se entrelazaron en un abrazo con Leonardo y concurrieron con Sofía, quien le imploró al artista que apelara a Ludovico. Le dijo la cocinera:

–¡Es un hombre bueno, Maestro, es un hombre justo!

De pronto, y con una mirada distraída, Leonardo se sintió más determinado que nunca. Sin comer, y vestido con la misma ropa del día anterior, salió de la casa con los chicos persiguiéndole, hasta que se les perdió al virar una esquina.

–¿Qué quiere? –le preguntó Bernardino al Capitán de Guardia, quien entró en el despacho.

–Es Maestro Leonardo –le contestó el militar, colocando la mano en la empuñadura de su espada.

–¿Qué quiere ese hombre, ahora?

–Dice que le urge hablar con el Moro. Le expliqué que su Excelencia Ludovico nunca recibe a nadie antes de las nueve, lo que no pareció importarle, porque él insiste que se trata de...

Bernardino se reclinó hacia atrás, fijó la mirada en el soldado, y con una mueca, que el Capitán no pudo descifrar, dijo:

–Vida o muerte. ¿Es que usted no sabe que Maestro Leonardo es un hombre privilegiado, uno de los pocos mimados que mantenemos en la corte como recompensa por su falta de talento? Déjelo pasar de inmediato. Sí, por favor, ¡no haga al Excelentísimo Maestro perder más tiempo, hombre!

El Capitán rindió su saludo militar, y salió inmediatamente del despacho, un poco amedrentado porque creyó haber cometido una infracción al no permitirle la entrada a Maestro Leonardo. Su preocupación disminuyó cuando bajó las escaleras y oyó a Bernardino da Corte riendo a carcajadas.

–¡Pero qué hombre más imbécil! ¡Qué absurda temeridad! –se dijo el Consejero en voz baja, parado en la barandilla del corredor y viendo a Leonardo en rumbo al despacho del Ludovico.

–Espere aquí, por favor, Maestro –le indicó el Capitán, mientras pedía venia para molestar al Duque, a quien encontró al frente de un espejo muy grande, viendo cómo lucía con el disfraz de abeja.

Dijo Ludovico:

–Maestro Leonardo, ¿aquí? A buena hora. Esta cosa no me sirve. Dígale que pase.

El soldado salió de la habitación, sin siquiera pensar lo ridículo que se veía el Duque de Milán.

Dijo Ludovico al ver a Leonardo entrar en su habitación:

–¡Ah, buenos días, Maestro! Oiga, ¿no cree usted que el disfraz me queda un poco grande? ¿Pero, qué le pasa? ¡Se ve muy mal! Tome una silla, por favor.

–¡Excelencia, ha sucedido algo terrible, algo que no sé como explicarle a Vuestra Majestad! –dijo el maestro sin poder contener las lágrimas.

–Le escucho, y me perdona porque sé que me veo como un tonto, pero es culpa suya.

–¡Le ruego, Excelencia, van a ahorcar a uno de mis chicos, a uno de mis estudiantes!

–¿Qué fue eso? ¿Cómo es posible? ¿Quién dio la orden? –El Moro se le acercó a Leonardo–. El único degenerado bajo sentencia de muerte es un hijo de puta delincuente que entró a escondidas y... –Ludovico se detuvo porque no pensaba revelar la tragedia de la Princesa Beatrice–. También tengo a mi gente trabajando en un espía que acorralamos hace una semana, pero eso es todo. Maestro, ¿cree que puede ajustar la cintura un poco? –Y Ludovico pinchó exactamente dónde.

–¡Vuestra Merced, le ruego que me escuche! Ese degenerado, como usted dice, se llama Giacomo Caprotti. Tiene apenas catorce años y vive conmigo desde que era muy niño. Tiene que haber un error, Excelencia. Salaí... le decimos Salaí... él es travieso como todos los chicos de su edad, pero... es que no es posible, ¡es un chiquillo!

Despacio y sin denotar expresión alguna, Ludovico se quitó el disfraz.

Añadió Leonardo:

–¡Yo no sé que pasó! Su Excelencia Bernardino me dijo que encontraron a Salaí... –le tocó a Leonardo evitar lo inmencionable, aunque sí trató de explicar que Salaí jamás vio a una mujer desnuda–. ¡Excelencia, Salaí ni tan siquiera... !

–¡Basta! –interpuso Ludovico de repente, y con un gesto brusco–. ¡Silencio! –Su complexión oscura le cambió a púrpura, sus ojos reflejaron un odio ciego, y era tal el desprecio en su voz que Leonardo no supo que hacer– ¿Usted me quiere decir que ese cochino que atacó a Beatrice es su catamita? ¿Es eso lo que me vino a decir?

–Vuestra Majestad...

–¡Dije silencio! –Ludovico se le acercó a Leonardo–. ¡No se atreva a decirme que ha habido un error, que no ocurrió nada! ¡Yo lo vi con estos ojos, Maestro! ¡Lo encontré encima de mi Princesa!

Leonardo se tiró de rodillas, y dijo:

–Majestad, ¡eso es imposible! Por amor a Dios, ¡perdónelo! ¡Yo me hago responsable! Haré lo que me ordene, le trabajaré gratis todo el tiempo que quiera... sólo, ¡sálvelo, Majestad! ¡Salaí... Salaí es como un hijo... !

–¡Un hijo! ¡No me haga reír, idiota! –El Moro se arrancó el disfraz y permaneció descalzo y sin camisa–. ¿Cuánto está dispuesto a pagar por mi honor, Maestro, por mi dignidad? ¿Tiene usted tanto dinero? ¡De ahora en adelante, se me conocerá como un cornudo gracias a las desventuras del sodomita de Leonardo da Vinci! ¡Todo porque usted, Maestro, nunca le enseñó a esa mariquita a no compartir la polla! ¡Qué descarado, pretencioso y audaz es el muy sucio! ¿Por qué no se folló una puta, como su madre? ¡No! ¡Se tiró una princesa... a la esposa del Duque de Milán! –Ludovico soltó una carcajada envuelta en cólera e indignación mientras se paseaba de un lado a otro, gesticulando como un loco–. ¡Ah, esto sí que es sabroso! ¿A quién carajo le va a importar todo lo que he hecho por esta maldita ciudad? ¿A quién? ¿A quién le va a importar que convertí este pueblo de campo en el centro comercial más importante de Italia... quizás en la ciudad más fabulosa del mundo? ¡A nadie!

–Excelencia, no dudo de su palabra. Pero le ruego –continuó Leonardo–, le ruego reconsidere. Siento un gran bochorno y angustia, no sólo por Salaí, sino también por el dolor y la vergüenza que este incidente le ha causado a Vuestra Merced y a su distinguida Dama. Pero Excelencia, por favor, piense ¿cómo es posible que un chico como Salaí... un niño frágil y pequeño... cómo pudo adentrarse en la ciudadela? No sólo eso, ¿cómo pudo entrar en el despacho de la Princesa? Vuestra Merced es un hombre justo. No le ahogue la vida a un niño mientras exista la más remota posibilidad de que alguien más esté vinculado con este crimen. ¡Demuéstrele al mundo que es usted un verdadero y fiel seguidor del Cristo! ¡Sea imparcial... hasta cuando lo llama la venganza! –Todo eso dijo Maestro Leonardo, esperando que sus palabras conmovieran la caridad del Moro.

Le dijo Ludovico:

–¡Cállese la boca, so retrasado! ¡Cállese y lárguese de aquí antes de que lo mande con su marica al calabozo! ¡Guardia!

–¡Misericordia! ¡Por amor a Cristo, le pido misericordia! –gritó Leonardo, bebiéndose las lágrimas, cuando dos soldados lo tomaron por los brazos y lo escoltaron de malas, hasta la entrada de la ciudadela, donde encontró a Lorenzo, Antonio y a Marco.

–Maestro, ¿qué pasó? –le preguntó Marco, sollozando.

Respondió Leonardo:

–Van a matar a Salaí.

❁

–¡Bernardino!

Con mucha calma, el Consejero terminó su correspondencia, colocó el cálamo a un lado y salió a encontrarse con el Moro.

Ludovico permaneció detrás de su enorme escritorio, todavía sin camisa ni calzado y recibió a su asesor con máxima indiferencia, ignorando las múltiples reverencias que éste le rendía. Pensó Bernardino:

–¡Qué hombre tan poco atractivo! ¡Qué cuerpo tan fofo y velludo!

Le dijo Ludovico a Bernardino, sin dirigirle la mirada:

–Nunca dijiste que el hijo de puta que violó a Beatrice era... un estudiante bajo la tutela de Maestro Leonardo.

A diferencia de su modo usual de ser, con su marcado desinterés por todo el mundo, Bernardino miró fijamente al Duque y le respondió:

–Me vine a enterar ayer, cuando Maestro Leonardo se presentó en mi despacho. Pensé que la información no era importante y que quizás, podía distraer a Vuestra Merced en el momento que enfrenta una situación tan peligrosa... con Su Santidad llegando en un par de días, y los franceses listos en la frontera. Creo que usted debe mantener clara su mente, Excelencia, porque todo depende de ello. Lo demás no importa; y eso incluye a Leonardo da Vinci.

Le dijo Ludovico:

–¿Qué hacía ese muchacho en tu despacho?

Respondió Bernardino sin inmutarse:

–Vino a entregar unos dulces para la Princesa.

–Dulces... –dijo el Moro aparentando cierto desapego–. Y... ¿por qué te atacó?

–Parece que no quiso que le agarrara la polla –explicó Bernardino sin titubear.

–¿Y por qué le quisiste agarrar la polla? –le preguntó el Moro en el mismo tono de voz apático.

La expresión de Ludovico aunque severa, no le preocupó a Bernardino, quien le respondió:

–Para entretenerme.

–Tu entretenimiento me ha causado un gran sufrimiento –le dijo el Moro a su Consejero.

–Mis más sinceras y muy sentidas disculpas, Vuestra Merced –le dijo Bernardino, con otra reverencia–. Sí pienso, verdad... –añadió arqueando las cejas–, que de no ser por la confraternidad de la Princesa con el muchacho, lo hubiéramos arrestado sin ningún problema.

Un silencio que, a pesar de sus innatas cualidades de discreción, agobiaba al Duque, lo llevó hasta el otro lado de la habitación, y dijo:

–Maestro Leonardo ya no es bienvenido en la Corte. Dile que se largue de Milán lo antes posible.

Bernardino se quitó la gorra, acomodó la pluma, y se la puso debajo del brazo (la gorra), ajustándose el cabello con los dedos. Le preguntó Bernardino al Moro:

–¿Y el caballo?

–¡A la mierda con el caballo! –gritó el Moro, antes de estrellar la estatuilla del monumento con toda su fuerza, contra la pared.

–¿Y el fresco que lleva pintando tres años? –preguntó Bernardino en un tono dado a contradecir la violencia del Moro.

Le replicó Ludovico:

–¡O lo termina, o se queda sin terminar! Me da lo mismo. Ahora, ¡lárgate!

Cinco minutos más tarde, Ludovico entró donde Beatrice, le ordenó a las damas acompañantes a salir del despacho, cerró la puerta con el pasador, se llegó hasta la convaleciente, la levantó por el pelo y le dio tal bofetada, que la niña tropezó con la pared, al otro lado de la habitación; tan fuerte fue el golpe que Beatrice no tuvo tiempo de gritar.

–¡Puta degenerada! –le dijo su marido, dándole otro golpe en la cara.

La Princesa jamás se imaginó que su marido fuese capaz de pegarle. Es más, en tres años que llevaban de casados, Ludovico nunca ni le alzó la voz porque, hasta entonces, siempre estuvo locamente enamorado de la niña.

–¡Eres una sucia! –La ira de Ludovico, además de su indignación y la vergüenza que sintió, convirtieron al Duque en un hombre extremadamente peligroso, y Beatrice estaba aterrorizada–. ¡Ramera de mierda! –le gritó el Moro una y otra vez, agarrándola por el pelo y sujetándola para darle un puño que le rajó los labios, salpicando sangre. Desesperada, Beatrice trató de protegerse como pudo, agarrando cojines y abrazándolos con toda su fuerza–. Te lo tiraste, ¿verdad que sí? ¡Puta canalla! ¿Qué pasa, no te gustan los machos? ¿Tienes que buscarte a una mariquita, a un mariconcito... al amante de Leonardo da Vinci para que te folle? ¡Sucia! –Ludovico repitió el asalto antes de tirarla al suelo y encaramársele. También le desgarró la ropa, le apartó las piernas, y con insufrible violencia, la penetró a la vez que la insultaba–. ¿Qué son esas marcas que tienes en las tetas, puta? ¿Al mariquita le gusta chupar tetas, eso es? ¡Sucia! –Y el Moro le dio un apretón en el seno que los gritos de la Princesa se oyeron fuera de las inmensas murallas de la ciudadela.

Durante quince minutos la Princesa Beatrice sufrió la inclemencia del Moro. Ludovico era el Duque de Milán, además de ser su marido; la vida de Beatrice estaba en sus manos y en ese momento no valía nada. Como toque final para completar la terrible humillación, Ludovico le insertó el mango de su puñal en el ano a su Beatrice–. ¡Esto es lo que debiste hacer con ese maricón, puta! ¡Así hubieras compartido el placer!

Horrorizadas, algunas de las damas de Beatrice le rogaron a Bernardino que interviniera; él las mandó a salir de su despacho, mientras los escalofriantes lamentos de Beatrice espantaban hasta los cuervos.

Por fin, el Moro se levantó de encima de Beatrice. Eran las once de la mañana.

–*¡Bernardino!*

–¡Pero qué rayos quiere ahora! –se preguntó el Consejero, arreglándose la gorra, y abriéndose paso entre cortesanos y las damas de Beatrice, que corrían por los pasillos, todos alarmados por el escándalo.

–¿Excelencia? –le dijo el Consejero, entrando en el despacho de Beatrice.

Ludovico señaló a su esposa, inconsciente y sangrando en el piso. Le dijo a Bernardino:

–Esa puta... ¡quiero que la desnuden, que le afeiten la cabeza, y que la tiren en un calabozo!

–Excelencia –interpuso Bernardino–, le ruego tome en cuenta que no importa lo sucedido, Beatrice d'Este es hija del Duque de Ferrara, uno de los pocos aliados que le quedan. Reconsidere, por favor. Usted no puede echárselo en contra.

–¡He dado una orden! –le gritó el Moro.

Bernardino rindió su reverencia, llamó a los soldados y repitió las instrucciones del Duque. Dos damas de la Princesa se le tiraron a los pies a Ludovico, rogándole clemencia, pero él las abatió con su cinto, antes de huir en busca de su amante Cecilia Gallerani, quien a pesar de todas las protestas y advertencias de Beatrice, nunca abandonó la ciudad.

Entre tanto, Augusto y Franco terminaron con el desafortunado Clodilio, cuando un soldado les llevó la orden para que tuvieran lista una celda para Beatrice.

Era la primera vez que la esposa del regente de Milán visitaba el calabozo. Sin duda, las parejas de la realeza sufrían los mismos malentendidos que el resto de la humanidad. Sí, conocían de reyes, duques y príncipes que habían envenenado, ahorcado y degollado a sus cónyuges, pero eso era algo que sucedía en otros lados, no en Milán. Dijo Franco:

–No debemos ponerla con el chico.

–Seguro que no –respondió Augusto–. Tenemos sitio de sobra.

No pasaron diez minutos cuando los soldados entraron cargando a la Princesa; la colocaron en una celda y Franco le puso una mordaza para que no los volviera locos con sus gritos. Además, le arrancaron lo que llevaba puesto, la ataron a la pared, y entre los dos, le afeitaron la cabeza.

El trauma fue tan espantoso que Beatrice perdió el conocimiento, hasta el día siguiente. Dijo Augusto:

–¿Tú crees que Ludovico ordene su muerte?

–No creo –le contestó Franco. Me da la impresión que una vez el Moro se tranquilice, enviará por ella. Sabes que él es así. Verás que volverá a ser su favorita. Por eso debemos tratarla con respeto y rendirle toda la cortesía posible.

Al otro día, Dios pudo arrancar el sol y las nubes del cielo. No importó que el amanecer fue bello y resplandeciente; para Leonardo da Vinci esa fue la mañana más negra de su vida.

Él y sus estudiantes merodearon por las afueras del castillo, tratando de ver como podían rescatar a Salaí, aunque todos, incluyendo Leonardo, hubieran preferido escapar de la ciudad, dejar atrás la locura que les amenazaba todo. La mente del maestro era un caldero quemándose en una hoguera; iban a matar a Salaí y él no podía evitarlo.

«¿Me ama?»

Leonardo estaba demacrado, ojeroso. De vez en cuando miraba la torre y gritaba: «¡Van a ahorcar a Salaí!»

El campanario marcó las doce del mediodía, y las doce dieron paso a la una, y la una no tardó en convertirse en las dos. Dijo Maestro Leonardo:

–¡No podemos permitir que lo maten!

Los chicos no se atrevieron a decir nada, ni siquiera para consolar a su amo. Ellos también entendieron el cruel destino que azotó a su amigo y se dieron cuenta que sus vidas estaban a la merced de los duques, los reyes, los príncipes, y hasta de los miembros de una iglesia encabezada por un cura omnipotente, tan cruel como cualquier tirano.

La sentencia se pautó para las tres de la tarde y la gente empezó a congregarse frente al fuerte, llegándose hasta la Torre de Filarete.

Gracias a que hacía un poco de fresco, los habitantes de Milán aprovecharon el evento para pasear con sus familiares. Varios vendedores ambulantes ofrecieron vino, frutas, quesos, pequeños figurines de víctimas de la horca, e íconos religiosos que garantizaban proteger a la ciudadanía de las maldiciones pronunciadas por los perjudicados en el momento que los empujaban al vacío con una soga al cuello; era un día glorioso para la horca.

Media hora antes de ejecutar la sentencia, Augusto afiló una navaja enorme, tan afilada que brillaba en la oscuridad, mientras Franco mudó al desafortunado espía Clodilio, de la rueda.

–¿Listo? –le preguntó Franco a su compañero.

–Me imagino que sí –le contestó Augusto.

–¿Tienes alguna duda?

–Yo nunca tengo duda de nada. Sigue, que se nos está haciendo tarde.

Con su acostumbrada parsimonia, Augusto abrió la celda de Salaí y encontró el muchacho arrinconado en una esquina, aterrorizado, sucio y con el cuerpo lleno de moretones.

–Me da pena no cumplir con la promesa que le hicimos a Maestro Leonardo –le dijo Franco a su compañero.

Al ver aquel monstruo que se le acercaba, Salaí se ensució encima, cerró los ojos, y se dio por vencido.

❁

La peste a sudor de las masas era insoportable, y su regocijo le dio náuseas a Leonardo. Aturdido, él tropezó varias veces con gente a su alrededor, y por poco se cae en una fuente de ninfas y ángeles, que decoró para el Duque de Milán.

–¡Maestro, por favor, cálmese! –le dijo Antonio.

–¿Qué me calme? –le gritó Leonardo–. ¡No te das cuenta que van a ahorcar a Salaí! ¿No ves lo que pasa? –Leonardo agarró al chico por los hombros y lo sacudió de tal forma que Antonio comenzó a llorar–. ¡Van a... van a asesinar a mi niño!

–¡Maestro! ¡Mire que nos arrestan! –intervino Lorenzo, ojeando los soldados a la entrada del castillo.

–¡Maestro, por favor! –le suplicó Marco, entre sollozos.

–¡Dulces! ¡Tengo dulces! ¡Confites de anís con almendras! –anunció Tomasino, con una tabla colgando del cuello, donde mantenía las golosinas. Él aprovechó que su madre estaba mejor de salud, y salió a vender dulces frente al castillo.

Al ver a Tomasino, Leonardo cayó de rodillas y empezó a reírse como un desquiciado.

Marco estuvo a punto de darle una tunda al confitero, pero Lorenzo lo agarró por el brazo, y le dijo:

–Ahora no. Más tarde... lo agarramos más tarde.

De pronto, calló la muchedumbre. Todo el mundo levantó la vista y vio a cinco soldados tomando su lugar. Como de costumbre, los ciudadanos abuchearon, rieron y terminaron aplaudiendo cuando el prisionero se presentó con su escolta de verdugos (encapuchados, para que no se les reconociera).

No hubo discursos, sermones ni ritos religiosos. Franco y Augusto subieron al tope de la torre, le pusieron la soga al cuello al prisionero y colgaron los preciosos rizos rubios de Salaí, de la Torre de Filarete.

–¡Mi niño! –gritó Maestro Leonardo.

–¡Dulces! ¡Tengo dulces! ¡Confites de anís con almendras! –dijo Tomasino.

Personaje del pasado XI

De Alejandro VI haber llegado a Milán esa tarde, el Santo Padre hubiera visto a la milicia induciendo a los milaneses (a razón de empujones y amenazas) a desalojar la plaza frente a la ciudadela. Maestro Leonardo, quien se mantuvo de rodillas frente a la Torre de Filarete, también tuvo que alzar vuelo.

Según las órdenes del Moro, el cadáver de Salaí permanecería colgando hasta la bajada del sol, cuando Augusto y Franco lo regresarían al calabozo para descuartizarlo y arrojarlo al río.

Los chicos ayudaron a su amo a regresar a la casa, como a un ciego; Marco y Lorenzo lo sostenían por los brazos y Antonio les abría paso entre el gentío.

Todos estaban tan atolondrados que, al llegar, no se dieron cuenta que la puerta de entrada estaba entreabierta; o si lo notaron, creyeron quizás, que a Sofía se le olvidó cerrarla, al partir ellos para el castillo.

–¡Sofía! –llamó Lorenzo.

Los muchachos llevaron a Leonardo a su habitación y al entrar, encontraron a un hombre sentado en la cama, escarbándose las uñas con un puñal.

Por supuesto, nadie, a excepción del artista reconoció al Cachetero, aunque en ese momento se encontraban en un cuarto bien alumbrado; contrario al oscuro y apestoso callejón donde se vieron por primera vez. Preguntó Leonardo, con una voz ronca, atormentada por la tragedia:

–¿Qué... qué hace aquí?

La pregunta confundió al hombre. Él se encogió de hombros y se tocó el pecho con la cuchilla. Dijo el Cachetero:

–¿Qué hago aquí? El Turco me dijo que usted me quería ver. ¿No le dijo dónde yo podía encontrarlo a usted? Pues, aquí me tiene.

Leonardo se dio cuenta de que los chicos estaban asustados.

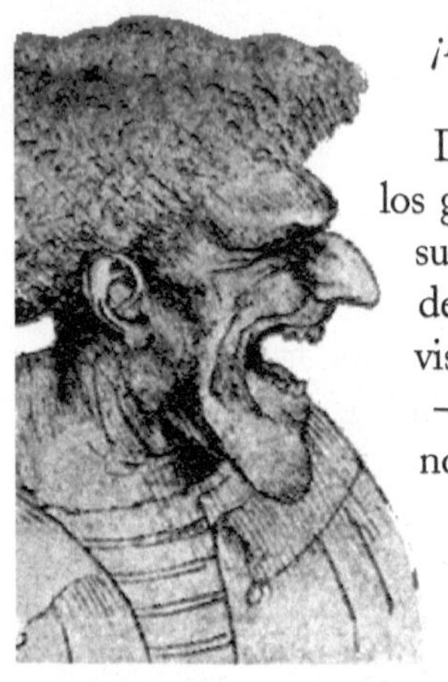

El Cachetero

¡Mataron a Salaí!

Del otro lado de la residencia, se oyó los gritos de Sofía, quien daba con toda su fuerza en la puerta del armario donde el Cachetero la encerró. Añadió el visitante:

–Esa vieja... no le pasó nada... sólo que no me quiso dejar entrar.

Leonardo jamás vio un ser más repugnante y asqueroso, y les pidió a los chicos que salieran de la habitación y se encargaran de Sofía.

Dijo el Cachetero:

–Me costó trabajo llegar aquí. El Turco dijo que me convendría y ese mojón nunca miente. Je, je, je. No me haga perder tiempo. ¿Entiende?

Leonardo miró al hombre fijamente, y le dijo:

–¿Verdad que usted no se acuerda de mí? –El Cachetero indicó que no–. Si tiene la bondad, –añadió Leonardo–, párese al lado de la ventana.

–¿Para?

Leonardo cerró los ojos por un instante; tenía un dolor de cabeza terrible. Le dijo:

–Necesito verlo en la luz.

–¿Para qué? –repitió el Cachetero, en un tono más despreciable que irrespetuoso, y sin moverse de la cama–. ¿Para empezar, que carajo quiere conmigo? Le advierto que soy caro pero no va a encontrar a nadie mejor que yo. –Y el Cachetero le ofreció la morisqueta que usaba en lugar de una sonrisa.

–¿Mejor? ¿En qué? –le preguntó Leonardo, convencido que el ladrón estaba bajo la impresión que lo iban a contratar para matar a alguien.

De pronto, Sofía y los muchachos entraron en la habitación, ella con un ataque de histeria y Lorenzo con un garrote.

–¡Maestro! –le gritó la cocinera.

–¡Fuera de aquí... todos fuera! –ordenó Leonardo, empujándolos hacía la puerta.

–¡Pero Maestro! ¡Ese canalla... !

–¡Lorenzo! ¡Antonio! –Leonardo señaló para que los chicos se llevaran a Sofía para la cocina.

Bajo protesta y secándose las lágrimas con la punta de la falda, ella le dio un sopetón a la mano de Lorenzo, y salió muy ofendida, denunciando al Cachetero como un maleante desgraciado.

Leonardo cerró la puerta, y dijo:

–¿A qué se dedica?

–Soy mago –le contestó el hombre–. Hago desaparecer gente, aunque depende de quién, y cuánto está dispuesto a pagar.

–¿Me ama?

–¿Un... duque? –preguntó Leonardo, al rato.

El Cachetero guardó el puñal, movió la cabeza de lado a lado, y dijo:

–No, no. No trabajo la nobleza. Esa gente siempre anda con guardaespaldas.

–Pues tiene suerte, porque lo único que me interesa es que pose para mí –le dijo Leonardo.

–¿Qué pose?

–Pose, posar, sabe... para dibujarlo. ¿Le interesa?

–Depende.

–Le pagaré siete soldi.

–Catorce.

–Muy bien, catorce.

Maestro Leonardo abrió la puerta y encontró a los chicos tratando de oír lo que pasaba en la habitación; los tres armados con cuchillos y garrotes.

–¿Qué hacen?

La expresión de los muchachos fue tal, que aun sin olvidar a su adorado Salaí colgado de la Torre de Filarete, Leonardo no tuvo otro remedio que sonreír.

–¿Quién es ese tipo? –preguntó Antonio, aparte.

–Judas –contestó el maestro, en voz baja–. No hay por qué preocuparse. Trae la libreta y unos cuantos lápices. Y usted –le dijo Leonardo al hombre–, pase a la ventana, quítese la gorra y no se mueva para nada.

Un momento más tarde, con los chicos observando desde el pasillo, Leonardo llevó a papel la despreciable apariencia del Cachetero.

El modelo hizo todo lo que se le indicó, probablemente por primera vez en su vida. Sus ojos expresaban la mirada de un hombre sin miedo ni alma. Maestro Leonardo capturó la esencia de aquel ser perverso; todos los detalles de su maldad; la nariz rota y curvada, los retazos de barba y la depravada mueca con que lo agraciaba todo.

Finalmente, con un floreteo del lápiz, Leonardo dio por terminada la sesión y el Cachetero quedó firmemente grabado en las páginas de la libreta del gran da Vinci.

El hombre se puso la gorra, y dijo, riendo a carcajadas:

–Por otros cinco soldi dejo que me pinte el culo... o la polla, si lo prefiere.

–¿Catorce soldi, dijo usted? –le preguntó Leonardo, asqueado por el tipo, y parándose en la puerta con los brazos cruzados–. Según mis cálculos –añadió–, usted me robó veinte soldi hace unos días. Ah, se me olvidó... usted no se recuerda de mí. En todo caso, veinte menos catorce son seis, así que usted me debe seis soldi. –Por segunda vez, el Cachetero pareció estar confundido–. Le agradeceré que me pague lo que me debe, y se largue de mi casa. –El Cachetero permaneció impasible–. ¿Qué le pasa? ¿Está sordo? Es posible que como usted es un ladrón y un cobarde que sorprende a la gente en callejones oscuros...

Lorenzo, Antonio y Marco creyeron que Maestro Leonardo había perdido la razón. ¡El hombre de seguro lo iba a matar!

El Cachetero contestó la insolencia del artista con una risa burlona. Tiró la cabeza hacia atrás, desenfundó su navaja, y con el movimiento de una serpiente acorralada, arremetió contra Leonardo.

El maestro esquivó el ataque y le dio un puño en la cara al ladrón, que le tumbó los pocos dientes que le quedaban, antes de caer al piso. El Cachetero trató como pudo de levantarse cuando recibió una patada en las costillas que lo hizo soltar el puñal.

Seguidamente, Leonardo lo agarró por la garganta, le apretó la tráquea, lo reventó contra la pared, lo tiró por las escaleras y le rompió la caja musical del pasillo, en la cabeza, lo que resultó doloroso y muy a tono con el coro de campanas.

De estar en un callejón a la orilla de una cloaca, donde de repente el Cachetero sorprendía a sus víctimas, el hombre sin duda, hubiera tenido la ventaja. Sin embargo, en aquella casa bien iluminada, donde la indignación y la ira de Maestro Leonardo se sobreponían al sentido común, el ladrón tuvo suerte de salir con vida. Después de todo, el artista era un hombre en pleno vigor, bien alimentado, fuerte y saludable; con manos que no descansaban, ya fuera montando andamios o repicando mármol; él no era un desgraciado obligado a robar para sobrevivir.

Seguidamente, Leonardo abrió la puerta de entrada, lo arrastró por el pelo, le estrujó la cara en un montón de mierda de caballo, y le dijo:

–¡Si lo veo otra vez, esté seguro que lo mato!

Con los vecinos presenciando la humillación de aquel maleante, Leonardo regresó a su casa, aseguró la puerta, subió a su habitación, abrazó a los chicos, y todos se rindieron a la angustia.

¡Salaí ha muerto!

❁

Leonardo y los chicos salieron temprano por la mañana, para el monasterio, durante una ventolera que arropó la ciudad. Ellos estaban conscientes que, a pesar de lo sucedido, tenían que seguir adelante con sus vidas, aunque la ausencia de Salaí desatara otro encuentro de tristeza.

Antonio buscó el pigmento que necesitaban y ya, para a las nueve, todo estaba listo para terminar el fresco de la pared; sólo faltaba incluir el dibujo del Cachetero, junto a los otros apóstoles y al Cristo.

Leonardo aplicó el yeso y trazó la silueta del dibujo cuando dos soldados entraron al refectorio.

–¿Leonardo da Vinci? –dijo uno.

–¿Qué quiere? –le preguntó Leonardo desde el andamio.

–Venga con nosotros... órdenes de su excelencia Bernardino da Corte.

Leonardo desmontó la plataforma y le dijo a los muchachos:

–No se preocupen. Debe ser una tontería. Recojan un poco... si desean, den un paseo por el pueblo.

–¡Pero Maestro! –le dijo Lorenzo, siguiendo a su amo hasta el portón de entrada.

❁

Estaban a una cuadra de la entrada al castillo, cuando Leonardo se detuvo y le pidió a los soldados un momento para reponerse. Se sintió mareado y tuvo dificultad para respirar. No se atrevió a levantar la mirada, por miedo a que los restos de Salaí todavía estuvieran dando golpes contra los ladrillos de la torre.

–Ah, Maestro Leonardo –Bernardino lo recibió desde su escritorio–. Nuevamente, le ruego que perdone la molestia. Gracias por venir. Sé lo ocupado que está. –Leonardo notó que los soldados permanecieron en el despacho, como dos estatuas enormes, inmutables y sin mover una pestaña.

–¿Qué quiere conmigo? –preguntó el maestro, sin disimular el odio que sentía.

¡Asesinaron a Salaí!

–Maestro, ¿conoce usted a un hombre que se llama Juan Pablo Reto? –le preguntó el Consejero del Duque.

–No.

Bernardino se llegó donde Leonardo, y le dijo:

–Qué interesante. Él dice que lo conoce a usted.

–A mí me conoce mucha gente –contestó Leonardo.

–Lo sé –respondió Bernardino inclinando la cabeza–. Lo único es que... Juan Pablo... no es admirador suyo. Todo lo contrario. Una patrulla lo encontró casi sin sentido, frente a su residencia, Maestro, y lo trajeron aquí. –Bernardino señaló a los soldados, quienes salieron del despacho para regresar minutos más tarde con el Cachetero, cuya cara estaba hinchada y cubierta en sangre–. ¿Lo reconoce ahora, Maestro? –añadió Bernardino señalando al hombre, a quien los soldados obligaron a sentarse en una silla en medio del despacho.

Dijo Leonardo:

–Ese hombre es un ladrón, me asaltó en un callejón.

–¿No diga usted? ¿En serio? ¡Increíble! –Bernardino soltó una risa, que disfrazó con un gesto burlón de la boca–. ¿Y por qué le pidió usted al Turco... creo que así se llama... que se comunicara con este hombre, para usted entrevistarse con él? ¿Por qué invitarlo a su casa? ¿Para darle una paliza? ¿Qué razón pudo tener el gran Leonardo da Vinci para invitar a... esta ralea a su hogar?

Respondió Maestro Leonardo:

–Quería que posara para la pared.

–¿La pared? –dijo Bernardino–. Oh, ya veo. Usted se refiere al fresco. Sí, tiene sentido. No se preocupe que no le voy a preguntar para cuál de los discípulos usted lo pretende. Lo que no entiendo y necesito que me explique, Maestro... entonces, ¿por qué darle una paliza?

–Me atacó; trató de apuñalarme –le contestó Leonardo, fríamente.

Indignado, el Cachetero se puso de pie, y dijo:

–¡Vuestra Merced! ¡El cabrón es un mentiroso!

El arrebato le costó que uno de los soldados le diera un puño en las costillas que lo obligó a sentarse de nuevo y mantener silencio.

–Quiso dinero... que le pagara –añadió Leonardo.

–¿Por qué?

–Por posar –explicó Leonardo–. Lo que sucede es que él no me reconoció; ignoraba que me robó frente a la taberna del Turco... que me puso un puñal a la garganta. Así que cuando fue a mi casa y me pidió que le pagara por posar, yo le dije que me devolviera la diferencia entre el dinero que me quitó en el callejón y lo que yo le debía. Fue cuando trató de apuñalarme. Se merece la tunda.

Lentamente, Bernardino se llegó hasta Leonardo quien, con brazos cruzados, permaneció de pie, y le dijo:

–Este hombre alega que usted lo contrató para matar al Duque.

–¿Cómo fue?

Añadió Bernardino:

–Y que cuando se negó, usted se puso furioso.

–¡Está loco! –dijo Leonardo, dejando caer los brazos. Estaba aterrorizado; sus cachetes ardían de indignación y su agudo dolor de cabeza no mejoraba–. ¡Ese hombre es un criminal! –añadió, señalando al Cachetero–. ¿Cómo le va a creer lo que dice?

Bernardino les indicó a los soldados que regresaran al Cachetero al calabozo, y con su sonrisita burlona, le dijo al maestro:

–Es mi experiencia que ser criminal y mentir tienen muy poco en común. Sí, es verdad que aquéllos al borde de la ley mienten, pero usualmente lo hacen para salir de un aprieto. Ese no es el caso aquí. Ese tipo es... era un ladrón, un asesino descarado; estuvimos meses detrás de él... me imagino que debemos estarle agradecido, Maestro... y le digo esto porque él sabe que le queda poco tiempo, y por lo tanto, no tiene por qué mentir. Eso es lo que me preocupa, sabe, porque el hombre insiste que usted quiso asesinar al Moro.

–¡Eso es ridículo, absurdo! –dijo Leonardo, casi a gritos–. ¡Por amor a Dios! ¿No se da usted cuenta que ese cobarde quiere desquitarse conmigo? ¡Digo, la intención es clara! –le replicó Leonardo, encolerizado y con las rodillas temblando de miedo–. ¡Niego todo, excepto lo que ya le dije!

–No le creo –le dijo Bernardino en voz baja, mientras caminaba al otro lado del despacho–. Está mintiendo.

Leonardo iba a insistir su inocencia, cuando Bernardino levantó la mano, y dijo:

–¡Silencio! No quiero que diga una palabra más. Sí quiero que preste atención, ¡idiota! No crea por un segundo que no lo mandaría directito para que sufriera el mismo destino de su Giacomo. No crea ni por un segundo que el Moro levantaría un dedo para evitar que lo ahorquen; es más, tengo órdenes de prohibirle a usted la entrada a la ciudadela. En otras palabras, Maestro Leonardo, el Moro no quiere saber de usted. Le advertí que no le dijera lo de Giacomo, pero como siempre, usted cree que lo sabe todo. Bueno, ya tiene su respuesta. ¿Qué cree usted que haría nuestro estimado Ludovico si yo le digo que el agraciado Leonardo da Vinci conspira contra él, para vengarse por la muerte de su marica? Déjeme decirle que usted tiene mucha suerte de que yo no puedo corroborar la acusación en su contra. De lo contrario, usted no pinta otra pared, se lo aseguro. Ahora oiga bien, regrese al monasterio y termine su trabajo. Su Santidad llega pasado mañana y vamos a develar el fresco, esté o no esté terminado, esté o no esté usted presente, ¿comprende? En cuanto se devele el fresco, usted empaca y se me larga de la ciudad. Espero no verlo nunca más, Maestro –añadió Bernardino abriendo la puerta y deseándole los buenos días a Maestro Leonardo.

No hizo Leonardo más que salir de los terrenos del fuerte, cuando se arrinconó contra la muralla y vomitó, antes de echarse a llorar. No sólo había perdido a Salaí, y su posición en la corte, también por poco pierde la vida.

Después de caminar quince minutos por el pueblo para tranquilizarse un poco, Leonardo regresó al refectorio donde laboró más de tres años; un lugar que se convirtió en su segundo hogar; donde pasó largas horas con sus chicos y siempre con Salaí.

Algunos monjes que se acercaron a la puerta quedaron sorprendidos al ver al ilustre Maestro Leonardo abrazando a los muchachos.

–¡Vamos a acabar con esta tragedia! –dijo Leonardo, agarrando su mandil, determinado a no salir del comedor hasta terminar su obra maestra.

Eran como las cuatro de la tarde cuando Leonardo soltó el pincel, se limpió las manos, desmontó el andamio, se llegó al otro lado del salón, y con Lorenzo, Antonio y Marco a su lado, se detuvo a mirar el fresco, y dijo:

–Por fin.

No hubo celebración alguna, sólo un gran alivio.

–¿Qué te pasa? –le preguntó Leonardo a Lorenzo, quien no le quitaba la mirada.

–¿Eso es todo? –preguntó el chico, sorprendido por la falta de entusiasmo de Maestro Leonardo.

–A menos que tú quieras pintar otra pared. Tienes tres para escoger; sí necesitan un poco de color. Ahora, vas a trabajar solo, porque yo no pinto más paredes.

En otra ocasión, Leonardo y los chicos hubieran salido a celebrar. Pero el triunfo estaba vidriado de amargos y tristes recuerdos, porque no recordaban un solo instante desde el primer momento en que Maestro Leonardo y sus estudiantes entraron al refectorio, en que Salaí no estuvo haciendo de las suyas.

–Marco, cubre la pintura.

–¡Maestro Leonardo! –dijo Fray Bandello, entrando a toda prisa, y con una sonrisa de oreja a oreja–. ¿Ya se enteró? Su Santidad llega en un par de días, y el Moro lo invitó para la develación del fresco. Oh, pero qué honor más grande, ¿no cree, Maestro?

–¿Para quién? –le preguntó el maestro.

–¿Cómo que para quién? ¡Para todo el mundo! Le digo que el abad está que no cabe en las sandalias. Tenemos que prepararlo todo para darle la bienvenida al Santo Padre; nunca hemos tenido una visita tan célebre. Oiga, tiene usted mucha suerte.

Leonardo se encogió de hombros.

–Un momento –dijo Bandello conteniendo su entusiasmo–. ¡Dios mío! ¡Usted no ha terminado! ¿Cómo es posible que el Moro traiga al Papa a una develación cuando no hay nada que enseñar? ¡Qué desastre! –Y como no tenía mucho pelo, el pobre fraile se haló las orejas.

–Calma, hermano –le dijo Leonardo–, no se preocupe. El Cenáculo... está listo.

Fray Bandello miró la pared, y dijo:

–¿Qué? ¿Cómo? ¿Cuándo?

–Hace unos minutos.

–¡Y por qué no me lo dijo antes! ¿Es que me quiere dar un infarto? ¡Es un milagro!

Leonardo y los chicos creyeron que Fray Bandello se iba a poner a bailar, pero sólo le agarró las manos a Leonardo, y dijo:

–¡Oh, Maestro, no sabe lo que esto significa! Pero, ¿qué le pasa, hombre? ¿Por qué esa cara? Se le ve triste, Maestro. No lo culpo. Después de tantos años trabajando en algo, y llega un día... y todo se acabó, ¿eh? No le miento si le digo que yo estoy muy contento. Y estoy seguro de que usted, aunque no lo demuestre, también lo está. Je, je, je. Me imagino que tendrá que buscar otra cosa que hacer. ¡Ay, Dios querido! Estoy tan acostumbrado a correr para aquí y para allá detrás de usted. –Fray Bandello soltó una carcajada–. Le voy a decir un secreto, Maestro. ¿Sabe por qué yo me desesperaba cuando no lo veía montado en ese andamio?

Leonardo le respondió con una media sonrisa y cruzado de brazos:

–Creo que me lo mencionó en más de una ocasión.

Añadió Fray Bandello:

–Antes que usted emprendiera el proyecto de la pared, el arte, la pintura y todas esas cosas, para mí no eran más que una pérdida de tiempo; un pasatiempo frívolo de hombres que poseen un peculiar sentido del deber y cuyas prioridades son un poco raras. ¿Por qué no dedicar ese tiempo y la fortuna que conlleva, laborando para Cristo, haciendo caridad; dándole de comer al pobre y ayudando al enfermo? –Bandello dio media vuelta y señaló la pared–. Entonces, pude observar como usted y sus muchachos luchaban con la pared día tras día, meses y años hasta que me di cuenta una tarde, de que ¡esa pared blanca, ese pedazo de nada empezó a cobrar vida! Ah, Maestro, es usted el que está retratado en la pared; en la cara de Simón, en la expresión de Tadeo y Bartolomé; la gracia de su alma está tallada en el rostro de Jesús.

–Y en el de Judas también –le dijo Leonardo.

Fray Bandello bajó la mirada por un segundo, y dijo:

–Yo me considero muy afortunado de haberlo visto trabajar. Quiero que sepa que me va a hacer falta, Maestro.

Leonardo sonrió. Para bien o para mal, Bandello se convirtió en la rutina cotidiana del artista; y Leonardo sabía que iba a echar de menos al viejo. Quizás por eso, en ese momento esquivó su mirada y le dijo:

–Como usted me va a hacer falta a mí.

–Oiga, ¿cree que pueda darle un vistazo? –le preguntó Bandello, luego de una pausa.

–Hermano –le dijo Leonardo amonestándolo con el dedo–. Usted sabe que nunca enseño una obra antes de la develación.

–¿Cómo lo voy a saber? Yo nunca he visto que usted termine nada –dijo Bandello, resignado a esperar.

–Espere, ¿para dónde va, hombre? No sea tan impaciente –le dijo Leonardo cuando el fraile se dirigió a la puerta.

Es posible que fue el sol, que en ese momento decidió bañarlo todo con una luz gloriosa y mágica que se colaba por las dos ventanas a lo alto de la pared. Pero, cuando cayó la lona que protegía el Cenáculo, la pintura adquirió una resplandeciente corona que hizo que Bandello se quedara sin aliento. Dijo el fraile, uniendo las manos para dar gracias al Señor:

–¡Extraordinario! Y veo dónde hizo los cambios... pequeños, sutiles, pero evidentes. Y ese Cristo, ¡qué hermoso! ¡El Judas! –añadió el hermano Bandello, persignándose dos veces–. ¡Qué cosa más odiosa! ¡Qué criatura más infame!

–Sí, lo es –dijo Leonardo.

–¡Temible!

–Usted lo dice y no lo sabe.

Si Fray Bandello hubiera sido otro, y si no hubiera estado en el refectorio del monasterio, en fin, si Bandello hubiera estado en cualquier otro lugar, posiblemente se hubiera puesto a brincar y a bailar de alegría. Pero no, lo que hizo fue felicitar a Maestro Leonardo una y otra vez, antes de salir corriendo para anunciarle a todos que el distinguido, el prodigioso, el inimitable maestro Leonardo da Vinci por fin, terminó su obra maestra a tiempo para recibir al Santo Padre.

El zorro y la serpiente XII

Así como al refectorio del monasterio lo bendijo un despliegue de luz celestial, al despacho del Moro lo maldijo la sospecha y el malhumor.

Ludovico el Moro, el Cardenal Sforza, y Bernardino examinaron cuidadosamente el mapa de las defensas de la ciudad, en compañía del General di San Severino, probablemente el hombre más hombre de todo Milán; apuesto, alto; con la tez arrugada por las inclemencias del clima, una melena prematuramente gris, una voz profunda como un terremoto y un apetito voraz por las jóvenes campesinas que llegaban hasta su campamento.

De acuerdo con el plan, el Moro y su eminente pariente le darían la bienvenida al Papa al otro lado de las murallas que protegían a Milán. Seguidamente, y a invitación del Duque, el Santo Padre y el séquito apostólico desfilarían por la ciudad, saludando calurosamente al populacho, hasta llegar al convento, donde en honor al Sumo Pontífice, pensaban develar el fresco de Leonardo da Vinci.

Le preguntó San Severino al Moro:

–¿Conoce Vuestra Merced a César?

Respondió Ludovico:

–Lo conocí cuando apenas tenía dieciséis años. Muy simpático el chico.

–El chico creció –intervino su eminencia–. Es un asesino– añadió, contando lo sucedido a don Alfonso, Duque de Bisceglie–. No exagero cuando digo que la Curia tiembla al verlo pasar.

–Porque son unos cobardes –dijo el Moro–. Es fácil impresionar, imponérsele, e intimidar a un grupo de curas que nunca ha estado en el frente de batalla. Pero no se apure, Eminencia, yo no soy cura, y no soy un chico indefenso. Creo que esta reunión prueba lo que digo, ¿sí?

El plan era simple, lo que aseguraba su éxito. Una vez Alejandro y sus acólitos entraran a Milán, el General di San Severino cercaría al resto de los soldados de la Santa Sede a las afueras de la ciudad, para evitar que rescataran al Santo Padre. Dijo Ludovico:

–Bernardino...

–¿Excelencia?

–Cuando veas al legado, averigua exactamente el número de soldados que marchan con Alejandro. No quiero sorpresas.

–Sí, Vuestra Merced.

–No hay necesidad, Excelencia –interpuso San Severino–. Tengo dos hombres en camino a encontrarse con la caravana... en secreto, por supuesto. Como quiera, los cañones ya están emplazados y no importa si Alejandro marcha con doscientos o con doscientos mil. Una vez tengamos las tropas de Alejandro bajo control, le hago llegar la noticia y usted dispone de los Borgia a su conveniencia.

Terminada la reunión, Bernardino salió a toda prisa de la ciudad para reunirse con el legado del Santo Padre. El encuentro fue bastante fuera de lo común, porque se llevó a cabo a la luz del día y no durante las horas de la noche, que es cuando suelen reunirse los espías y los traidores, entre las sombras y el vacío del silencio que sólo inquietan los susurros de la intriga.

En un denso bosque donde un zorrillo espiaba desde su madriguera, sus bigotes temblando de miedo, Maquiavelo se recostó sobre un árbol. Su caballo, color castaño oscuro, masticaba tranquilamente un arbusto cuando una bandada de faisanes, del susto, levantó vuelo, indicando que alguien se acercaba.

Le dijo Bernardino desmontando su montura:

–Disculpe la tardanza. Estuvimos reunidos hasta hace poco. De parte de la Corte de su Excelencia el Duque Ludovico Sforza, le doy la bienvenida a Vuestra Merced. Esperamos que disfrute su estadía en nuestra gloriosa ciudad.

–Se le agradece la cortesía –le respondió Maquiavelo, sonriendo.

–Su Santidad... ¿llegará a tiempo?

–Justo a la hora que se acordó –contestó Maquiavelo.

–Muy bien. Por favor, hágale saber al Santo Padre y a César que lamento no poder recibirlos en persona. Quizás otro día, cuando los vientos partidistas no estén tan turbulentos.

–Cómo no –respondió Maquiavelo–. Ambos le están muy agradecidos.

Bernardino ofreció una reverencia, le entregó una carta timbrada con su sello oficial, y dijo:

–Yo siempre he creído que es importante no dejarse arrastrar por las ráfagas de la política.

Maquiavelo estaba de acuerdo. Se llegó hasta su caballo, se echó las alforjas al hombro, y le replicó:

–Le tengo una pregunta. La carta de Leonardo da Vinci al Moro, ¿era mentira?

Bernardino encogió los hombros, y contestó:

–No según el ilustre artista.

Maquiavelo le entregó las alforjas al consejero del Moro, y preguntó:

–¿Por qué nos la hizo llegar?

Le respondió Bernardino con su sonrisa burlona:

–Pensé que, de Su Santidad preocuparse lo suficiente, hubiera hecho desaparecer al supuesto maestro. Tiene que admitir que fue una manera astuta para deshacerme de ese patán con ínfulas de... otra cosa. Una pena que no dio resultado. ¡Uy! –añadió, sintiendo el peso de las alforjas que se desbordaban de monedas de oro–. ¡Cómo pesan! –Como era una persona muy cuidadosa, soltó las cubiertas, verificó el contenido, dio un paso atrás y ofreció otra reverencia.

Minutos más tarde, los dos hombres se montaron en sus caballos, y desaparecieron entre las ramas caídas y la majestuosa floresta del bosque.

–Enhorabuena –pensó una serpiente que se escurría entre las rocas–. No me gusta la competencia.

❁

Bernardino regresó a la ciudadela, mientras Maquiavelo se llegó hasta el perímetro de las tropas milanesas, y le dijo a un grupo de soldados haciendo guardia:

–Tengo un mensaje urgente para el General di San Severino.

–Identifíquese –ordenó uno de los soldados y Maquiavelo enseñó sus credenciales, con el sello de la Santa Sede–. Sígame, si tiene la bondad.

El legado del Papa arribó a una caseta azul oscuro, con un impresionante escudo dorado, a lo alto de la entrada, indicando el rango y la importancia jerárquica del General San Severino.

Antes de permitirle entrar, los guardaespaldas del General tomaron las riendas del caballo de Maquiavelo y se aseguraron que él no estuviera armado.

San Severino estaba de pie, detrás de una mesa cubierta de mapas. Le dijo el General, de forma brusca y cubriendo los mapas sobre la mesa, con un tapiz:

–Hable. Estamos muy ocupados.

Maquiavelo rindió su reverencia, mostró una carta que llevaba el sello del Santo Padre, el de César Borgia, el de Luis XII de Francia y el del Rey de España. Le dijo a San Severino:

–Entiendo, mi General, que usted ha sido víctima de un engaño. Le informaron que el Santo Padre viaja con sólo doscientas cincuenta tropas. No es verdad. –Maquiavelo fijó su vista en el General, y añadió–, aunque tampoco viaja con doscientas mil.

San Severino levantó la vista, sorprendido, y de sus mejillas se apoderó una palidez enfermiza. Aparentemente, alguien reveló los planes para la defensa de Milán. Añadió Maquiavelo:

–Alejandro viene acompañado del ejército de la Santa Sede, veinticinco mil soldados en total, incluyendo a cinco mil mercenarios suizos. Además, a ese impresionante ejército lo respalda la mitad del ejército de Francia y cuatro mil tropas españolas, gracias a la generosidad de Fernando de España; todo con tal de proteger a Su Santidad, Alejandro VI. También le hemos dejado saber a sus tropas... a las tropas milanesas... que Alejandro excomulgará a todo aquel que se atreva levantar armas contra la Santa Sede. Pocos cristianos, a pesar de su afiliación política, arriesgarán quemarse en el infierno por atacar al mensajero de Cristo en la tierra, al sucesor de Pedro. ¿Y usted, mi General? ¿Cree que vale la pena perder su vida y su alma por ayudar a un hombre como Ludovico Sforza? ¿No prefiere usted ser parte del ejército triunfador?

La exhortación tuvo impacto. San Severino tomó asiento y calculó los pormenores de la situación. Luego de un momento, le dijo a Maquiavelo:

–¿Cómo sé que lo que usted dice es cierto? Esto puede ser un truco de César.

Maquiavelo respondió con una sonrisa en el momento en que dos oficiales entraron a la caseta, muy alborotados con la alarmante noticia de que las tropas enemigas habían llegado hasta el perímetro del campamento milanés donde aparentaban esperar la orden de ataque. Le dijo uno de los soldados:

–¡Son miles de miles, mi General!

El disgusto se marcaba claramente en el rostro del galán San Severino. No tenía duda que alguien traicionó a Ludovico. Le habían tendido una trampa y sus tropas estaban rodeadas. Atacar sería cometer suicidio. Preguntó San Severino con una expresión triste y confusa, fijándose en el hombre vestido de negro, al otro lado de su escritorio:

–¿Qué pretende usted que yo haga?

Respondió Maquiavelo:

–Nada.

❁

Bernardino encontró al Moro en la capilla, donde el hermano de éste ofreció una misa y oraciones pidiendo protección divina para una aventura de mucho riesgo.

Le preguntó Ludovico a su Consejero:

–¿Cómo te fue?

Respondió Bernardino:

–Todo está listo.

El Moro, acompañado por su hermano y Bernardino da Corte, salió de la capilla, camino a su despacho, y dijo:

–Sella el castillo. Nadie ha de entrar o salir de la ciudadela, hasta nuevas órdenes. Estamos en guerra. Otra cosa, saca a Beatrice del calabozo. Que la bañen, la vistan, y... me la traigan aquí.

Bernardino ofreció sus reverencias, y Ludovico y su Eminencia entraron a las habitaciones del Duque.

Sus damas recibieron a la Princesa con besos y abrazos. Beatrice tenía la cabeza afeitada, la cara demacrada, el cuerpo cubierto de golpes y heridas y seguía aturdida por su encuentro con los verdugos. Inmediatamente, las mujeres la llevaron a su habitación, la sentaron en una bañera de agua tibia, y con mucho cuidado y cariño, la bañaron, la perfumaron y la vistieron con un traje suelto, para que la tela no hiciera contacto con las heridas.

Dijo Silveria:

–Sé que su excelencia Ludovico está ansioso por verla. Dicen que fue su hermano, el Cardenal, quien le pidió que la perdonara. Yo no creo. El Moro la adora, mi señora, y se le hace imposible estar enojado con usted.

–¿Oyó que Su Santidad está rumbo a Milán? La ciudad está preparándole una tremenda bienvenida –interpuso otra de las mujeres, ajustándole las zapatillas.

Una hora y media más tarde, Beatrice entró en la habitación de su marido. Aunque le dolía el cuerpo, la Princesa mantuvo su mirada imperiosa y desafiante.

El Moro no le prestó atención y Beatrice tuvo que permanecer parada, y esperar. Al rato, Ludovico le hizo señas para que se le acercara. Ella tomó la mano de su esposo, la besó y le rindió una reverencia.

Una semana antes, Ludovico jamás lo hubiera permitido, pero en ese momento, él esperaba que ella fuera sumisa y obediente. Le dijo a su esposa:

–Eres, de nuevo, dama y señora del castillo. Eres, de nuevo, mi Princesa. Dicho eso, lo que pasó, pasó y no lo puedo olvidar. Has de recobrar todos los privilegios de la corte, pero has perdido el derecho a exigirme nada. De ahora en adelante, haré lo que me dé la gana, veré y me reuniré con quien me dé la gana, tendré cuantas amantes se me antojen, y no te voy a permitir ni ataques de celos, ni rabietas infantiles, ni malhumor. Si no estás de acuerdo con mis condiciones, puedes volver a casa de tu padre. De permanecer en la Corte, piensa en tener hijos; entiendo que los niños alivian el aburrimiento. Ahora vete, regresa a tu habitación que tengo mucho que hacer.

Beatrice rindió otra reverencia, mantuvo silencio y salió del despacho.

–¡Quién se lo hubiera imaginado! –pensó el Duque, sorprendido por el cambio en la Princesa. Quizás, el secreto para tratar con mujeres obstinadas y orgullosas, era ingresarlas en un calabozo por una o dos semanas. ¡Quién lo hubiera creído!

Esa noche, Ludovico se entretuvo con su amante mientras que a los soldados responsables de proteger el castillo, se les ordenó regresar a sus cuarteles, dejando sólo tres reclutas para proteger el portón principal.

La pomposa y extravagante caravana de Alejandro VI alcanzó las afueras de Milán al amanecer. Su caseta, fabricada de seda blanca y bordada con hilo de oro, aliviaba un poco el calor, mientras dos delicados pajes abanicaban al Sumo Pontífice con plumas de avestruz.

El Vicario de Roma vistió de blanco con una sotana, birreta, y zapatillas de armiño; a su lado estaba su mitra, la misma que llevaría puesta para recibir a Ludovico y saludar a los milaneses.

Alrededor de la caseta apostólica estaban las casetas de la Curia, con todos los príncipes de la iglesia de muy mal humor, por el largo viaje.

Le preguntó el Papa a Maquiavelo:

–¿Qué se trae Ludovico? ¿Por qué tarda tanto?

–Entiendo que es un hombre que se toma su tiempo para todo –le respondió el florentino.

–¿Y César?

Maquiavelo se le acercó al Santo Padre al oído, y le dijo:

–Fue a reunirse con San Severino.

A lo lejos, Alejandro vio varios jinetes que se acercaban al campamento apostólico. Aunque no reconoció al Moro, la sotana roja del Cardenal Sforza hizo contraste con el azul del cielo de la mañana. Dijo el Papa:

–Ah, ahí vienen.

Un monje le colocó la mitra en la cabeza al Santo Padre, haló una soga, e hizo que la caseta cayera al suelo, rodeando el trono apostólico de seda blanca, como las nubes en el reino de Jesús.

Seguidamente se les informó a las eminencias la llegada del Duque, y la Curia se congregó a ambos lados del Sumo Pontífice.

Ludovico llegó acompañado de su hermano y cinco soldados, dejando a Bernardino da Corte a cargo de la ciudadela. El Moro, vestido con una chaqueta larga de terciopelo verde claro, y una gorra abullonada del mismo color, con una pluma blanca de adorno, desmontó su corcel blanco, se arrodilló, besó las apostólicas zapatillas, y dijo:

–Santo Padre, bienvenido a Milán.

–Hijo –le dijo Alejandro, ayudando con delicadeza a Ludovico a ponerse de pie, y besándolo en las mejillas, antes de prestarle atención al Cardenal Sforza, quien también se arrodilló para besarle la mano al Papa.

–Hermano Sforza –le dijo Alejandro, antes de dirigirse a la Curia y a los visitantes–. La Paz es el regalo más preciado que Dios le ha concedido a sus hijos. Es con alegría que los abrazamos de todo corazón.

Pasó un rato con Ludovico y el Papa hablando del clima de Roma, del clima de Milán y de otras tonterías, cuando decidieron emprender la marcha por el pueblo.

Le dijo Ludovico:

–Hoy promete ser un día muy especial, Santidad. Le vamos a mostrar las mejoras que le hemos hecho a la catedral. Le digo, con toda modestia, que no va a encontrar nada más extraordinario que el Duomo... aparte de la catedral de San Pedro... por supuesto.

Lentamente, el Papa levantó la mano y fijó la mirada en la Curia, confiriéndole a cada cardenal, una sonrisa. Dijo Alejandro:

–¡Ludovico de Milán es un ser iluminado!

La aprobación apostólica fue unánime, mientras Ludovico se preguntó quién era el hombre vestido de negro, parado detrás del Santo Padre.

Algo mortificaba al Moro; un pensamiento que, aunque fugaz y nebuloso, poco a poco y hasta sin querer, iba esclareciendo en su mente, como el verde del valle por la mañana, cuando se levanta la neblina.

Dijo el Moro:

–Santidad, le tenemos una sorpresa. Leonardo da Vinci, uno de nuestros más grandes artistas, ha creado una espectacular representación de la Última Cena de nuestro Señor, en el convento de los dominicos, la cual develará ante su consagrada presencia.

Los milaneses aclamaron al Papa y él les devolvió el cariño saludándolos con gestos decaídos, porque tenía mucho calor y la incomodidad de la mitra le estaba acabando la paciencia. Le preguntó el Papa a Ludovico:

–¿Ese es el Leonardo del monumento ecuestre más extraordinario de la historia?

–Sí, Santidad. Leonardo da Vinci; su genio asombra –le respondió el Moro, sin percatarse de la imperceptible sonrisa de Maquiavelo.

Entretanto, los cortesanos, los embajadores y los otros distinguidos miembros de la corte, incluyendo Cecilia Gallerani, desocuparon la ciudadela. Sólo se les permitió permanecer en sus puestos a un grupo de cinco soldados, a un par de sirvientes y a las damas de Beatrice.

Bernardino, quien estuvo en su despacho marcando el tiempo, esperó a que Ludovico fuera a encontrarse con el Papa, y cuando escuchó la bienvenida que Milán le ofrecía al Sumo Pontífice, se ajustó el cinto y se dirigió a la habitación de Beatrice.

Anunciando su llegada con un leve golpe en la puerta, el Consejero ordenó a las damas a que dejaran la habitación.

Asombrada por la impertinencia, Beatrice lo miró con un odio inequívoco. Le dijo:

–¿Cómo se atreve a entrar sin que lo llamen? ¡Cómo se atreve! –La Princesa entonces se dirigió a Silveria–. No se muevan. ¡Se los prohíbo! ¡Quédense donde están!

Desgraciadamente, la mirada de Bernardino fue suficiente para que las mujeres rindieran reverencia, y con un millón de excusas y pidiendo perdón, fingieron mucha angustia y salieron de la habitación tan rápido como les fue posible.

–Señora –le dijo Bernardino–, ellas hacen lo que yo les digo, no lo que usted les prohíbe.

A la Princesa se le acaloraron los cachetes, y dijo:

–¡Atrevido! ¡Se lo voy a decir a mi esposo!

–No, fíjese que no.

–¿Ha perdido la razón, desgraciado... sinvergüenza?

–No, fíjese que no –repitió Bernardino–. Usted, por otro lado, es una infeliz, una arpía sin encanto que no tiene atractivo y ciertamente carece de madurez e inteligencia.

–¡Ja!

–No sabe lo que me alegro que le entretenga –añadió Bernardino en un tono burlón–. Le pregunto... ¿le gustaron los dulces? –y Bernardino señaló la cajita vacía encima de la mesa de la Princesa.

A Beatrice le tomó un par de segundos, pero al caer en cuenta, sus ojos se agrandaron, se cubrió la boca con las manos, y se sintió desfallecida porque estaba a punto de morir.

–Sabe... –le dijo Bernardino, ya en la puerta–, eso mismo le sucedió a mi mujer... por glotona. Pronto usted quedará trinca; su cuerpo se pondrá color púrpura, se le pudrirán las entrañas y acabará en una fosa donde los gusanos gozarán de su cadáver. Sí, –añadió–, yo soy un sinvergüenza, pero usted, señora, está camino al infierno. Pase Vuestra Merced muy buenos días –añadió Bernardino rindiéndole una última reverencia a Beatrice d'Este.

❁

La develación
XIII

Bajo la luz de antorchas y velas, Maestro Leonardo y sus discípulos desmontaron el andamio, barrieron y lavaron los pisos, limpiaron las otras paredes del refectorio y las taparon con delicados tapices de seda blanca. Al «Cenáculo» lo cubrieron con una cortinilla de seda color plata, agarrada de una delicada cuerda de seda del mismo color, con un penado de plumas.

En el centro del comedor, frente a la obra de arte, los dominicos colocaron una pequeña plataforma sobre una alfombra persa, para el trono del Santo Padre.

Era más de media noche cuando Leonardo y los muchachos, a punto de salir, se detuvieron en la puerta y le echaron un último vistazo al comedor que durante tres años fue su segundo hogar. Ellos se miraron el uno al otro, consciente que faltaba un miembro de la familia. En honor de Salaí, nadie dijo nada y regresaron a la casa, a dormir unas horas, antes de la ceremonia y la develación del fresco.

Pocas cosas deleitan a un pueblo más que un desfile; es una diversión que, como cuando ahorcan gente en las plazas, no cuesta nada y siempre sirve para festejar. Los milaneses, ignorantes de la animosidad entre el Santo Padre y Ludovico Sforza, recibieron al Papa con besos, flores y alabanzas.

Luego del recorrido de la ciudad que duró más de una hora, la procesión apostólica llegó al convento donde el Abad, un hombre grueso, con cara simpática, y su grupo de dominicos, además de Leonardo y los muchachos, le dieron la bienvenida a Su Santidad.

Leonardo vistió su vestimenta más fina, con calzas color marrón, camisa blanca de seda, y una chaqueta azul de terciopelo que acariciaba el suelo, bordada con hilo de seda plateado y adornada con piedras semipreciosas.

Lorenzo, Antonio y Marco, también lucían muy elegantes, especialmente Lorenzo, quien aparentaba un aire de madurez. Todos estaban ansiosos y entusiasmados porque, además de develar la pintura de su amo, ellos tendrían el privilegio de estar en presencia del Papa.

Los chicos se colocaron en una esquina debajo del fresco, al lado de su amo. A Lorenzo, por ser el mayor, se le otorgó el honor de halar la soga para revelar «el Cenáculo» de Leonardo da Vinci.

La idea de tapizar las otras paredes fue un éxito porque convirtió al salón en una escultura de luz que, al develar el fresco, crearía un contraste con los colores vibrantes de la pintura, exponiendo el genio del maestro da Vinci.

En cuanto los visitantes entraron al comedor, el Abad le indicó a los acólitos dónde colocar la silla del Papa, con el Duque Ludovico parado a su lado.

Dijo Ludovico:

–¡Maestro Leonardo... si tiene la bondad... acérquese!

Leonardo rindió reverencias, primero al Sumo Pontífice y luego al Duque de Milán.

Dijo el Papa, ofreciendo su mano:

–Así que éste es el gran Leonardo.

–Un genio incomparable, Santidad –interpuso Ludovico, con una afectuosa y calurosa sonrisa.

Otra humilde reverencia del maestro, cuando vio de reojo a su amigo Maquiavelo, quien permaneció al lado de la puerta de entrada.

Entre tanto, un batallón Francés lentamente tomó control del centro de la ciudad. Al mismo tiempo, Bernardino, le repartió el oro enviado por el Santo Padre a sus oficiales, y ordenó que levantaran el rastrillo para que las tropas francesas, bajo el mando del Capitán Elosio Capobianco, se apoderaran de la ciudadela.

Al ver que las cosas no estaban como empezaron, Augusto y Franco se pusieron camisas, y se prepararon para huir del fuerte por una salida secreta que los llevaría a un terreno abandonado, a las afueras de la ciudadela.

–¡Espérate! –le dijo Franco.

–¡No hay tiempo! ¡Corre! –le contestó Augusto, justo cuando dos soldados franceses tumbaron a golpes la puerta del calabozo.

Dijo uno de los franceses:

–¡Carajo, qué peste!

Dijo un segundo militar:

–Aquí no encontramos a nadie vivo, te lo aseguro.

–¡Fuera todo el mundo! –ordenó el oficial Francés–. ¡Su Santidad Alejandro VI les confiere la libertad! ¡Lárguense! ¡Vamos!

Los hombres fueron celda por celda, y entre las víctimas, encontraron los restos del Cachetero.

Al otro lado de las murallas de la ciudad, el General di San Severino le notificó a las tropas que, de ese momento en adelante, estaban bajo el mando del Comandante del Ejército Apostólico, César Borgia.

En menos de dos horas, la dinastía Sforza de Milán llegó a su fin (por el momento), y todo sin la muerte de un solo soldado ni el disparo de un cañonazo.

Por otro lado, Ludovico, quien se encontraba en el refectorio, totalmente aislado de su ejercito, seguía confiado en que su complot contra Alejandro se iba implementando con exacta precisión.

Con su rostro mostrando un grado de humildad que le sentaba muy a gusto, el Duque pidió la venia del Santo Padre para que su hermano ofreciera una oración, y una vez conferido el favor y enunciada la súplica al Todopoderoso, Ludovico hizo la siguiente presentación:

–El maestro Leonardo da Vinci ha laborado años en el fresco que tenemos el privilegio de develar ante Vuestra Santidad. La obra celebra no sólo la grandeza de nuestro Señor Jesucristo, sino la formidable determinación del espíritu del ser humano. Milán se enorgullece, Santísimo Padre, de que usted sea testigo del fruto y del legado artístico de uno de los más grandes y eminentes exponentes del arte en el mundo. –Durante el corto discurso, con los dedos entrelazados y llevando sus manos al pecho, Ludovico, repetidas veces pareció un poco distraído, pensando que Alejandro VI no era más que un cochino hijo de puta, a quien él personalmente iba a escoltar al calabozo–. Por lo tanto –añadió el Moro, con una sonrisa–, ¡este evento se lo dedicamos a la grandeza de Roma y al sucesor de Pedro!

Su Eminencia, el Cardenal Sforza fue el primero en aplaudir, seguido de todos los que se encontraban en el comedor, cada uno más incómodo que su vecino, gracias al horrible calor del refectorio.

Fue entonces, en ese preciso instante, con el sudor bajándole por los cachetes, que se cristalizó la preocupación del Duque, desde que besó la mano al Santo Padre, esa mañana: «¿Dónde está César Borgia?»

–Maestro –dijo el Moro–, cuando guste.

Leonardo rindió sus reverencias, se llegó hasta la pared, levantó la mano, e iba a dar la orden para develar el fresco, cuando se dio vuelta y se dirigió al Papa. Dijo Leonardo:

–Santidad, si me permite unas palabras...

Alejandro le respondió con una sonrisa forzada, porque el pobre hombre se estaba sofocando de calor y le picaba mucho la mitra que tenía puesta.

Con un gesto de su mano, Maestro Leonardo logró que todos en el refectorio le prestaran atención. Dijo:

–Aunque trabajar esta pared fue una inspiración y una fuente de gran júbilo, fue hace apenas unos días, que pudimos combinar todos los elementos de la pintura que representan exactamente lo que yo siento. Su mirada, Santo Padre, va a correr de un lado a otro del dibujo, fijándose en los pequeños detalles que se incorporaron para ilustrar la cena de nuestro Señor Jesús con sus discípulos durante la noche de la pasión; desde la pureza del Cristo hasta la infame traición del Judas. Además, representados en los rostros de Simón, Tadeo y Bartolomé, es más, en cada uno de los apóstoles de la pintura, están la duda y el horror cuando... cuando nos damos cuenta... que no importa nuestra fama o fortuna, o lo que hayamos logrado en vida, no controlamos nuestro destino. –Leonardo le dio una mirada al Moro, quien se veía distraído y al parecer, preocupado–. ¿Por qué? ¿Por qué tenemos que vivir aterrorizados por hombres que asesinan niños, hombres que torturan, que mutilan y que someten a los hijos de Dios a sus abominables antojos? ¿Quiénes son estos hombres que nos controlan de tal forma? –Y Leonardo entrelazó los dedos como si estuviera rezando–. ¿Quiénes son estos hombres que ordenan que despellejen a los inocentes, antes de romperles los huesos con el único propósito de hacerlos sufrir? –La concurrencia quedó atónita porque Leonardo nunca le quitó la mirada a Ludovico–. ¿Quiénes son estos hombres, que contra todos los mandamientos, contra todo lo que nos enseña la Santa Palabra de Nuestro Señor, se atreven a cometer tales atrocidades? –La pregunta, aunque ciertamente retórica, causó que los prelados se persignaran–. ¿Quiénes son estos devotos hombres ilustres –añadió el maestro–, que pasan las mañanas de rodillas en oración, y seguidamente y sin el más mínimo remordimiento, sentencian a niños a la horca? ¿Quiénes son? ¿Quién les da derecho? ¡Quiénes son estos hombres! –Otra persona hubiera sucumbido al llanto. No Leonardo. Es verdad que lo abrumaba el sufrimiento, pero la furia y su indignación no tenían límite–. ¿Qué importa crear maravillosas obras de arte para el disfrute de la humanidad, si estamos a la merced de estos hombres que no tienen misericordia... a la merced de tiranos?

Ludovico se mantuvo impasible durante la diatriba, hasta que no aguantó más, se le acercó al Papa, le dijo algo al oído, caminó despacio a donde Leonardo, le puso la mano en el hombro, le dio la espalda al resto del salón, y en voz baja pero firme, le dijo:

–No hable más mierda y enseñe la pintura.

Leonardo inclinó la cabeza y dio la señal para que Lorenzo develara «el Cenáculo».

Contrario a la pesada y ordinaria lona, la cortina de seda cayó al suelo lenta, silenciosa y delicadamente; como el suspiro de un ángel. Los presentes se maravillaron con la obra de Leonardo da Vinci, rindiéndole la reverencia que merecía, justo cuando un grupo de monjes y César Borgia entraron al refectorio.

Poco a poco, el Papa Alejandro dejó su silla sin quitarle la vista a la pintura, y dijo, acompañando el elogio con una carcajada:

–¡Maestro Leonardo, su obra sobrepasa nuestras expectativas! ¡César! ¿Dónde está el Príncipe Borgia?

Inmediatamente, y como de costumbre, las sotanas rojas se apartaron hacia los lados y César se llegó hasta su padre; su elegante y apuesta presencia en contraste con aquéllos que le rodeaban.

–¡César, ven para que veas esto! –le dijo Alejandro, extendiéndole la mano a su hijo–. ¡Es increíble, eres idéntico al Cristo!

¿Cómo? –dijo Leonardo en voz alta, fijando su mirada, primero en César y luego en el Cristo de la pared.

Todos en el comedor se preguntaron lo mismo: «¿Cómo era posible?»

Maquiavelo se le acercó al artista y al oído, le dijo:

–César Borgia, el déspota, la pura personificación del diablo en la tierra... lo escogiste para el Cristo, Leonardo.

Todo ocurrió tan rápido que Maestro Leonardo no entendió lo que le dijo su compueblano, hasta que César se llegó donde él.

–¿Fray Valentín?

–No, no Fray Valentín, Maestro –interpuso el Papa Alejandro, llegándose hasta ellos–. Duque de Valentinois... es el título conferido al Príncipe Borgia por el Rey de Francia.

–¡No puede ser! –dijo Leonardo, anonadado. De haber un andamio, el artista hubiera subido a toda prisa para borrar la cara del Cristo.

Le dijo César, en voz baja:

–Lo siento mucho, Maestro Leonardo. Créame, no fue mi idea humillarlo o hacerle quedar mal, pero, como usted comprende, aquella noche en su casa... no podía decirle quien era. Lo siento.

–¡Esto es intolerable! –gritó Ludovico, aunque nadie, ni siquiera sus guardaespaldas, le prestó atención–. ¡Borren ese adefesio ahora mismo! ¡Tumben esa pared! Y usted, Maestro Leonardo...

El Moro sacó un puñal y trató de llegarle al artista, pero César intervino, al mismo tiempo que los monjes de la Santa Sede que lo acompañaban, se levantaron los hábitos, desenfundaron sus espadas y rodearon al Duque de Milán.

Le dijo César empuñando su espada:

–Excelencia. Por la autoridad que me confiere su Santidad Alejandro VI de Roma, y como Comandante del Ejército Apostólico, le ordeno que suelte su arma. Es usted mi prisionero.

En sólo segundos Maestro Leonardo se convirtió en espectador, y dejó de ser la estrella del evento.

Cuatro miembros de la escolta de César Borgia agarraron a Ludovico y a su hermano, Ascanio Cardenal Sforza (quien perdió el don de la palabra) y los trasladaron a empujones a un calabozo a esperar la llegada del Rey de Francia.

Pese a la conmoción, reinaba un aire festivo en el comedor de los dominicos. Los acompañantes del Papa y los frailes, incluyendo al hermano Bandello, quedaron maravillados de que, el fresco no sólo era una obra de arte extraordinaria, sino que desde ese momento, ellos disfrutarían sus comidas bajo la severa e imperdonable mirada del Príncipe César Borgia.

Aparte del Moro y de su hermano, la única otra persona verdaderamente sorprendida por lo acontecido fue Maestro

Leonardo, quien se sostuvo del brazo de Maquiavelo para no caer desvanecido.

Dijo Alejandro:

–César, querido hijo, no sabes lo curioso que estamos... ¿cómo conseguiste poner tu cara en la pared? Y Maestro Leonardo... –el Papa se le acercó al artista–, el fresco es bello. Lo felicito. Oiga por cierto, tenemos una pared... bueno, es más que una pared... es un techo completo; la capilla del Papa Sixto... necesita un poco de color. Déjenos saber si le interesa. Es mucho trabajo, lo sabemos, pero nosotros apreciamos a los artistas, y siempre les pagamos bien. Tremendo, Maestro... el Cenáculo... una inspiración, excelente, sí, precioso, todo quedó muy bien. Felicidades.

Y antes que nadie se diera cuenta, el Santo Padre se quitó la mitra, se la soltó a uno de sus ayudantes, se despidió de los presentes y regresó a Roma.

Le dijo Maquiavelo a Leonardo:

–Te advertí que al Moro no le quedaba mucho tiempo. Ahora bien, no pienses que has perdido a un mecenas, piensa que encontraste al Papa –añadió riendo–. Caramba, nunca te he visto tan molesto. ¿Qué te pasa? –Leonardo no le respondió y Maquiavelo se fijó en los muchachos–. Falta uno. ¿Dónde está... cómo se llama... el rubito, Salaí?

–Señor Nícolo... –llamó un monje desde la puerta.

Maquiavelo le rindió una leve reverencia a su amigo, pero antes de salir, le dijo:

–Has ganado muchos amigos esta tarde, Leonardo, gente poderosa. Estoy seguro de que nos veremos antes de lo que te imaginas.

Fray Bandello esperó a que Maquiavelo saliera del comedor, e inmediatamente ordenó traer las mesas y los bancos del refectorio, determinado a tener el sitio listo para la cena esa misma noche.

–Bueno, Maestro –le dijo Lorenzo, al salir del monasterio–. Espero que el Moro le haya pagado, porque sino...

El maestro se encogió de hombros, y mantuvo silencio.

Dijo Antonio:
–Ahora la pintura le pertenece al mundo.

❁

La confusión reinó en Milán. Las tropas del ejército apostólico, junto con soldados franceses, exhortaron a los ciudadanos a que permanecieran tranquilos durante el cambio de gobierno. Hasta la llegada de Luis XII, Milán sería un protectorado de César Borgia.

¿Qué pudieron hacer los habitantes de la ciudad? Nada. Como explicó Maestro Leonardo en su presentación, no eran dueños de su destino. Todo siguió como antes, aunque de camino a su casa Leonardo y los chicos vieron a un par de soldados franceses golpeando a un hombre. Aparentemente, era lo mismo de siempre; los que pueden, abusan; los que no, sufren.

Al llegar a la casa, el maestro se retiró a su habitación y no salió en el resto del día. Los muchachos estaban un poco desconcertados por la incertidumbre que ahora reinaba en el hogar de su amo. Sabían que existía la posibilidad de que tuvieran que regresar a sus familias, aunque era posible que el maestro le pidiera a Lorenzo que permaneciera con él porque el muchacho tenía verdadero talento. La permanencia de Antonio y Marco sí dependía en gran parte de que Maestro Leonardo quisiera aguantarle sus travesuras y su comportamiento infantil, y de que ellos quisieran sufrir las insistencias de disciplina de su amo, algo que según Antonio, el maestro le imponía a todos, menos a sí mismo.

También, era de esperarse que la muerte de Salaí trajera cambios entre Leonardo y los chicos. Hacía mucho que Antonio no compartía sus noches con el maestro, y aunque le tenía mucho cariño, prefería no hacerlo más, especialmente cuando el maestro era demasiado hombre y al muchacho ya le empezaban a gustar las chicas, que eran más suaves, más delicadas... y no tenían barba.

Lo mismo pensó Lorenzo. Marco, sin embargo, sí hubiera hecho cualquier cosa por convertirse en el favorito de su amo, no necesariamente porque deseaba ser su amante, sino porque tenía necesidad de ser el favorito de alguien.

Eran las ocho y media de la noche y los muchachos estaban por acostarse, cuando se oyó a alguien dar duro contra la puerta de entrada. Como de costumbre, sólo los militares tocaban de esa manera y a esa hora de la noche, y los muchachos se hicieron los inadvertidos hasta que Maestro Leonardo les pegó un grito:

–¡Carajo, miren a ver quien es! –Lorenzo y Marco estaban desnudos, bajo las cubiertas y no pensaban salir para que los apuñalara, fuera quien fuera. Por lo tanto le tocó ir a Antonio, quien todavía tenía las calzas puestas aunque estaba descalzo y sin camisa–. ¡Qué pasa! ¡Están sordos!

Le dijo Marco un poco asustado:

–¿Qué si es ése al que Maestro Leonardo le dio la paliza?

Le dijo Lorenzo a Antonio:

–Date prisa, que el cabrón va a despertar al vecindario.

Le respondió Antonio:

–Y tú... ¿por qué no le dices a tu madre que abra la puerta? –Él no iba a arriesgar su vida por nada ni por nadie–. ¿Dónde está Sofía? –añadió, asomando la cabeza en el pasillo.

–Está media sorda. Puede caérsele la casa encima y no oye nada –le contestó Lorenzo, a la vez que seguían dando golpes en la puerta.

Por fin, y por eso de no oírle la boca a su amo, Antonio decidió ver quien era el maricón que estaba alborotando la tranquilidad de la noche. Siendo un muchacho bastante listo, él decidió asomarse por la ventana de la sala, que tenía vista a la calle, y así ver quién estaba afuera. Dijo Antonio por la ventana:

–¿Quién va? –Silencio. Nada–. ¡Conteste! ¿Quién toca? ¡Cruce la calle para que le pueda ver! –La luna alumbraba muy poco el vecindario, por lo que le tomó unos segundos reconocer al fantasma que se apoyó de una columna, frente a la entrada. El susto fue tal, que Antonio pegó un grito, cayó sentado, soltó la vela y por poco quema el tapiz. Fue una aparición horrible, con la cara sucia, hinchada y embarrada en sangre; con muy poco pelo y vestido en trapos que casi lo arropaban–. ¿Q-qui-quién es? ¿Q-qué quiere? –gritó Antonio, aunque no se le entendió nada porque le temblaba hasta la lengua.

–¡Abre, cabrón! –le gritó Salaí.

Antonio formó tanto escándalo que al entrar a la habitación de Leonardo, éste por poco le da con una silla. Dijo Antonio, a gritos:

–¡Maestro! –Desgraciadamente, a Antonio se le hizo imposible darse a entender, así que hizo señas como un loco.

Le dijo Leonardo:

–¿Qué pasa? Parece que has visto un fantasma.

Por fin, luego de menear la cabeza para arriba y para abajo con tanta vehemencia que estuvo a punto de degollarse a sí mismo, el pobre agarró al maestro por la mano, lo llevó como pudo a la sala, hasta que por fin pudo gritar: «¡Salaí!»

–¿Qué dijiste?

Antonio se detuvo de pronto, cerró los ojos, y dijo una corta oración. Le explicó a Maestro Leonardo que Salaí había regresado del otro mundo; que estaba tratando de entrar y que lo más seguro se los iba a llevar a todos al infierno.

No que Leonardo creyera en cosas tan absurdas como espectros en la noche; sin embargo, también tuvo la precaución de asomar la cabeza por la ventana.

Ahora bien, en varias ocasiones, los chicos vieron a su amo correr a toda prisa de un sitio a otro; pero, nunca lo vieron volar, que fue lo que pareció que hizo cuando brincó las escaleras de un salto para abrir la puerta y coger al niño en sus brazos, entre llantos y gritos.

Le preguntó Antonio:

–¿N-no es un fantasma?

No. Era Salaí, furioso porque Antonio no lo dejó entrar.

Dijo Leonardo:

–¡Oh, mi niño, mi niño!

Ya Lorenzo y Marco habían salido a ver qué era lo que sucedía. Marco por poco se desmaya, al ver que de hecho, sí era

Salaí, aunque sucio, apestoso y con dolor hasta en el poco pelo que le quedaba.

–¡Es imposible! –dijo Lorenzo.

–¡Yo-yo lo vi colgando de la torre! –añadió Antonio, abrazando a su amigo con mucho cuidado para no hacerle daño.

–¡Yo también! –interpuso Marco, con lágrimas de gozo y alegría–. ¡Vi cuando te tiraron de la torre, cabrón!

Fue tanta y tanta la gritería, el alboroto y la confusión que hasta Sofía salió de su cuartucho. Vestida con una bata tan vieja como ella, fijó su vista en el pobre muchacho, y se desmayó.

Eran más las preguntas que las respuestas, y Maestro Leonardo decidió esperar hasta el otro día.

Después de revivir a Sofía, el maestro le pidió algo de comer para Salaí. Como al chico se le hizo difícil caminar, sus amigos lo cargaron hasta la habitación de su amo, donde ayudaron a quitarle los trapos que llevaba puestos, le prepararon el baño, ayudaron a bañarlo y a curarle los golpes y las heridas.

Unas horas más tarde, después de tomarse un poco de caldo, porque estaba tan enfermo que no tenía apetito, Salaí se quedó dormido, mientras Leonardo lo acariciaba, tratando de descifrar el misterio.

Hablando en susurros con Lorenzo, Antonio y Marco, él dedujo que Augusto y Franco aceptaron su oferta del oro, si no mataban a Salaí. La única dificultad que confrontaron los verdugos fue como engañar al Moro y a Bernardino da Corte.

Fácil. Le cortaron el pelo a Salaí y se lo pegaron a Clodilio, el prisionero que torturaron en la rueda; a quien, además, vistieron con los trapos del chico, antes de lanzarlo de la torre, con una soga al cuello.

Perfecto, excepto que nadie anticipó la traición de Bernardino da Corte ni la invasión de los franceses. Cuando los verdugos se dieron cuenta de la caída de Milán, apenas tuvieron tiempo de salir corriendo. Los soldados de la Santa Sede abrieron las celdas del calabozo y Salaí, aunque tan herido que casi no pudo caminar, aprovechó para escapar.

❁

El muchacho estuvo en cama más de un mes. Al principio, la fiebre amenazó con matarlo, y él se pasó alucinando. Leonardo mandó a buscar a un médico que sólo pudo sugerir descanso, y que le afeitaran la cabeza (el chico parecía una oveja trasquilada por un pastor demente).

Por fin, una tarde abrió los ojos, estiró el cuerpo, se sentó contra el espaldar y pidió algo de comer. Fue entonces, entre sollozos y carcajadas, que relató lo que le había sucedido; y tres días más tarde Leonardo le prestó una visita a su amigo Maquiavelo, quien por el momento había establecido residencia en la ciudadela.

Le dijo Leonardo:

–¿Dónde está Bernardino da Corte?

Maquiavelo le respondió con una pregunta:

–¿Para qué quieres saber?

Le respondió Leonardo:

–Para matarlo –y Leonardo relató lo sucedido a Salaí.

Nícolo se echó a reír, y dijo:

–No me estoy riendo de ti, Leonardo. Sí me da risa que ese hombre tenga tantos y tantos enemigos. –Era pura casualidad que Maquiavelo ocupara el despacho del que fue Consejero del Duque de Milán–. Sabes que envenenó a Beatrice –añadió–, y su padre, el Duque de Ferrara está ofreciendo veinte mil ducados por la cabeza de Bernardino da Corte. Como puedes imaginarte, la mitad del continente lo está buscando, así que, vas a tener que hacer fila.

Le dijo Leonardo:

–Dime dónde está, te lo pido de favor.

Respondió Maquiavelo:

–La verdad es que no tengo idea. Sí sé que nos costó mucho oro; es un hombre rico. Estoy seguro que él sabe el peligro que corre, por lo tanto es muy posible que haya salido del país. Puede que esté en Francia, como puede estar en Inglaterra.

–Maquiavelo dejó la silla y le abrió la puerta a Leonardo–. No pierdas tu tiempo, hombre. Yo tú... me olvido de ese gusano. Tipos como Bernardino da Corte no duran mucho, créeme.

❁

Epílogo...

(La Venganza de Leonardo)

XIV

Al otro día de Leonardo entrevistarse con Maquiavelo, los chicos hablaban entre sí en la sala, cuando Salaí mencionó al señor Lucca, lo que le trajo a la mente a su amigo Tomasino, el confitero.

Ellos nunca olvidaron al hombrecillo y Antonio creía que era hora de desquitarse de él, de una forma u otra.

Preguntó Salaí:

–¿Por qué? ¿Qué hizo?

Marco pareció un arco iris, cambiando de color, así de furioso estaba. Le dijo:

–¡Ese hijo de puta fue el responsable de todo!

–¿Puedes creer que estaba vendiendo dulces mientras te tiraban de la torre? –añadió Lorenzo.

–¿No recuerdas que fue ese Tomasino quien te envió al castillo en primer lugar? –le dijo Antonio.

–¡Le voy a meter los dulces por el culo! –añadió Marco.

–¡No, no! Me los das a mí –dijo Salaí, riendo.

–¡Tú no cambias... no importa cuántas veces te ahorquen! –Esto de parte de Antonio.

El debate terminó con un intercambio de insultos a gritos entre Marco y Antonio, cuando Maestro Leonardo entró en el despacho, y dijo:

–¿Es que ustedes no pueden estar media hora sin gritar? ¿Qué les pasa ahora?

Lorenzo miró a Marco, quien miró de reojo a Antonio.

–Tenemos algo que hacer –dijo Lorenzo.

–¿Qué? –preguntó el maestro.

–Es... no es nada importante –dijo Antonio.

–Pensamos hacerle una visita al confitero –le dijo Lorenzo.

Maestro Leonardo se sentó frente a los muchachos, y dijo:

–¿No me digan?

–¡Lo voy a dejar sin dientes, hijo de puta! –dijo Antonio.

–Y yo le voy a meter los dulces por el culo –dijo Marco.

–¡Y dale con los dulces! Deja los dulces tranquilos, que no tienen culpa de nada –dijo Salaí, riendo.

–Ese sucio nos las va a pagar –dijo Lorenzo.

–¡Yo odio a ese cabrón! –dijo Antonio.

–Yo también –dijo Marco.

–Hay que darle una paliza, y se acabó –añadió Lorenzo.

–Nadie le va a dar una paliza a nadie, ¿entienden? –le dijo Leonardo.

–Lo siento, Maestro –dijo Antonio, poniéndose de pie–. Esta vez, quiera usted o no, ese tipo va a coger una tunda, y no lo salva nadie.

Leonardo se inclinó un poco hacia el frente, y le dijo:

–Se me ocurre algo mejor. ¿Qué les parece si... ?

Esa noche, Maestro Leonardo y los muchachos esperaron a que el reloj marcara las nueve. Debido al toque de queda impuesto por César Borgia, las calles de Milán estaban desiertas, y la neblina ayudó a esconder las sombras de la penumbra.

Tomasino estaba comiendo un pedazo de pan con queso en la parte de atrás del almacén cuando oyó que lo llamaban de la calle, a la vez que daban golpes en la puerta.

–*¡Tomasino!*

–¿Quién es?

–*¡Tomasino!*

–¡Qué falta de consideración! –dijo Tomasino, a sí mismo, abriendo un poco la ventana para ver quién era–. ¡Oiga! –le dijo a la noche, porque no vio a nadie–. ¡Cerramos hace tres horas! Regrese mañana.

Poco a poco, Salaí apareció bañado en pintura roja, que parecía sangre, con una soga al cuello, rodeado por el espectro nebuloso de la noche, extendiendo los brazos hacia Tomasino.

Los otros chicos y Maestro Leonardo observaron del otro lado de la calle, y escucharon cuando Tomasino pegó un grito escalofriante que amenazó con levantar a los muertos.

Dijo Salaí:

–¡Tomasino! ¡Quiero dulces!

Desde adentro, el confitero le rogó a Salaí que lo dejara en paz.

–¡Tomasino! ¡Quiero dulces!

¡Vete, demonio! ¡Yo soy un hombre de Dios! –le gritó Tomasino.

–¡Tomasino! ¡Quiero dulces! ¡Si no me das mis dulces, te llevo conmigo al infierno! ¡Tomasino! ¡Quiero dulces! ¡Quiero dulces!

El confitero agarró cuantos dulces encontró alrededor, abrió la ventana e iba a tirarlos a la calle sin darse cuenta de lo cerca que estaba Salaí, quien trató de agarrar al hombrecillo por el cuello, cuando éste pegó otro chillido y se desmayó.

Riéndose tanto que por poco se orinan encima, los muchachos y Leonardo recogieron los dulces y regresaron a la casa.

Esa fue la última vez que Salaí vio a Tomasino. Según informaron sus vecinos, el confitero empacó sus pertenencias y le dijo adiós a Milán para siempre. La razón: Su tienda estaba embrujada. Una pena, pensó Salaí, porque no sabía de nadie más que vendiera confites de anís.

Un año después de la caída del Duque de Milán, agentes enviados por el Duque de Ferrara al fin dieron con Bernardino da Corte a las afueras de Padua, donde compró una finca para criar ganado. Lo torturaron, lo hicieron pedazos, y regaron sus entrañas por el valle para alimentar a los perros realengos.

Entretanto, César derrotó la rebelión en la Romaña con ayuda de los franceses; conquistó a Forli después de una larga y costosa batalla, donde capturó a Caterina Sforza, Duquesa de Forli, sobrina de Ludovico, una mujer tan increíblemente despreciable que terminó en un convento porque sus propios ciudadanos la querían matar.

Lucrecia tuvo que olvidar a don Alfonso, cuando su padre la casó con un miembro de la casa de Ferrara. Todo les iba de maravilla a los Borgia, hasta que el Papa Alejandro y César contrajeron malaria, luego de cenar al aire libre. Alejandro VI pasó trece días entre la vida y la muerte, hasta que no pudo más. Dice la leyenda que mientras esperaban para enterrarlo, su cuerpo se pudrió, y un pequeño demonio le arrancó el alma y la depositó a los pies de Satanás.

César se recuperó, pero al regresar a la Santa Sede encontró a su peor enemigo, Julio de la Róvere, sentado en el trono de Pedro, como Julio II.

La nueva Santidad no perdió tiempo para vengarse y encarceló a César, quien escapó dos años más tarde, huyendo a Navarra, donde murió en batalla. Al morir, César Borgia tenía treinta y un años.

Maquiavelo regresó a Florencia, se casó y estuvo feliz casi seis meses, hasta que se cansó de su mujer y de sus hijas, y empezó a deleitarse en la compañía de cuanta puta pasaba por la provincia. Brincando de puta en puta escribió «el Príncipe», usando a César Borgia como ejemplo de la clase de líder que pudo unir a Italia. Nícolo Maquiavelo adquirió fama de manipulador, intrigante y traicionero. De lo que se ha escrito de Maquiavelo, lo que sí es verdad es que de todos los hombres de su época, quizás fue el más realista.

Ludovico Sforza, el Moro de Milán, nunca se repuso de la traición de Bernardino da Corte. Dijo el Moro:

–Desde Judas, jamás hubo tan desgraciada traición.

Al Moro de Milán lo llevaron a Francia, donde vivió por años en una prisión. Escapó, regresó a Milán y reconquistó la ciudadela, sólo para perderla por segunda vez y terminar gozando de los paisajes de Francia desde un calabozo, hasta el día que murió. Al fallecer Ludovico Sforza tenía apenas cincuenta y cuatro años.

Casi inmediatamente después de la develación del Cenáculo, Lorenzo decidió encaminar su vida sin Maestro Leonardo. La decisión no le fue fácil porque los chicos eran como hermanos, y a pesar de todo, le tenían un gran cariño a su amo. Marco también emprendió camino, y como no pudo ganarse la vida como artista, se convirtió en carpintero, se casó y murió de viejo. De acuerdo a su primogénito, Marco pasó sus últimos años murmurando los nombres de Leonardo da Vinci y el de una preciosa doncella que llamaba «Salaí».

Antonio fue el único tonto que permitió que Maestro Leonardo lo montara en su espectacular «Máquina Voladora» durante un día de campo. Como Salaí aún estaba débil, Lorenzo era muy alto y Marco muy pesado, el maestro ató a Antonio a las bridas de las alas, y lo tiró por un risco, confiado de que el muchacho se elevaría como... bueno, demás está decir que no voló y que estuvo cojo desde entonces.

Leonardo da Vinci y Salaí abandonaron a Milán en 1499 y se mudaron a Roma, donde vivieron unos meses, mientras el maestro laboraba como ingeniero militar para... ¿para quién va a ser? Para César Borgia.

Años más tarde, el gran Leonardo da Vinci, se enamoró de un joven de diecisiete años, llamado Francesco Melzi, y se lo llevó a vivir con él. Leonardo tendría entonces unos sesenta años de edad.

Salaí, cansado de las excentricidades de su amo, y quizás también por celos, razones que no son difíciles de entender, abandonó a su amo de tantos años, aunque no sin antes cargar con todo lo que pudo, incluyendo con un retrato que el artista llamó «la Sonreída».

Dice la leyenda que a insistencia del Rey de Francia Leonardo estableció residencia en Cloux, donde falleció en 1519 con sólo Francesco Melzi a su lado.

Sin embargo, en su testamento, el excelentísimo genio de genios Leonardo da Vinci le legó a su «sirviente Salaí», un terreno que el maestro recibió de Ludovico el Moro a «cambio de su labor».

Giacomo Caprotti, Salaí; amante, estudiante y sirviente de Leonardo da Vinci, murió a los treinta y cuatro años de edad de un tiro, durante una pelea en una taberna, en Milán.

La «Sonreída»

Hoy día «el Cenáculo» de Leonardo da Vinci es una borrosa mancha gracias a la impaciencia e ignorancia del propio artista. De haberse acogido al procedimiento pictórico utilizado desde tiempos muy remotos para pintar murales, en vez de emplear la técnica de «tempera forte» para paneles, es posible que el mural no se hubiera deteriorado al punto que es imposible apreciar su estado original.

Por otro lado, debido a su conferido simbolismo religioso, el Cenáculo adquirió una celebridad extraordinaria por ser algo que nunca fue; de seguro que el artista estaría muy complacido y maravillado de saber que después de tantos siglos él finalmente logró la fama que tanto añoró en vida, sin ser como resultado de su venganza.

Varios días después de la develación del fresco, los muy agradecidos y humildes residentes del monasterio de Santa María de las

Gracias notaron algo raro en la pintura de la pared. Aquel horrible perfil representando a Judas, poco a poco se fue desvaneciendo, hasta que, como por arte de magia, otro apareció en su lugar. Según los frailes que fueron testigos de la transfiguración, el apóstol traidor adquirió un increíble parecido a Ludovico Sforza, el último Duque de Milán.

Fin

www.ingramcontent.com/pod-product-compliance
Lightning Source LLC
LaVergne TN
LVHW091133080826
845145LV00008B/2141